나도 빌리처럼

박정옥 에세이

나도 빌리처럼

동네 공인의 꿈

하늘재

젊어서 한 번쯤 문학청년으로 작가를 꿈꾸고, 중년에는 막연하게 은퇴 후 글 쓰리라 소망하는 많은 사람들을 보아 왔다. 나도 그들 중 한 사람이었는데, 이과理科를 해서인지 그 갈망이 다소 컸던 것 같다. 그러면서 이 꿈은 현실이라는 수레바퀴 밖에서 고달픈 삶을 위로하기 위해 손짓하는 그 무엇이려니 했다.

그런데 어느 날 보란 듯이 그 꿈이 내 일상의 문을 두드렸다. 마치 오랫동안 고대하던 손님인 것을 다 알고 있다는 듯 성큼 들어오더니 내 생활의 상좌를 차지하고 자리를 틀었다. 그에게 이끌려 글을 쓰고 등단을 하고 책까지 내게 되니 그저 어리둥절할 뿐이다. 풍선처럼 부푼 마음으로 구름 위를 걷고 있는 기분이다.

둘째가 대학을 가기까지 자신만의 어떤 꿈을 갖지 못했다. 나도 여느 어머니들처럼 자녀의 입시를 무사히 치르는 것이 가장 중요한 과제였나 보다. 막내 입시가 끝나자 마음이 홀가분해지면서 여러 가지 하고 싶은 일들이 한꺼번에 떠올랐다. 그런데 젊은 열망을 좇는 마음과는 달리 신체는 자기 나이에 충실해서, 체력 없음을 드러내며 불면증 같은 갱년기 증상으로 혼쭐이 나게 했다. 비실한 몸으로 첼로를 켜고 프랑스어 배우는 모습을 식구들은 우려 가득한 눈빛으로 바라보는 것 같았다.

오십 대 후반에 문학 선배의 권유로 수필을 쓰기 시작했다. 돌이켜보니 그 만남은 하늘이 내린 크신 은총이었다. 2년이 지나자 글이 꽤 모여서 책 한 권의 분량에 이르렀다. 그때 함께한 지인들과의 여행도 글의 요긴한 소재가 돼 주었다. 글을 쓰면서 주변의 일상과 가족과 친구들이 얼마나 소중한지 다시금 느꼈고, 추억의 날들을 글로 스케치해 두는 즐거움도 맛보았다.

등단한 지 1년밖에 되지 않아 설익은 풋사과를 선보이는 것처럼 부끄럽다. 그렇지만 작가로서 첫발을 내딛는다는 설렘 속에, '어떻게 글 쓰는 삶을 이어 갈까?' 하는 새로운 꿈도 꾸어 본다.

흔쾌히 논평을 맡아 준 평론가 지은희 님, 책을 멋지게 디자인해 준 엄유진 님, 정성을 다하여 책을 편집해 준 하늘재 발행인 조현주 님께 감사한다. 이 모든 일이 가능하도록 지원해 준 남편과 건강을 참견해 준 가족들에게 고마움을 전한다. 무엇보다도 작가의 길을 걷도록 격려해 주신 우애령 선생님께 마음 가득히 감사드린다.

2019년 새해를 맞이하며

박정옥

차례

1

나도 빌리처럼

변신

그날은 역사적인 날이었다. 나 자신의 오랜 신념을 스스로 배신한 날이었기 때문이다.

아침 일찍 남편은 카톡방에 기도 제목을 쫙 뿌렸고, 나는 마음이 심란했다. 실력 좋은 성형외과의를 골랐으니 어떻게든 잘되겠지 하며 안심도 했다가, 만의 하나 민감한 눈 부위에 무슨 일이 생기면 어쩌지, 하는 걱정도 했다.

'아내가 눈처짐 수술을 하는데 결과가 좋고 잘 회복되어 빨리 일상으로 복귀하기를 기도 부탁합니다.'

나의 착잡한 마음을 아는 듯 순식간에 격려의 답신이 떴다.

'수술 잘되고 예뻐지시고 건강하세요.'

부지런한 카톡방 멤버의 첫 반응이었다. 나는 얼른 답글을 보냈다.

'제가 외까풀 보존주의자인데 이렇게 오늘 수술하러 갑니다. 저희 병원에 오는 여고생들에게 네가 동양 미인이니 절대 쌍꺼풀 하지 말라고 했었는데요. 원장님도 예뻐지고 싶어서 결국 수술했다고 한마디씩 할 것 같아요.'

다른 카톡방 동료는 변명을 위한 조언까지 해 주었다.

'미용 목적이 아니었다고 이야기하면 되지 않을까요? 눈꺼풀이 많이 처졌던 사람은 수술 후 시야가 좋아진다고 하던데요?'

'솔직히 미용 때문이 아니라고 이야기할 순 없어요. 눈이 반쯤 덮여 있어도 세상은 잘 보여요. 조금이라도 젊어 보이고 싶어서…'

나는 답신을 보내고, 담담히 지하철을 탔다.

지하철은 한산했다. 자리에 앉아 외까풀로 산 지난날을 되돌아보았다. 외까풀을 고수하는 데 대단한 철학이 있었던 것은 아니었다. 그저 단아한 눈매가 몽골민족의 심벌인 것처럼 생각되었기 때문이었다. 드라마에서도 외까풀의 여주인공이 더 좋았다. 한때 내 마음을 흔들었던 남자 배우가 쌍꺼풀을 한 후 더 이상 그에게 매력을 느낄 수 없었다.

수능 끝나고부터 오랜 세월 쌍꺼풀 수술의 유혹으로부터 절개를 지켜 온 셈이었다. 대학에 들어가 무채색 교복을 벗고 자유롭게 옷을 입을 수 있었을 때, 단짝 친구가 어느 날 서글서글한 눈매를 하고 나타났다. 눈이 커져서 밝은 색, 까다로운 색 등 다양한 색상의 의상이 모두 어울렸다. 성격도 명랑해지고 자신감이 커져서 남학생들의 관심도 끌었다. 열등감과 방황하는 마음을 다독여 주던 동지는 대학생활의 낭만이 넘쳐 보이는 저쪽 편으로 떠나 버렸다. 미팅 후 어김없이 다음 데이트 신청을 받는 친구가 은근 부러웠지만, 고치지 않은 맨 얼굴이라는 자부심으로 태연한 척했다. 나의 학창 시절은 외까풀 눈매처럼 단조로이 지나갔다.

결혼을 하고 아이들을 키우며 일하는 동안 눈에 대한 일은 잊고 살았다. 눈이 큰 남편은 여성의 쌍꺼풀에 별 관심이 없어 보였다. 아이들이 다 자라고 사십 대가 지나가면서 중년 여성들의 눈매가 눈에 들어오기 시작했다. 부자연스럽게 젊어 보이는 사람들과 외까풀을 고수하여 순한 인상을 주는 이들이 있었다. 주름을 제거하고 쌍꺼풀을 한 여성들은 좀 강한 인상을 주었지만 몇 년은 어려 보였다. 오랜 망설임 끝에 이번에는 다른 길을 가 보기로 했다. 자연스러움을 포기하고 젊어 보이는 쪽으로.

지하철역 몇 번 출구로 나가야 하는지 확인하려 스마트폰에서 성형외과 홈페이지에 들어가 보았다. 클릭을 하자마자 알록달록한 배너가 한꺼번에 뜨며 유혹의 말을 던졌다.

'당신의 코, 가슴은 이렇게 될 수 있습니다.'

'부모님 얼굴을 5초만 바라봐 주세요.'

전철에서 내려 출구 쪽으로 걸어 올라가니 사방의 벽이 변신을 부추기는 광고로 가득했다. 고풍스러운 명화 속 주인공도 미소를 지으며 옆에 쓰인 구호를 외치는 것 같았다. '아름다움은 쟁취하는 것입니다.' 나도 속으로 중얼거렸다. '아, 네! 저도 쟁취하러 갑니다.'

데스크에서 접수할 때는 불안했으나 진료실에 들어가니 긴장이 조금 풀렸다. 담당의는 자연스럽게 되었으면 좋겠다는 나의 바람을 따뜻이 수용해 주며 근접 사진을 여러 장 찍고 펜으로 눈두덩 위에 뭔가를 그렸다. 나도 이제 전과 후before and after가 생기는 것이다.

지하실에 있는 수술 방까지는 혼자 걸어 내려가야 했다. 드라마에서 보듯이 침대에 실려 수술대로 옮겨지는 것이 아니었다. 나야말로 사이비 환자라는 생각이 들었다. 그런데 발목에 심전도기가 달리고 똑똑 하는 심장소리를 들으니 진짜 환자가 된 것 같았다. 싸늘하게 냉방이 된 방에서 나의 몸과 마음은 오들오들 떨고 있었다.

의사를 기다리며 수술 후 나의 일상을 점검해 보았다. 환자 보며 일을 할 때는 살짝 색이 들어간 안경을 착용하고, 용모에 대해 말이 많은 스포츠 센터에서는 좀 진한 선글라스를 껴야겠다. 프랑스어 반에서는 어떻게 설명을 해야 한담. 젊어서 파리에서 공부한 선생님은 한국 사회의 성형 천국 현상에 회의적이었다. 자신만의 고유한 얼굴을 손본다는 것은 프랑스 사람들로서는 도무지 이해할 수 없는 일이라고 했다. 어떻게들 생각할까? 선생님과 반 동료들 모두 '마담 박도 결국 유행을 따르는 사람이군요'라고 생각할 것이다.

갑자기 담당의의 커다란 목소리가 들렸다.

"준비 다 됐나요?"

"네, 선생님."

간호사들이 일사불란하게 대답했다.

'아! 최선의 처분을 부탁합니다.' 나는 마음속으로 속삭였다. 그의 커다란 능력과 이 몸의 무능함이라니. 나는 완전 무장해제 상태였고 그는 전능한 제2의 창조자였다. 나는 미동도 안 한 채 누워 있었다. 수술이 시작되자 이따금 따끔하여 움칠하기도 했다. 사각사각 무엇인가 자르는 소리를 들었고, 지지직 살이 타는 냄새도 맡았다. 마지막으로 한 땀 한 땀 바느질하는 감촉을 느꼈다.

"눈 떠 보세요! 감아 보세요. 다시 한 번 눈 떠 보세요."

간호사의 지시에 따라 눈을 뜨니 무거워진 눈꺼풀 사이로 밝은 빛과 담당 의사, 간호사 얼굴이 어른거렸다.

"수고하셨습니다."

담당의 등 뒤로 간호사들이 인사를 보내자 나도 비로소 안도의 숨을 쉬었다.

회복실에서 간호사가 나가자마자 얼른 가방 속 거울을 꺼내 보았다. 아니나 다를까 사나운 인상의, 그러나 뭔가 세련되고 개성 있어 보이는 새 아줌마가 탄생했다.

수술이 잘되었다는 담당의의 말에 감사하다는 인사를 몇 번이나 되풀이했다. 그리고 조심스레 병원 문을 나서며 선글라스 뒤에 숨어 사람들 동향을 살폈다. 길거리 사람들은 내게 무슨 일이 일어났는지 눈치 못 채고 자기 일로 바쁜 듯했다. 나는 파파라치를 따돌리는 여배우인 양 얼굴을 숙이고 재빨리 택시를 잡아탔다.

다음 날 아침 일어나 보니 눈두덩이 몹시 부어 있었다. 누가 보아도 왕눈두꺼비에 외계인 E.T.였다. 그러고 보니 내가 카프카의 소설 『변신』의 주인공과 비슷한 처지가 된 것 같았다. 흉측한 갑충 정도까지는 아니지만, 해괴한 모습이 돼 있어 가족과 친지들의 반응을 두려워하는 신세가 돼 버린 것이다. 난감한 마음에 책 주인공 그레고르처럼 잠시 방 안에 처박혀서 헤쳐 나갈 방도를 궁리했다. 해괴한 벌레로 변신한 그의 마음이 이해되었다.

우선 잠든 남편이 깨어날세라 얼른 방 안에서 선글라스부터 꼈다. 침실에서 E.T. 같은 존재와 마주친 남편이 또 어떤 기도 제목을 날릴지 겁이 났기 때문이다. 하지만 부기가 빠진 후 어떤 눈매가 될지 기대감도 생겼다. 과연 변신한 후에 나는 어떠한 모습이 될 것인가?

프랑스어 반에서 생긴 일

주말에 프랑스어 학원에 다닌 지 여러 해가 되었다. 토요일이 다가오면 젊은이들로 붐비는 강남역 주변 거리를 걸어서, 이삼십 대 급우들을 만나러 가는 기대감으로 마음이 즐겁다. 제2외국어에 대한 호기심으로 시작했는데 이 시간을 즐기기까지 다니는 일이 순탄치만은 않았다.

첫 수업 시간에 자기소개를 할 때였다. 앞줄의 젊은 급우가 이름을 말한 후에 스물두 살이라고 나이를 덧붙였다. 다음 차례 급우들도 스무 살, 스물일곱 살이라고 또박또박 숫자를 밝혔다. 나는 어떡하나 하고 긴장이 되었다. 내 앞에 앉은 여학생 급우는 서른네 살이라며 쑥스러워했다. 나는 대강 어물쩍 "오십이 넘었어요"라고 했는데, 오십이라는 숫자에 나뿐 아니라 급우들도 당혹스러워하는 것 같았다.

사람들이 프랑스어를 배우는 이유는 다양했다. 학생들은 교환학생을 가려고, 공무원들은 정부에서 보내 주는 프랑스 연수를 가기 위해서였다. 여행을 위해서 배우는 사람, 젊어서 익힌 프랑스어 능력을 회복하려는 사람들이 있었고, 그저 취미로 배우는 중년 여성들도 있었다. 회사에서 불어가 필요하기 때문에 배우는 사람은 드물었다.

막내가 대학에 들어가 마음의 여유가 생겼을 때 나는 젊어서부터 갈망했던 프랑스어를 배우고 싶었다. 샹송을 원어로 부른다면 멋질 것 같았다. 그런데 한국말도 금방 떠오르지 않는 처지라 스스로도 자신이 없어서 우선 남편에게 운을 떼었다.

"나 프랑스어 좀 배우고 싶은데 어떨까?"

"당신은 하고 싶은 게 너무 많아서 탈이야. 영어나 잘하셔!"

남편의 거침없는 발언에 주춤하고 있다가 똑같은 이야기를 40대 초반에도 들었던 것이 생각났다. 그때 남편 말 안 듣고 불어 공부 시작했더라면 지금쯤 유창하게 말할 텐데…. 60대가 되어 똑같은 후회를 하지 않기 위해 남편의 말을 못 들은 체하고 학원에 등록했다.

과감히 시작은 했으나 공부는 쉽지 않았다. 처음엔 동사변화의 복잡함에 질려 포기하고 싶었다. 게다가 발음이 보통 어려운 게 아니었다. 구강 깊은 곳에서 '히읗' 발음을 내야 하는 자음이나 '엉'과 '앙'의 중간쯤 되는 모음들이 쉽지 않았다. 그런데 작심 석 달이네 하고 놀려 댈 주변 시선이 의식되어 그만둘 수가 없었다. 단어가 깔끔하게 암기되지 않고 구름 속의 문자처럼 아스라이 맴도는 것도 문제였다.

초급 과정을 마치고 계속해야 하나 말아야 하나 망설이고 있을 때였다. 선생님이 내 마음을 알아챘는지, 지금 그만두기에는 너무 아깝다고, 이미 멀리 와 버렸다고 했다. 나는 그런 줄 알고 불어 공부를 계속했다.

책이 몇 번 바뀌고 새 반이 시작되는 날이었다. 중급반이라고 선생님이 다른 형태로 자기소개를 하게 했다. 두 사람이 짝을 이루어 불어로 자기 이야기를 들려주고 그다음 한 사람이 자기 짝을 전체 클래스에 소개하는 방식이었다. 이름, 나이, 취미, 현재 하는 일을 이야기할 때까지 나와 급우들 사이 별다른 차이가 없었다. 나는 이번에는 나이는 건너뛰고 프랑스어를 배운 기간도 반 정도 줄여 이야기했다. 중급에 어울리지 않게 말을 더듬거려서 공부한 햇수를 그대로 밝히기가 부끄러웠기 때문이다.

그런데 그날 자기소개 시간에는 하나같이 장차 프랑스에 가서 무엇을 하려 하는지에 대한 이야기가 나왔다. 나만 그 이야기를 못했다. 나도 프랑스에 가서 공부를 하고 싶다는 막연한 마음이 들었다. 그러나 곧장 내면의 나 자신이 '지금 하는 일을 열심히 하고 가정을 잘 건사하며 취미로 불어를 배우면 되는 거야'라고 다독였다. '오십 대 중반에는 무슨 꿈을 꾸면 안 되는 것일까?' 그날은 마음속으로 그런 질문을 하며 집에 돌아왔다.

이런 고민을 할 수 있는 것도 잠시, 가족들이 차례로 아프기 시작했다. 중급반에는 선생님을 중심으로 2년 넘게 함께 공부한 급우들이 있었다. 그들은 처음에는 내가 대학생 아들이 발을 다치고 시어머니 병환으로 수업에 자주 빠지는 것을 이해해 주었다. 그런데 몇 달 동안 결석과 조퇴를 거듭하니 내가 가족에게 과도히 매여 있다고 생각하는 거 같았다. 엄마가 한 번쯤 사라져 보면 어떠냐는 농담 섞인 조언도 했다. 그러다 남편까지 아프게 되자 분위기가 심각해졌다. 나는 수업에 다시 갈 수 있을지 없을지 기약이 없다고 카톡방에서 작별을 고했고, 급우들은 따뜻하게 위로해 주었다.

1년 정도 지나 식구들이 안정되어서 다시 수업을 들을 수 있게 됐다. 그동안 진도가 많이 나가 있었지만 생소한 아랫반으로 내려가기 싫어서 원래 반에 등록했다. 새로운 사람들이 몇 명 보였고 대여섯 명의 동기들은 여전히 건재하며 나를 반겨 주었다. 실력이 딸리는 나를 너그러이 수용해 준 선생님과 동료들이 고마워서 열심히 예습, 복습을 했다.

선생님이 보들레르의 시「여행에로의 초대」를 외워 오라 했을 때 숙제를 해 온 사람은 나밖에 없었다. 나는 십 대 여학생처럼 떨며 급우들 앞에서 낭송했는데, 선생님의 칭찬도 듣고 해냈다는 뿌듯함에 흥분이 되었다. 암송을 하니 불어 시가 매력적으로 다가와서 보들레르의 유명한 시를 더 찾아보았다.「알바트로스」,「달의 슬픔」 등은 비교적 짧아서 외우려고 여러 번 읊조릴 때 언어 표현이 놀랍게 느껴졌다.

때때로 한가로운 무기력함에 지쳐
남몰래 지구로 눈물 한 방울 떨어뜨리면
잠과는 원수인 경건한 시인은
오팔 조각처럼 무지갯빛 아롱지는
파리한 이 눈물을
(……)

그동안 시인의 사생활에 대한 편견으로 이렇게 감성이 풍부한 시들을 놓쳤다는 것을 깨달았다.

"마음껏 상상을 했네. 소설가écrivain예요?"

어느 날 선생님이 우리 반에서 불어 실력이 제일 좋은 남학생에게 농담처럼 던진 말이다. 선생님 질문에 그가 정답과 별 상관없는 불어 문장을 오래 구사하자, 요사이 한국말 농담 '소설 쓰시네'와 비슷하게 이야기한 것이다. 이때 선생님이 급우에게 말한 작가écrivain라는 프랑스어 단어가 몹시 새롭게 다가왔다. 오랫동안 꿈꾸었던 단어로 여겨지며 무엇인가가 내 속에서 꿈틀했다.

그게 뭘까? 집으로 돌아오는 지하철에서 나는 그것이 무엇인지 곰곰이 생각해 보았다. 고3 때 일이 떠올랐다. 문학에 심취하여 불문과에 가겠다고 아버지께 말씀드렸다가 엄청난 반대에 부딪친 일이다. 전문직을 택하라는 조언에 따라 의대를 지원하면서, 의사가 된 다음에 기필코 불문학을 공부하리라 다짐했었다. 문학을 공부하고 작가가 되고 싶은, 까마득히 잊고 있었던 그때의 갈망이 떠올랐다.

그날 나는 작가가 되고 싶었던 젊은 시절의 꿈과 다시 만났다. 우선 수필을 써 보기로 했다. 글을 쓰면서 이전에 자기소개 시간에 중년의 꿈에 대하여 고민했던 것들이 차츰 정리되어 갔다. 요즈음은 종종 세느 강변에서 시 쓰는 나의 모습을 상상해 보기도 한다.

나도 빌리처럼

　영국서는 상시 공연되고 있는 〈빌리 엘리어트〉 뮤지컬을 지난해 봄 인문학 강좌를 들을 때 유튜브로 본 적이 있었다. 탄광촌에 살면서 발레리노의 꿈을 갖게 된 소년 빌리에 대한 이야기였다. 삼십여 년 전에 남자 무용수가 되고자 하는 이야기를 다룬 것이 놀라웠고 빌리를 둘러싼 사람들의 우정도 감동적이었다. 무엇보다도 〈백조의 호수〉를 배경으로 두 명이 함께 추는 남성 발레가 무척 인상적이었다.

　최근 이 뮤지컬이 국내에서 다시 공연되어 벼르고 벼르다가 지난 목요일 친구와 함께 보게 되었다. 이번 한국 무대를 위해 치열한 경쟁 끝에 다섯 명의 소년 빌리가 선발되었다고 한다. 공연장 앞에서는 어린이들이 포스터 속의 빌리와 함께 사진을 찍느라 부산했다. 좌석 번호가 적힌 티켓을 받을 때 그날의 빌리 사진과 사인이 담긴 카드가 딸려 왔다.

　무대장치도 안무와 노래도 브로드웨이 작품 이상으로 훌륭한 것 같았다. 기대했던 '드림 발레' 장면은 2막 첫 부분에서 나왔는데 실제 무대에서 펼쳐지는 두 사람의 율동은 내 마음을 사로잡았다. '너무 아름다워서 숨이 멎을 것 같다'라는 표현은 이럴 때 해당되는구나 하는 생각이 들었다.

빌리가 의자를 빙글빙글 돌리면서 혼자 발레 동작을 준비한다. 〈백조의 호수〉 중 정경의 선율이 흐른다. 원형의 조명 아래서 나무 의자를 돌리며 천천히 율동을 시작하는가 싶었는데 어느샌가 반대쪽에 또 한 사람의 빌리가 서 있다. 두 개의 은색 원 위에서 같은 동작을 하고 있으니 쌍둥이인가, 투사된 그림자일까 하는 생각이 든다. 자세히 보니 한쪽은 체격이 좀 더 커서 성장한 청년의 모습이다. 빌리의 장래 모습을 표현한 것이리라.

소년 빌리와 청년 빌리가 양쪽에서 각자 의자를 돌리면서 독무獨舞를 춘다. 반듯하게 손을 올려 니은 자를 만들거나 발을 뻗는 동작이 절도 있게 똑같다. 의자 위로 올라서기도 하고 잠깐 물구나무 회전 동작을 하기도 한다.

그러다가 벽 속에 의자를 집어던지고 함께 손을 맞잡는다. 바닥은 호수 위에서처럼 뭉게뭉게 안개가 피어오르고 금관악기의 고조된 선율이 울려 퍼진다.

소년과 성인이 추는 이인무二人舞는 독특하다. 청년의 온전한 근육질 몸매와 어린이의 가녀린 육체가 함께 움직이고 있다. 현재와 미래의 자신이 함께 율동을 하는 모습인 듯하다. 청년의 동작은 그의 몸처럼 완성도가 있어 보이고 아이의 발레는 그만큼에는 못 미치지만 나름 매력적이다. 청년은 소년의 손을 잡아 주기도 하고 번쩍 안아서 돌려 주기도 한다. 함께 높이 뛰며 뒹굴고 장난스레 밀치기도 하니 마치 꿈속의 빌리가 현재의 초라한 빌리를 격려해 주고 있는 것 같다.

잠시 음악이 잦아들자 어둠 속에서 위로부터 긴 줄에 매달린 고리가 살며시 내려온다. 청년 빌리가 아이의 뒤에 서서 고리를 등에 걸어 주며 다시 이인무가 시작된다. 조금씩 소년의 몸이 떠오르기 시작한다. 점점 멀어져 가는 아이의 손을 잡았다 놓았다 하며 춤을 추면서 청년은 조금씩 소년을 올려 보낸다. 마지막으로 두 사람은 완전히 손을 떼고, 소년은 날아오른다.

빌리는 공중에서 여러 차례 빙그르르 회전하는 율동을 한다. 놓임 받은 새가 한껏 두 날개를 펼치고 춤을 추고 있는 것 같다. 발레리노가 되고 싶은 소년의 꿈이 결국 이루어질 것 같은 뉘앙스다. 객석에서 감동을 이기지 못한 사람들의 박수가 터져 나온다.

서서히 다시 줄이 내려오고 두 사람은 호흡을 같이하며 동작을 마무리한다.

어둠 속에서 청년은 사라지고 빌리가 원위치로 돌아와 가쁜 숨을 고를 때, 넋을 잃고 서 있는 아빠와 마주친다.

'발레리노가 되고 싶은 빌리의 꿈을 이리도 멋지게 표현하다니…'

눈앞에서 펼쳐진 두 발레리노의 매력에 흠뻑 빠져 있다가 현실로 돌아오니 뮤지컬 제작자와 안무가에 대한 존경심이 느껴졌다. 이 드림 발레는 모든 이들의 마음을 흔들어 놓았을 듯싶었다.

공연이 세 시간이나 걸려 11시가 다 되어 끝났지만 둘 다 피곤한 줄 모르고 상기돼 있었다. 분당 사는 친구는 지하철이 끊길까 하던 걱정도 달아나 버린 것 같았다.

"빌리가 날아오를 때 너는 무슨 생각 했어?"

내가 친구에게 물어보았다.

"나는 아들이 겹쳐졌어. 애틋하게…."

아마 친구는 아들의 꿈이 떠올랐나 보다.

지하철의 빽빽한 사람들 틈새에서 내내 〈백조의 호수〉 중 정경의 가락과 두 빌리의 이인무가 머리를 맴돌았다. 처음에는 두 사람의 육체가 만드는 원과 선에 매료되어 넋을 잃었다가, 나중에는 그 동작들이 만드는 상징 때문에 마음이 벅차올랐던 것 같았다. 꿈이 잉태되고, 좌절하고, 다시 일어서고 마침내 펼쳐지는 몸짓이었다. 날아오르는 순간 나도 나이를 잊은 채 십 대 청소년처럼 마음이 부풀었다. 공중에서 원을 그리며 힘차게 날갯짓하는 두 팔을 보며 나도 빌리처럼 마음껏 비상飛上하고 싶었다.

도깨비와 귀명창

드라마 〈도깨비〉 이야기를 처음 들은 것은 친구들 모임에서였다.

"도깨비를 공유하고…."

'도깨비를 공유한다?'

나는 마음속으로 무슨 이야기일까 가늠해 보았다.

"너 도깨비 보니?"

"도깨비 안 보고 허깨비 본다."

한 친구의 물음에 다른 친구가 장난스레 대답했다.

"도깨비 안 멋져?"

모두들 깔깔거리며 이야기하는데 나만 무슨 말인지 알 수 없었다. 세상물정 모른다고 또 핀잔을 받을까 봐 아는 척 지나갔다. 무슨 드라마 이야기인 것 같았다. 내가 그다음에 도깨비 이야기를 들은 것은 교회의 어머니 기도회에서였다. 젊은 부목사님이 설교 도입 부분에 슬쩍 지나가는 말처럼 던졌다.

"여러분도 도깨비 보면서 멋진 두 남자에 푹 빠져 있지요?"

"와! 맞아, 맞아!"

중년 어머니들의 웃음소리와 술렁임이 있었다. 이번에도 나만 어리둥절하며 따라 웃지 못했다. 아! 이제 드라마를 안 보면 교회에서도 대화를 못 따라잡는구나 싶어 위기감이 몰려왔다. 화제의 드라마는 꼭 봐야겠다고 생각했다.

세상 돌아가는 것도 알 겸 잘생긴 배우들 얼굴도 볼 겸, 가끔 드라마를 보는 편인데 〈태양의 후예〉 이후 재미있는 것을 찾지 못했다. 제목이 그럴듯해서 〈함부로 애틋하게〉를 함부로 보았다가 결국은 실망했다. 남녀 주인공 배우가 좋아서 처음 몇 회는 보았는데 스토리라인이 어색하고 대사가 단조로워서 중도에 그만두었다. 대신 그 시간에 책도 읽고 친구도 만나고 공연도 보니 저녁시간이 훨씬 풍요로워졌다. 드라마에 관심을 갖지 않는 것도 괜찮다 싶었다.

그날 나만 드라마 〈도깨비〉를 모르는 것 같아서, 집에 돌아오자마자 컴퓨터를 켰다. 놀랍게도 드라마 이름 자체가 도깨비였다. 보통 어른이면 이런 제목의 드라마는 보지 않을 것 같은데 제목을 도깨비로 해서 흥행에 성공한 것이 신기했다. 포스터에는 어디에도 도깨비 모습은 없고 현대적인 옷차림의 남녀 주인공들이 있었다.

'흠, 납량특집 유령 영화는 아닌 것 같은데 도깨비로 무슨 이야기를 만들었을까?'

호기심이 발동했다. 방영시간을 보니 금, 토 저녁 8시였다. 그 주 금요일 저녁, 시간에 맞추어 TV 앞에 앉았다. 그날 나도 단번에 도깨비에 빠졌다. 외까풀 여주인공이 고3 수험생으로 아저씨뻘 남자 주인공과 티격태격 사랑싸움을 하는 것이 왜 이렇게 흡인력이 있는 것인지? 요즘 한창 인기 있는 남자 배우가 고려시대부터 900여 년을 30대 중반 모습으로 살고 있는 도깨비 역을 맡았다.

현대적인 세팅으로 가다가 갑자기 사극도 등장했다. 조선시대 무공을 세운 주인공은 임금의 시샘으로 역적으로 몰려 검이 가슴에 꽂힌 채 죽임을 당한다. 그는 이상한 저주를 받아 도깨비가 되어 영생하며, 그의 검을 볼 수 있는 신부를 만나 그 검이 가슴에서 뽑혀야 비로소 죽을 수 있다. 19세 여고생이 아예 처음부터 도깨비 신부로 설정되어 대기업 소유주인 남자 주인공과 러브라인을 이어 간다. 사실 이렇게 되면 원조 교제인 셈인데, 이 연애담이 어찌 그리 상큼하고 유쾌한지.

이야기를 만들어 낸 작가가 궁금했다.

〈도깨비〉라는 제목으로 어떻게 이런 사랑 이야기를 꾸며 냈을까?'

'그녀의 상상력과 창의력은 어디서 나오는 것일까?'

고교생들의 사춘기 언어도 신선하고, 조연들의 빤한 돈 이야기도 귀엽기만 했다. 검정 양복과 중절모를 쓰고 우두커니 서 있기만 하던 저승사자가 올드미스와 사랑에 빠지는 장면도 유머가 넘쳤다.

'마음 뒤흔드는 대사들을 착착 생산해 내는 공장 같으네.'

일주일 내내 그동안 못 본 진도를 따라잡느라 새벽 세 시까지 밤을 지새웠다. 아침도 제대로 못 먹으며 비몽사몽 출근하니 내 꼬락서니야말로 딱 도깨비에 홀린 모습이었다. 처음에는 내가 훈남 주인공 때문에 정신을 차리지 못했나 싶었다. 그런데 아무리 생각해도 그건 아니었다. 내가 빠진 건 시나리오 작가였다. 그녀가 만들어 낸 명대사에 홀려 있었다.

도깨비에 홀린 주간에 글쓰기 숙제를 못했다. 일찍이 문단에 데뷔

한 선배에게 글 쓰고 싶은 마음을 비추었다가 도움을 받게 되었다. 선배는 나의 문학소녀 꿈을 이루어 주려고 금요일마다 시간을 내주었다. 카페에서의 이 꿈 같은 만남은 의사 친구들과 내 환자들에게는 비밀에 부치고 있는 일종의 일탈이자 외도였다. 일주일에 한 번 제출해야 하는 숙제도 있었는데, 이 나이에 숙제 공포는 좀 낯설었지만 학창 시절 이래 느껴 보지 못했던 신선함도 주었다.

그날 과제를 못한 여러 궁색한 변명과 함께 드라마에 빠졌던 것을 이실직고했다. 선배는 좀 놀라며 의아해했다.

"아니 글 쓴다는 사람이 드라마에 빠져?"

"예, 넘 재밌어서 그만."

나는 혼나도 싸다 하는 생각을 하고 있었다.

"글쓰기 수업인데 쓴 글이 없으면 안 되지! 그 드라마 얘기라도 써 봐!"

"빤한 드라마 이야기를 어떻게 써요?"

"왜? 가상 이야기가 왜 그렇게 온 국민에게 활력을 주는지 등등…."

"네…."

나는 고개를 끄덕였다.

"우리가 현실세계에 큰 불만이 없을 때에도 왜 그토록 드라마 주인공에 빠지는지도."

"드라마 주인공에 빠진 건 아닌데요?"

나는 이의를 제기했다.

"그럼 뭐에 빠져 새벽 3시까지 있는데?"

"대사에 빠져서요."

"어? 자넨 주인공과 대사가 분리가 돼?"

"네! 글쓰기 공부한 후로는 드라마도 계속 작가의 관점에서 보게 돼요."

"오호!"

"요새 대화체 쓰기가 잘 안 되니 대사에 집중하게 됐어요."

"드라마로 글쓰기 공부도 한다?"

선배는 대견한 듯 응대했다.

"네, 이 대사는 좀 어색하고, 저 대사는 참으로 명쾌하다 등등, 위트 있는 명대사 쫓아가느라 밤을 지샜죠."

"흠. 자네 귀명창이 되겠다 이거군."

"귀명창이요?"

"판소리에서 나오는 말인데 '귀가 명창'이라는 거야. 듣고 감상하는 수준이 명창의 경지에 이른 사람!"

"와우 그런 명창도 있었네요?"

선배의 박식함이 다시금 느껴졌다.

"자네, 귀명창은 되겠네!"

"예?"

내가 반쯤 좋아하고 반은 어색한 표정을 짓자 선배는 얼른 덧붙였다.

"귀명창이 되면 나중에 명창이 되기도 해!"

"예? 헤헤."

나는 갑자기 기분이 좋아졌다.

나는 선배의 칭찬에 춤추는 고래가 되었다. 집에 가자마자 사전에서 귀명창을 찾아보았다. 판소리를 즐겨 듣는 사람들 가운데 단순한 애호가 수준을 넘어 판소리를 제대로 감상할 줄 아는 능력을 가진 사람을 가리키는 말이었다. 귀명창이 나중에 명창이 된다는 말은 없었지만 나는 선배의 언질을 믿기로 했다. 드라마 대사를 제대로 분석하며 감상하는 귀명창이 된다면 나중에 훌륭한 대사를 쓰는 명창도 될 수 있다는 것을.

그날 저녁 8시, 다시 TV 앞에 앉아 우선 귀명창이라도 돼 보려고 귀를 쫑긋하며 도깨비를 보았다. 듣기는 쉬우나 영 만들어지지 않는 명대사를 나도 훗날 만들어 보리라 꿈꾸면서.

합평회 스케치

얼마 전 에세이스트 합평회에 다녀왔다. 올해 초 『에세이스트 77호』에 내가 제출한 수필 「변신」이 신인상을 받아 실렸었다. 합평회가 신인상 받은 이들의 환영회인 줄 알았는데, 알고 보니 77호에 기여한 저자들을 모두 초대해서 전체적인 평가를 하는 모임이었다. 그중에서 신인이 차지하는 부분은 미미했다. 수상자를 모아 놓고 조촐하게 등단 소감을 묻는 모임인 줄 알았다가 좀 머쓱한 생각이 들었다.

모임 장소인 경희대 동문회 빌딩은 비원 바로 앞이어서 고궁의 담을 지날 수 있어서 좋았다. 아직 시간이 안 됐지만 아담한 강당에 많은 사람들이 모여 삼삼오오 담소를 나누고 있었다. 이번 합평회는 최근에 수필집을 낸 어느 작가의 출판기념회도 겸한 행사였다.

등록을 하며 신인상 수상자임을 밝히자 오지 못할 줄 알았는데 어떻게 왔느냐며 모두들 반가워했다. 개원의이므로 당연히 못 오는 걸로 생각한 모양이었다. 주간님은 따뜻한 포옹까지 하며 참석하는 신인 작가가 둘이 되었다고 즐거워했다.

합평회는 사무총장의 사회로 시작되었는데 새로 임원진이 바뀌어 처음 진행을 맡는다며 약간 상기된 목소리로 자기소개를 했다. 높은 억양의 스피치에서 열정과 젊음이 느껴졌다. 작은 강당에 모인 사람들이 적지 않았는데도 일일이 호명하며 소개를 했다.

"이분들은 늘 쌍으로 오십니다."

커플이 아닌데도 단짝으로 오는 분들은 이렇게 소개되었다.

작가회의 회장이 환영사를 하러 나왔다. 그분의 수필 「내일은 뭘 쓰지?」를 인상 깊게 읽은 적이 있어서 내심 반가웠다. 동네 어르신이 '만 원짜리 한 장 풀어 놨더니 금세 없어지더니 신년도 풀어 놓으니 어느새 3월이다'라고 말씀하신 것을 사투리 억양까지 담아 인용하며 즐거운 덕담이 이어졌는데 맺는말은 처음 들어 보는 것이었다.

"끝으로 문운이 창대하시기를 빕니다."

'문운이 창대하다니…'

앞에 놓인 무지개떡을 한입 떼어 먹으며 잠시 그분의 기원을 되뇌어 보았다. '문운'이라는 단어는 생소했지만 문운이 점점 커진다는 것은 생각만 해도 마음 설레는 일인 것 같았다.

최근에 수필집을 낸 작가의 출판기념회 순서로 이어졌다. 에세이스트 주간이 그분의 작품세계를 소개할 때 작가가 나하고 동향同鄕인 것을 알게 되었다. 귀향해서 영암의 월출산 근방에 자리 잡은 것, 동백꽃과 여러 과실수를 심은 이야기, 광주고등학교 문예반 에피소드 등이 나의 유년과 초등학교 시절을 생각나게 했다. 수필집 중 한 작품이 낭독되었는데 강당에 또박또박 울려 퍼지는 목소리는 글에 또 다른 생명력을 주었다.

"저는 늘 새인塞人, 즉 변방에서 살았던 것 같습니다."

인사를 하는 작가의 모습도 새인이라는 뜻에 맞게 겸손해 보였다. 자신의 수필은 고교 시절 글쓰기의 연장이라고 설명해서 글 속에 풍부한 감수성이 드러난 이유를 알 것 같았다.

그런데 신인상 수상자 축하 순서가 점점 다가오자 나는 엉뚱한 것에 마음이 쏠렸다. 염불에는 맘이 없고 잿밥에만 마음이 있다고, 신인들을 위해 앞에 가지런히 둔 빨강과 노랑 튤립 다발에 자꾸 눈이 갔다. 그중에서 노랑꽃을 받고 싶다는 생각이 간절했는데 다행히 내 앞에 호명된 분이 빨간색을 받게 되었다. 나는 노랑 튤립을 안고 기념사진 포즈를 취하며 7자가 두 개 들어간 에세이스트는 여러모로 내게 행운을 안겨 주는구나 하는 생각을 했다.

수상 소감을 제대로 준비하지 못해서 어떤 이야기를 할까 마음이 바빠졌다. 그런데 먼저 불려 나간 신인 작가분이 내가 하고 싶은 이야기를 거의 다 하고 있었다. 진행이 예정보다 지체되었고 스피치에 자신도 없어서 이 상황에 가장 매력적인 수상 소감은 오로지 짧은 것이라는 데 생각이 미쳤다.

"제 인생에 새로운 지평이 열린 것 같은 기분입니다. 모임이 무척 재미있습니다."

이렇게만 이야기하고 엉거주춤 자리에 앉으니 주간님이 너무 짧다는 듯이 눈을 크게 뜨고 의아해했다. 나도 간단히 마치려는 일념으로 그만 감사의 인사를 놓쳤다는 것을 깨달았다. 다소 아쉬웠지만 곧장 다음 순서로 넘어가는 것도 괜찮을 성싶었다.

짧은 휴식 시간을 가진 후 77호에 실린 문제작가의 특집 대담이 있었다. 글로 만났던 작가를 직접 보고 삶의 이야기를 들으니 그분을 입체적으로 이해하는 기분이었다. 두 분의 패널이 던지는 질문들도 날카롭고 신선했다. 패널에 참가한 선생님 한 분은 내 신인상 공모 글을 비평해 준 분이라 끝난 후 다가가서 반갑게 인사를 나누었다.

마지막 순서로 발행인의 인사가 있었는데 먼저 지방에서 수필가 모임을 열심히 인도해 온 분에 대한 감사로 말문을 열었다. 대구에서 지회를 이끌었던 그분은 수처작주隨處作主 사자성어가 새겨진 목판 선물과 함께, 처지에 따라 주인이 되며 주인을 만들기까지 했다는 칭찬을 받았다. 나는 이렇게 고상한 사자성어가 있는 줄 몰랐다.

에세이스트에 수록된 작가들의 글은 상당히 수준이 있다는 치하와 함께 항상 엄격히 심사한다는 설명이 이어졌다.

"수필은 자기만의 사적인 이야기지만 그 안에 보편적 진리를 드러낼 줄 아는 능력이 있어야 합니다."

발행인의 맺음말이 오래도록 마음에 남았다. 그 말을 곰곰 헤아려 보면 수필이 어떤 것인지 감이 잡힐 것 같은 생각도 들었다.

그날 합평회에서 처음 만난 분들은 마치 오랫동안 알아 왔던 사람처럼 친근한 느낌이 들었다. 작가 대열에 들어선 뿌듯함과 함께 다소 긴장감도 느껴졌다. 내 인생에 몇 번 경험해 보지 못했던 훈훈하고 따뜻한 모임이었다.

2

동네 공인

브라보 9학년

언젠가부터 중년 이후의 나이를 지칭할 때 학년이라는 말을 사용하는 것을 들었다. 내 병원에 오는 환자들도 나이 묻는 것이 조심스러울 때 '몇 학년이세요?'라는 표현을 쓴다. '아직 4학년인데 곧 5학년 되려고 해요'라는 대답은 40대 후반이라는 뜻이다. 나이에 대한 이야기를 부담 없이 할 수 있는 장점이 있어 보인다. 자신들끼리 청춘으로 치는 5, 6학년을 지나, 요즈음 중년이라는 7, 8학년을 마치면, 노년의 시작인 9학년이 된다.

9학년들은 대체로 혼자서 약을 타러 오지 못한다. 거동이 불편해서 보호자와 함께 오거나 대리처방을 받는 경우가 많다. 지팡이에 의지하거나 휠체어를 타고 진찰 받으러 왔다는 것은 집 안에서만 소일하거나, 요양병원에 누워 있는 상황에 비해 건강하다는 것을 뜻한다. 자랑스러운 상태임에도, 진료실에서 종종 만나는 9학년들은 무척이나 겸손하다.

두 달에 한 번 어김없이 혈압 약을 타러 오는 9학년이 있다. 지팡이를 짚고 아파트 단지를 혼자 걸어오느라 도착하자마자 숨이 차서 한참을 대기실에 앉아 숨 고르기를 해야 한다. 그분은 진료실 문을 열고 들어올 때나 혈압계에 팔을 내밀 때 얼굴에 송구스럽다는 표정이 가득하다.

"혈압이 좋으시네요. 약을 꼬박꼬박 잘 드시니까."

"이렇게 살겠다고 약을 먹고 있네요. 빨리 가야 하는데…."

"무슨 말씀이세요? 건강하게 오래오래 사셔야지요."

"너무 오래 살아서…. 구십이 넘도록 살아서 애들한테 폐만 끼치고 있어요."

무엇이 그리 미안한 것인지 나한테까지도 미안하다는 말을 되풀이했다. 구부정한 허리로 지팡이를 의지해 한 발짝 한 발짝 진료실을 나가는 뒷모습을 보며 나는 혼자 중얼거렸다.

"9학년 된 것이 미안한 일은 아닌데."

병원에 오는 것이 소풍 나들이인 9학년도 있다. 그분은 식전 혈당 체크를 한 후 식후 두 시간 채혈을 할 때까지 대기실에서 간호사들과 담소를 나누며 시간을 보낸다. 8학년 때는 주변에서 은행일이나 사소한 볼일을 보곤 했는데 이제는 나가는 것도 귀찮은지 커피를 한잔하며 기다린다. 앉아서 하는 이야기는 늘 비슷하다.

"힘은 하나도 없고, 무릎이며 관절이 갈수록 더 아파. 입은 소태 같이 쓰니 혼자서 한 끼 해 먹기도 귀찮지."

가끔 자랑스레 자식들이 꼭 맞으라 했다며 그 시간에 영양제를 맞는다. 어느 때는 노인정에서 자신보다 나이가 적은 후배 어르신을 데려와 나란히 누워 맞기도 한다.

어느 날 마을버스 정류장에서 버스를 기다리며 서 있는데, 어떤 어르신의 내리는 모습이 그분과 비슷했다. 하지만 그 연세에 마을버스를 탈 리 없어서 나는 딴 사람이려니 생각했다.

"아니 의사 선생님이 여기 웬일이셔?"

그분이 먼저 내게 반가이 다가왔다.

"어머나! 혼자 마을버스 타고 다니세요?"

"그럼 마을버스 타야지 매번 택시 타나? 한 번 타면 곧장 오는데."

"와! 그러세요? 무릎 괜찮으세요?"

"쉬엄쉬엄 타는 거지 뭐."

병원에서 여기저기 아프다고 했던 분위기와 달라서 의외였다. 나는 어떤 때 균형 잡기도 힘든 마을버스를 익숙하게 타고 다니는 그분이 씩씩하다는 생각이 들었다.

90세까지 사무실로 출근해서 서류에 도장을 찍고 경제활동을 했던 9학년도 있다. 일을 놓은 지 2년 정도 되었지만 늘 양복 정장에 넥타이를 매고 내원한다. 어느 날 그분께 몇 가지 약을 처방해 드렸는데 그가 진료실 밖으로 나가자 반기는 여자 목소리가 들렸다. 곧이어 컴퓨터 화면에 그분 따님 이름이 올라왔다. 대기실에서 부녀간에 인사를 주고받는 것 같더니 점점 목소리가 커졌다. 두 사람이 다투는 것인가, 생각하며 어리둥절하고 있는데, 순서가 되어 따님이 방으로 들어왔다.

"큰소리 내서 죄송합니다. 저희 아버지 정말 못 말려요."

그녀는 멋쩍어하며 말했다.

"아버님과 무슨 일 있으셨어요?"

"제가 아버님 진료비를 내려 하니까 팔을 확 뿌리치시지 뭐예요. 왜 네가 계산하느냐고, 내 껀 내가 낸다고 호통 치시는 바람에…."

이렇게 당당한 9학년도 있다.

어느 9학년은 아내가 먼저 찾아왔다. 그보다 여덟 살이 어려서 아직 8학년인 그의 아내는 자신의 위장약을 지은 후에, 남편 이야기를 꺼냈다.

"우리 집 양반이 좀 물어보고 오라 합디다."

"네, 어떤 일인데요?"

"자기가 병원에 와도 되는지…."

나는 어르신의 병세가 좀 심해서 큰 병원에 가야 할지 우리 같은 의원에서 치료할 수 있는지 상의하는 줄 알았다.

"네, 병세를 자세히 말씀해 보세요."

"감기인데, 자기처럼 아흔 넘은 노인들도 감기로 병원에 오는지 알아봐 달라고."

"네? 당연히 오시고 싶으면 오는 거지요!"

"그런데 정말로 아흔 넘은 노인들이 더러 오나요?"

"네, 그럼요! 많이들 오세요."

"저희 집 양반은 자꾸 사람들이 흉볼 거라고."

"예? 무슨?"

"그 나이에 더 살아 보려 한다고 사람들이 흉본대요."

"아니에요. 걱정 말고 모시고 오세요."

그녀는 반기며 안심하는 기색이 역력했다.

다음 날 그분이 아내의 손에 이끌려 수줍은 듯 나타났다. 얼굴에 주름도 생각보다는 덜하고 걸음걸이가 힘이 있어서 외모로는 9학년처럼 보이지 않았다. 그는 커다란 은혜를 입은 사람처럼 고마워하며 진찰을 받았다. 얼마 후에 그가 설사를 해서 기운 없는 증세로 또 방문하게 되었다. 그는 작은 목소리로 링거를 맞을 수 있는지 물었는데, 마치 바라지 않아야 할 것을 바라는 것처럼 부끄러워했다.

이분처럼 진찰받으러 가는 것이 구차하게 오래 살고 싶어 하는 것으로 비칠까 봐 용기를 내지 못하는 다른 9학년들도 있을 것이다. 병원을 이용하면 병을 키우지 않아 자식들에게 좋은 일이고, 또 우리에게도 보람 있는 일인 것을 소박한 그들은 잘 모르는 것 같다.

9학년들은 대체로 약하고 겸손하지만, 나는 그들을 대할 때마다 헤밍웨이 소설 『노인과 바다』의 주인공이 떠오른다. 그분들도 인생의 바다에서 커다란 청새치 한 마리쯤은 낚았을 위대한 노인이라 생각된다. 다만 세월과 세파의 상어 떼들에게 시달려 지금의 기진함에 이르렀을 것이다. 나도 책 속의 소년이 노인에게 얘기한 것처럼 말해 주고 싶다. 물고기에게 진 게 아니라고. 사실은 크게 이긴 거라고.

동네 공인

한 지역에서 이십여 년 개원을 하다 보니 내가 어느새 동네 공인이 되어 있었다. 공인이 되니까 불편한 점도 있었는데, 길에서 뭘 사먹을 수 없는 것이 제일 아쉬웠다. 나는 호떡이나 붕어빵 같은 포장마차 음식에 약한 족속이다. 이 동네에서 어느 포장마차가 괜찮은지 내가 가장 잘 꿰고 있을 것이다. 처음엔 별생각 없이 붕어빵을 길에서 먹으며 다녔는데, 어느 날 예닐곱 살쯤 돼 보이는 남자아이와 어머니가 스쳐 지나가면서 나누는 대화가 들렸다.

"엄마, 의사 선생님도 붕어빵 사 먹어?"

우리 병원에 온 적이 있는 아이였던 것 같다. 어머니의 대답은 잘 들리지 않았고, 나는 얼른 먹던 붕어빵을 다시 봉투에 담아 가방에 넣었다.

나중에 그 이야기를 들은 친구가 혀를 차며 나를 혼냈다.

"정신 차려! 너 이제 동네 공인이야!"

"그래서?"

"길에서 뭐 먹고 다니지 마라. 사람들이 다 본다."

친구는 따끔하게 말했다.

"뭐 어때?"

"품위를 지켜야 돼 품위를! 너 의사 선생님이잖아?"

친구의 조언도 일리가 있어 보여 그 후로는 길에서 군것질하는 것을 삼가기로 했다. 붕어빵을 봉투에 담아 와 점잖게 집에서 먹었는데 재미도 덜하고 식어서 맛도 없었다.

어느 날 저녁 때 작은 한을 풀 수 있는 절호의 기회가 생겼다. 어둑어둑 퇴근길에 아파트 단지를 가로질러 알뜰장터를 지나갈 때였다. 과일이며 생선, 야채 등은 거의 파장이 되어서 상인들이 짐정리를 하고 있었는데, 포장마차는 몇 학생들에 둘러싸여 아직 영업 중이었다. 주인은 몇 개 남은 튀김, 만두, 핫도그를 마저 팔아 치우고 싶은 눈치였고, 피곤하고 배고픈 내게 그것들은 유혹적이었다.

"핫도그 하나 주세요. 케첩 발라서."

"포장해 드려요?"

"아뇨, 그냥!"

보통 때 같으면 포장해 갈 텐데 그날은 막대에 꿴 채로 받았다. 밖이 어두워져 얼굴이 잘 안 보이니 과감하게 길에서 먹어도 될 듯싶어서였다. 끓는 기름 속에서 금방 건져 올린 핫도그는 지그재그 빨강 선이 그어지자 한층 먹음직스러워 보였다. 아파트 단지 내 길을 천천히 걸으며 한 개를 다 해치웠다. 맛있게 먹는 동안 다행히도 아는 사람과 마주치지 않았다. 배가 고파 군것질 맛이 꿀맛인 데다가, 그동안 망설여 왔던 일을 해 본 성취감도 짜릿했다. 매주 늦게 끝나는 화요일마다 이 재미를 좀 맛봐야겠다고 마음먹었다.

동네 공인에게는 스포츠 센터에서도 소소한 일이 발생한다. 그곳에 다니는 사람들 중 많은 이가 우리 병원에 와 보았거나, 오랜 단골이기 때문이다. 샤워를 한 후 머리를 말리고 로션을 바르는 파우더 룸에서 사람들과 맞닥뜨릴 때 곤란한 일이 생기곤 한다

지난번엔 어떤 중년 여성이 내게 다가와서 중요한 조언인 양 한마디했다.

"선생님, 뱃살이 좀 찌셨네요."

"아, 네? 그래요?"

겉으로는 아무렇지 않은 척 대꾸하고 그분이 나가자마자 체중계에 올라가 보았다. 실제로 오백 그램이 붙어 있었다. 나보다도 더 정확한 그분의 눈썰미에 감탄을 금할 수 없었지만, 잘 모르는 사람에게서까지 내 뱃살이 관찰당하는 것이 당혹스러웠다.

파우더 룸에서 단골들이 스스럼없이 의학 상담을 하기도 하는데, 옷도 제대로 갖추어 입지 않은 상황에서 의사 노릇을 하는 느낌은 참으로 묘했다.

"대상포진 예방주사 언제든지 맞으러 가도 돼요?"

"네, 그런데 50세 지나야 맞을 수 있어요."

이렇게 간단한 문답도 있지만 꽤 심각한 상담을 해 오는 경우도 있다. 단골들에게 보답하는 마음으로 성의껏 답해 주려 하나 흰 가운 없이 진료실 밖에서 하는 상담은 좀 애매했다. 이런 장소에서는 의사로서의 권위나 체통이 사라진 느낌이었는데도, 그들은 진지하게 상담을 받고 고개를 끄덕끄덕하였다.

그렇지만 곤란한 일만 있는 것은 아니다. 때로는 즐거운 일도 있

다. 어느 날 남편과 함께 나란히 길을 가는데 유치원 또래 소녀가 우리 둘을 유심히 쳐다보며 마주 오고 있었다. 우리 병원에 다니는 아이였다. 옆에서 소녀의 어머니가 인사를 시켰다.

"인사드려야지. 의사 선생님이시잖아?"

그 아이는 하라는 인사는 안 하고 미소를 지으며 우리를 뚫어지게 바라보았다. 그러더니 대뜸 우리를 가리키며 소리쳤다.

"커플이다! 커플!"

"쉿!" 어머니는 당황해서 저지시키려 했으나 아이는 한술 더 떠 손으로 큰 하트를 그렸다.

"둘이 사랑한데요. 얼레리꼴레리."

어린 소녀는 머리 위에서 하트 그린 손을 빙글빙글 돌리며 노래하듯 놀렸다.

"좋아한데요. 얼레리꼴레리."

그 소녀는 킥킥거리고 어머니는 미안해하며 어쩔 줄 몰라 했다.

"그만 그만해, 두 분 진짜 부부셔."

어머니가 말려도 그 아이는 한참을 뒤돌아보며 놀려 댔는데 우리 부부는 전혀 당황스럽지도 않고 언짢지도 않았다. 오히려 살짝 기분이 좋았다. 그 어린이가 귀엽기도 하고, 부부가 걷는 모습을 연인으로 해석해 주어서 그런 것 같았다. 이렇게 아리따운 소녀 팬을 거느린다는 것은 아주 멋진 일이라는 생각이 들었다.

요즈음도 대낮에는 붕어빵을 가방 속에 넣은 채 점잖은 척 걷는다. 한입 베어 물고 싶은 마음을 꾹꾹 누르며 동네 공인으로 처신하는 것이 쉬운 일은 아니로구나, 하고 생각한다. 작은 동네에서도 이렇게 신경이 쓰이니 진짜 공인으로 사는 유명 인사들이나 연예인들은 얼마나 힘들까, 상상해 본다.

집에서 붕어빵 봉지를 열면 바삭했던 붕어들이 축 늘어져 있다. 남의 시선을 의식하며 살다가 힘이 빠진 내 모습 같기도 하다. 나는 바삭바삭한 붕어빵이 되고 싶은데.

주사실 풍경

　우는 것밖에 자기 마음을 표현할 방도가 달리 없는 어린이에게 예방주사 놓기는 그다지 어렵지 않다. 어른들끼리 힘을 합쳐 아이를 붙들고 주사를 놓으면 되기 때문이다. 아마 세 살 미만의 어린이가 이에 해당되는 것 같다. 돌 정도 되면 뭔가 불길한 낌새를 느낀 아이는 주사를 놓기도 전에 온 병원이 떠나가라 울어 댄다. 엄마가 아이를 어르며 상체를 보듬고 간호사가 허벅지를 단단히 움켜쥐면 내가 재빨리 근육 주사를 놓는다.

　"아이고, 아야 했어? 우리 아기를 누가 아프게 했어? 쎄쎄쎄."

　바늘을 빼기가 무섭게 아픔에 동참해 주고 싶은 엄마는 아이를 달래기 시작한다.

　"잘 참았어, 우리 아기. 잘했어. 잘했어."

　말귀를 못 알아들을 나이지만 칭찬도 이어진다. 나는 괜히 나쁜 사람이 되고, 계속 울어 댄 아이는 무슨 큰일을 해낸 것 같다.

　아이가 더 자라면 거부할 힘이 약간 생겨서 다양한 주사실 풍경이 연출된다.

진료실에서 진찰이 끝나고 주사 처방이 나면 그때부터 갈등의 시작인데 아무런 저항 없이 순조로울 때가 있다. 이렇게 뭔가 수상하다 싶으면 보통 어머니가 미리 장난감으로 흥정을 한 경우가 많다. 꼭 맞아야 하는 예방주사에까지 보상을 해 주면 앞으로 아이가 살면서 감수해야만 하는 고통의 순간을 어떻게 넘어가려나 걱정도 된다.

대부분 주사를 맞자마자 약속한 물건을 주거나 문방구로 사러 가는 경우가 대부분이다. 그런데 간혹 미리 선물부터 사 주고 오는, 아이보다 더 순진한 엄마도 있다. 이럴 때는 그다지 순탄하지 않다. 막상 맞으려 하니 두려움이 생겨 아이가 저항하기 때문이다.

"너 잘 맞기로 했잖아? 엄마가 문방구에서 자동차도 사 주고!"

"안 맞을래! 아플 것 같아…."

보상을 해 주지 않은 경우와 별반 다름없이 장난감 자동차를 손에 든 채로 아이는 엄마랑 씨름을 한다.

아주 수동적인 아이들은 털 깎이러 가는 양처럼 순순히 눈물을 훌쩍이며 따라간다. 그래도 어머니의 합리적인 설명이 아이의 정신 건강에 좋아 보인다.

"응, 쪼끔은 아파. 그런데 엄마 품에서 맞으면 금방이야. 금방 끝나."

좀 우려가 되는 경우는 끝까지 거짓말로 일관하는 것이다. 손주에게 마음 여린 할머니들이 종종 그러는 것 같다.

"주사 안 놔. 안 맞아, 아무것도 안 해!"

주사 처방이 나오자마자 미심쩍은 표정의 손주에게 할머니는 큰 소리를 친다.

"정말? 정말이야?"

믿을 수 없다는 듯 되묻는 아이를 할머니는 쓰윽 주사실로 데리고 간다.

"응, 약만 발라, 약만. 시원하게."

그러면서 아이를 품에 앉힌 할머니는 아이의 팔을 걷어붙이고 이야기한다.

"간호사 선생님! 우리 귀염둥이 약만 발라 주세요."

간호사도 거들며 거짓말에 합류한다.

"네, 그럴게요. 약만 바르고 얼른 가자아?"

그러면서 알코올 솜으로 약을 바르듯 팔을 문지른 후 재빨리 주사를 놓는다.

"앙, 아야!"

"잘했어! 잘했어! 아이고 예뻐라!"

할머니는 주사 맞은 자리를 연신 비비며 약만 바른 것 같은 흉내를 낸다. 그야말로 눈 가리고 아웅 한 셈인데 신기하게도 아이의 울음 끝이 매우 짧다.

'왜 거짓말했어? 주사 안 맞는다 했잖아?' 하고 아이가 항의하며 화내는 경우를 한 번도 본 적이 없다. 처녀의 시집 안 간다는 말이나 상인들의 남는 것 없다는 말처럼 아이도 다 알면서 그냥 넘어갔는지 모른다. 아픈 것 절대 안 한다는 할머니 말이 비록 거짓말이지만 주사 전의 긴장감은 어느 정도 해소해 주는 것 같다.

애니메이션 〈몬스터 주식회사〉에서는 주인공들이 아이들 비명소리를 채집하려고 밤에 벽장에서 아이들을 놀래킨다. 이들이 우리 병원에 오면 낮에도 소득이 있을 거라는 생각을 한다. 어디에서 들을 수 없는 쩡쩡한 외침이 있기 때문이다.

엊그제 토요일에도 네 돌짜리 아이가 유치원 추가 접종을 받으며 온 동네가 떠나가도록 소리를 질렀다. 진찰할 때는 엄마, 동생, 아빠와 함께 오붓한 분위기였는데 주사실에서 막상 예방주사를 놓으려 하니 막무가내로 싫다고 했다. 집에서는 잘 맞기로 약속했잖아, 하며 엄마가 달래고, 또 아빠가 한참 설득을 했다. 그래도 거부하며 복도로 도망가니 화가 난 아빠가 강제로 붙잡아 왔다.

"안 해! 안 해! 주사 안 맞을 거야!"

바둥거리며 안 맞겠다고 소리 지르는 아이를 단단히 끌어안고 아빠가 주사실 침대에 앉았다. 통통한 아이의 힘이 꽤 세서 두 팔을 붙잡은 아빠는 진땀이 났다. 애타게 쳐다보던 엄마와 동생은 험악한 분위기에 대기실로 얼른 피신했다.

"힘 빼, 힘 빼! 움직이지 마! 움직이면 한 번 더 찔러야 돼!"

아이의 외침이 크니 아빠 목소리도 협박조로 함께 커졌다. 간호사 두 사람이 함께 붙잡고서야 간신히 주사를 놓았다.

"아야, 아파!"

"끝났다. 끝났어. 봐! 별거 아니지?"

일이 끝나자 힘들었던 아빠는 아이를 나무라는 투가 되었다. 병원에서 대기 중인 모든 사람들의 시선을 끌며 잠시 멋쩍은 단막극을 연출했기 때문이다.

"아파요…"

말로는 아프다고 했지만 아이 표정은 금세 펴져 있었다.

"뻐근해? 별로 안 아프잖아? 창피하지?"

아빠는 기분이 덜 풀려서 알코올 솜으로 팔을 문지르며 퉁명스럽게 말했다.

"아빠! 우리 이제 어디 가?"

눈물이 대롱대롱 맺혀 있는 채로 아이는 엉뚱한 것을 물었다.

아빠는 어이없는 표정이 되었다. 긴장된 순간이 끝나자마자 아이는 다시 어디론가 나서고 싶은 마음이 든 것 같았다. 다음 환자를 보고 있는데 대기실에서 언제 그랬느냐는 듯 아이의 깔깔거리는 웃음소리가 들려왔다. 온 식구가 다음 장소로 갈 채비를 하는 듯했다. 격렬한 소동이 간혹 있지만 주사실 풍경은 대략 해피엔딩으로 끝난다.

진시황의 꿈

　요즈음 우리 병원에는 특별히 아프지 않은데도 영양제를 맞으러 오는 사람들이 있다. 며칠 전 내원한 오십 대 중반의 여성도 겉으로는 영양제 맞을 이유가 없어 보였다. 근육질 몸매에 적당히 그을린 얼굴이 건강해 보였는데 테니스 시합을 앞두고 영양제를 맞고 싶다고 했다.

　영양제를 맞는 사람들은 대부분 영양상태가 불량하거나 장염이 심해서 기운을 못 차리는 환자들이다. 그러나 병색이 완연하거나 허약한 사람 말고도 건강한 이들 가운데 영양수액을 찾는 사람이 점점 많아지고 있다. 이 중년 여성처럼 나이에 비해 젊고 강건해 보이는데도, 원하는 경우가 적지 않다. 사연들도 다양하다.

　"어제 게임하다 다리에 쥐가 났어요. 대회가 내일 모렌데…. 영양제가 예방이 될까요?"

　"그럼요, 스트레칭과 마사지도 충분히 하시면요."

　"스트레칭을 했는데도 쥐가 났어요. 네 게임이나 치르긴 했지만…."

"와우 네 게임씩이나! 테니스를 무척 즐기시나 봐요?"

"다른 운동은 싱거워서 못해요. 골프도 재미없고."

"대회까지 나가고, 대단하시네요."

그 나이에는 갱년기 증상으로 힘들어하는 여성이 많기 때문에 감탄이 절로 나왔다.

"동네 대횐데요 뭐. 제가 고참이라 선수 대표예요."

"대표면 실력도 정말 좋겠네요?"

그녀는 TV에서 보는 테니스 선수처럼 단련되고 날렵해 보였다.

"실력 좋으면 뭘 해요. 연습 중에 한 번 쉬었다고 은근히 따돌리려 해서 영양제 맞으러 온 거예요."

후배들이 야속하다는 표정이었다.

"아니 원! 프로선수들 같은 분위기네요?"

"네, 우리 좀 진지해요. 그나저나 나이에 맞지 않는 운동하다 쓰러지게 생겼어요."

이 중년의 테니스 애호가는 쓰러질 것처럼 보이기는커녕 씩씩하고 활달한 모습이었다. 혹시라도 내가 오십 대에 테니스는 과격한 운동이라고 말할까 봐 미리 엄살을 피우는 것 같았다. 스포츠가 젬병인 나는 구장을 누비며 뛰고 다닐 그녀가 멋져 보였다.

며칠 후 중소기업 현역 사장인 80세 남자 어르신이 우리 의원을 방문했다. 그분도 가끔 영양제를 맞는데 활기차고 건강한 현재의 삶을 유지하고 싶어서이다. 작달막한 체격에 까무잡잡한 피부라 나이에 비해 10년은 젊어 보이고 그 나이에 흔한 만성질환도 없었다.

"내가 아파 본 적이 없는데 얼마 전 공장에서 넘어졌어요."

그는 몇 달 전 다친 이야기를 했다.

"아니 공장일도 손수 하세요? 젊은 직원들 시키셔야죠?"

나는 의아해서 물었다.

"요새 젊은이들 공장에 없어. 나 같은 중소기업에는 노인들뿐이야. 높은 곳에서 나사를 조이다가 아래로 떨어졌지."

"아휴, 큰일 날 뻔하셨네요!"

"다행히 많이 안 다쳐서 한의원에서 침 맞고 허리는 많이 좋아졌는데, 기운이 좀 딸려서."

그분은 땅을 시추하는 중장비 부품을 납품하는 중소기업을 운영하는데 기계일도 자신이 직접 한다고 늘 자랑하곤 했다. 대단한 노익장이었다.

"요새 젊은 애들 궂은일 안 하려고 해."

"젊은 사람들이 지원을 안 해요?"

"지원도 잘 안 하고, 들어와도 일 좀 시키려 하면 금방 나가 버려…."

그분은 한숨을 쉬며 이야기했다.

"안타깝네요."

"이제 나도 치사해서 안 뽑아."

"정말 그러시겠어요."

"지금 우리 회사에 나이 칠순 넘은 직원이 열한 명이나 된다고."

"아, 꽤 많군요."

"근데 모두 아주 성실해! 몸으로 때우는 일도 다 하고."

팔순의 회장은 어르신 직원들의 태도를 자랑스러운 듯 설명했다.

"대단들 하시네요!"

"청년실업 어쩌고 하지만 사실 중소기업에선 젊은 사람이 오지 않아 못 뽑아. 모두들 대기업에 가려 하고, 화이트칼라 일만 좋아해서. 그래서 젊은이들 대신 우리가 뛰는 거지 뭐."

그분은 한참을 사업주로서의 애로사항을 토로했다. 그러나 그 나이에 일을 논할 수 있는 어르신은 사람들이 부러워할 만한 멋진 80대임이 틀림없었다.

또 다른 60대 후반 여성은 골프 나가기 전에 영양제를 맞으러 온다.

"내일 라운딩이에요. 좀 잘 쳐 보려고."

그녀는 언제나 제일 좋은 것으로 놔 달라 했다. 단골이라 격의 없게 지내는 터여서 나는 그녀의 승부욕을 꼬집어 주었다.

"그렇지 않아도 장타신데 비거리 더 늘리려고요?"

"젊은 애들하고 나가니까. 힘 딸리지 않아야죠."

빙긋 웃는 그녀의 미소에서 영양제에 의지해 어린 사람들에게 꿀리지 않으려는 바람이 읽혀졌다.

해외여행을 앞둔 중년 여성들도 영양제를 맞으러 온다. 장시간 비행과 패키지여행의 강행군을 준비하려는 것이다. 영양제를 맞고 수월하게 다녀왔다는 인사를 많이 들었다.

건강에도 부익부 빈익빈 현상이 있는 것 같다. 정말 힘든 사람들은 시간과 여력이 안 되고 의욕도 없어서 제때 치료를 못 받고, 오히려 건강한 사람들이 더욱 강건해지려고 열심히 병원을 방문한다. 이들에게 영양수액은 건강증진의 목적으로 사용되고 있다. 평균 수명이 길어진 요즈음 중, 노년의 삶의 질을 높이는 도구가 되어, 오십 대의 테니스 시합을 도와주고 팔십 어르신의 CEO 일에 힘을 실어 준다.

영양수액의 영양가를 엄밀히 따져 보면 단백질이 충분히 들어간 균형 잡힌 식단 두세 끼를 먹는 정도일 뿐이다. 그런데 사람들은 영양수액이 진시황이 찾던 불로초까지는 안 되더라도 힘이 나게 해서 젊은 일상을 가능하게 해 준다고 믿는 것 같다. 사람들은 지금도 여전히 진시황처럼 불로장생의 꿈을 꾸고 있는 것일까?

소영이와 춤을

"우리 춤 한번 출까요?"

이번 성탄절에도 나는 소영이에게 손을 내밀었다.

'흰 눈 사이로 썰매를 타고 달리는 기분 상쾌도 하다, 아!'

봉사를 온 학생들이 앙코르곡으로 경쾌한 〈징글 벨〉을 연주했다. 그러자 남녀 장애우 친구들이 너도나도 일어나서 서로 손을 잡고 몸을 움직이기 시작했다. 올해는 소영이도 흥이 나는 모양이었다. 표정이 밝아지며 내 손을 잡아 쥐었다. 우리도 자리에서 일어나 장단에 맞춰 팔을 흔들었다. 소영이는 내 눈길은 피한 채 '징글 벨! 징글 벨!' 하는 리듬에 따라 팔딱팔딱 뛰기도 하고 나랑 포개진 오른손을 머리 위로 빙그르 돌리기도 했다. 유치원생 율동처럼 단순한 동작이었지만 함께 유쾌하게 한바탕 뛰놀았다.

소영이는 장애인 복지 시설에 살고 있다. 다운증후군 친구라 이제 이십 세가 넘었지만 아직도 앳된 모습을 지녔다. 키는 140센티가 안 돼 보이고 곱슬머리에 눈이 커서 귀여운 인형 같은 얼굴이다. 함께 살던 할머니가 연로하여 요양시설에 가게 돼 이곳으로 보내졌다고 한다.

십여 년 전 성탄절 날 우리 가족은 할아버지 산소에 성묘 갔다가 이곳에 들러 연주 봉사를 하게 되었다. 큰아이는 하모니카로 〈루돌프 사슴코〉를, 초등 오학년이었던 작은 아이는 첼로로 〈첫 번째 노엘〉을 연주했다.

"여러분! 이게 첼로라는 악기예요."

장애우들이 첼로를 처음 보는지 간사님이 악기부터 소개했다. 이십여 명의 공동체 식구들은 음악에 큰 반응이 없었고 연주가 끝나도 산발적인 박수만 나왔다.

작은아들이 중학생이 되자 봉사활동을 원하는 학교 친구들이 합류해서 제법 큰 앙상블이 되었다. 성탄절과 여름방학 때 연주 봉사를 하면서 곡들도 다양해졌다. 장애우들도 친밀감이 생겼는지 음악이 나오면 신나게 박수를 치면서 흥겨운 몸짓을 했다.

폭우가 내렸던 어느 해 여름이었다. 비 때문에 실내에서 연주를 했는데 그해 처음 지어진 강당은 여느 콘서트 홀 못지않게 울림이 좋았다. 〈라스파뇰라〉와 〈금과 은 왈츠〉가 나오자 분위기가 무르익었다. 부드러운 선율에 이끌려서 여럿이 일어나 둘씩 짝을 지어 자신들 나름의 왈츠를 추기 시작했다. 점점 더 많은 친구들이 일어나서 춤을 추자, 차마 용기를 내지 못한 여자아이 몇 명만 남게 되었다.

이때 자녀의 연주 봉사를 따라온 어머니들이 이들에게 춤을 청하자며 눈짓으로 사인을 보냈다. 나도 구석에 앉아 이미 짝지어진 무리들을 어리벙벙 바라보고 있는 아이에게 다가갔다.

"우리 춤 한번 출까요?Shall we dance?"

영화 속 남자 주인공이 무도회에서 우연히 마주친 미인에게 건네는 이런 말을 내가 해 볼 거라고는 한 번도 생각지 못했다. 내 삶에서 춤추는 연회에 갈 일은 거의 없었기 때문이다.

그해 장애우공동체 강당에서 즉석 무도회장이 만들어지는 바람에 생전 처음 춤을 청하게 되었다. 나는 쑥스러운 표정으로 눈을 껌벅이고 있는 소영이에게 손을 내밀었다. 영화 속 장면과는 다르지만 못 이기는 척 손을 잡는 소녀의 마음은 비슷해서, 처음엔 수줍어하다가 점점 즐거워하고, 음악이 흐를수록 자신감이 생기는 듯했다. 엉터리 왈츠를 추었지만 끝날 때쯤 흥겨운 움직임에 볼이 상기되고 어느 정도 서로 친밀감이 생겨 아쉬움도 남았다. 그 후 그곳을 방문할 때마다 소영이를 눈여겨보게 되었다.

소영이의 수줍어하는 것 같은 인상은 몇 달 후 다른 일로 공동체를 방문했을 때 깨지고 말았다. 간사님과 함께 있던 차 안에서 난데없이 아이가 한강수 타령을 뽑기 시작했기 때문이다.

"한강수라! 깊고 맑은 물에 수상선 타고서 에루화! 뱃놀이 가잔다. 아하 아하 에헤요 에헤요! 둥게 디여라 내 사랑아!"

"어? 어! 소영이가 타령을 다 부르네?"

내가 놀라워하자 간사님은 미소를 띠었다.

"소영이는 타령 전문이에요. 새타령, 각설이타령도 종종 나와요. 오히려 동요를 잘 모르죠."

"어머머."

"할머니랑 단둘이서만 살아 그렇대요. 어르신께서 라디오 틀어 놓고 늘 흥얼거리셨나 봐요."

가사는 뚜렷하지 않았지만 구성진 소영이의 목소리에서 할머니에 대한 그리움이 느껴졌다.

친구들과 함께 봉사하던 앙상블이 커져서 관현악단이 되자 아들은 익투스라는 이름을 붙였다. 익투스 오케스트라는 해마다 성탄절이 되면 장애우공동체를 방문해서 크리스마스 캐럴을 연주했다. 장애우들은 음악이 흐를 때마다 순수하게 그 선율에 맞는 반응을 했다.

어느 해인가 〈화이트 크리스마스〉가 연주되었을 때는 한 친구가 앞으로 나와 빙 크로스비처럼 '꿈꾸는 하얀 크리스마스, 또다시 돌아왔구나' 하며 노래를 불렀다.

해마다 연주하는 〈실버 벨〉이 나오면 여러 명의 장애우들이 조금 서툰 발음으로 가사를 흥얼거렸다.

거리마다 오고가는 많은 사람들
웃으며 기다리던 크리스마스
아이들도 노인들도 은종을 만들어
(……)

그러다가 〈창밖을 보라〉, 〈루돌프 사슴코〉 등 빠른 곡이 나오면 반갑다는 듯 다들 재빨리 일어나 흥거운 율동을 시작했다. 나도 자주 소영이랑 파트너가 되어 썰매를 끄는 루돌프 흉내를 냈다.

그런데 언제부터인가 소영이 표정이 점점 어두워지더니 작년 성탄절에는 아예 앉은 자리에서 얼굴을 푹 숙이고 있었다. 즐거운 프로그램이 나와도 움직이지 않았다. 앞을 전혀 쳐다보지 않아서 내가 고개를 숙여 눈 한번 마주쳐 보려 하니, 아예 얼굴을 확 가슴에 묻어 버렸다.

"소영이가 요사이 많이 우울해요."

얼굴 좀 들어 보라고 달래는 내 귀에 대고 간사님이 살짝 이야기해 주었다. 타령을 가르쳐 주었던 할머니가 많이 아프신 걸까, 하는 생각이 들었다.

올해 성탄절, 앞자리에 앉은 소영이는 고개를 들고 큰 눈을 깜박이며 주위를 살피고 있었다.

좀 괜찮아 보여 마음이 놓였다. 소영이의 밝아진 얼굴을 봐서인지, 현악기 주자들이 많아져서 그런지 〈실버 벨〉 선율이 더욱 감미롭게 느껴졌다. 관현악 반주에 맞춰 어버이들은 〈첫 번째 노엘〉을 불렀는데 나는 마음이 즐거워서 큰 목소리로 불렀다.

그런데 소영이가 춤까지 출 줄은 몰랐다. 〈루돌프 사슴코〉가 쿵짝거릴 때만 해도 옆 동료가 손을 이끌어도 딴청을 피웠기 때문이다. 그런데 〈징글 벨〉이 나오니 신나는 마음을 참을 수 없었는지 내 손을 붙들고 자리에서 일어났다. 우리는 함께 손을 잡고 흥겹게 뛰기도 하고 돌기도 했다. 미소를 띠며 바라보던 간사님이 우리 사진을 몇 장 찍어 주었다.

그 아이는 나하고 춤춘 일을 금방 잊어버렸을지 모르지만 나는 크리스마스가 지난 뒤에도 뿌듯한 마음으로 되새기고 있다. 내년 성탄절엔 소영이가 나랑 눈을 좀 더 맞추기를 고대해 본다. 흥겨운 곡이 나오면 나는 소영이에게 멋지게 손을 내밀 것이다.

"우리 춤 한번 출까요?Shall we dance?"

3

나의 첼로 이야기

꿈을 찾아서

여러 해 전 세종문화회관에서 서울시향의 〈신세계 교향곡〉을 듣고 있을 때였다. 4악장의 웅장한 선율을 따라가다가 빠르게 활을 긋는 현악 연주자의 모습이 눈에 들어왔다. 듣는 사람도 이렇게 감동이 큰데 몰입하여 함께 음악을 만들어 가는 사람은 어떨까 궁금했다.

'듣기만 하는 사람은 알지 못하는 어떤 황홀감이 있을까?'

그들이 무척 부러웠다. 마음속 깊은 곳에서 어떤 갈망이 뭉클 솟아나는 것을 느꼈다.

'나도 현악기를 배워 볼까?'

'무슨 당치도 않은 생각을?'

'듣는 기쁨을 누리는 것도 시간이 모자라는데…'

내 속의 이성이 총동원되어 현악기 배우는 것은 별 필요도 없고 무모한 일이라고 일축하자 그 소망은 어디론가 자취를 감추어 버렸다.

나는 음악에 조예가 깊은 형제들 덕분에 어려서부터 클래식을 접하고 좋아하게 되었다. 고3 때 수능시험 마친 날 스위스 로망드 오케스트라 공연을 보러 갔었다. 의대 진학 후에는 오케스트라가 창단된다고 했을 때 다룰 줄 아는 악기가 없으면서도 가장 반가워했다. 친구들 연습하는 모습을 기웃거리며 구경하고, 첫 공연이 성황리에 끝났을 때 큰 박수를 보냈다. 그때 나중에 아이를 낳으면 꼭 악기를 가르쳐야겠다고 마음먹었다.

가족이 함께 이중주나 트리오를 하는 모습이 좋아 보였다. 큰아이가 자라기를 기다렸다가 세돌 반이 되자마자 집 앞 바이올린 학원에 데려갔다. 큰아들은 3년이 넘게 바이올린을 켰는데, 어느 날 나는 아무래도 아이에게 현악기는 안 어울린다는 결론을 내렸다.

"이제 바이올린 학원은 그만 다니자!"

"야! 신난다. 엄마! 정말이에요?"

나는 서운했으나 아이는 눈을 반짝이며 좋아했다. 어머니들이 자기가 못해 본 것을 자식에게 시키려고 한다는데 내가 그런 경우였나, 자문해 보았다.

막내는 참을성 있게 기다렸다가 초등학교 2학년 때부터 첼로 교습을 시켰다. 음악에 취미가 있는지 무난히 계속해서 다행으로 여겼다. 중학생이 되자 학교 오케스트라에 들어가고 연주 봉사활동을 다녔다. 고교 때는 트리오로 학교 무대에 서기도 했는데, 전공은 안 하더라도 첼로를 켜는 아들을 보면서 마음이 흡족했다.

막내가 고3이던 어느 날 자신의 연설문이 큰 호응을 얻었다며 흥이 나서, 안 하던 수다를 떨며 자랑을 했다. 읽어 보니 꿈에 대한 내용이었다. 자신이 고교 때 이루었던 꿈, 앞으로 이루고 싶은 야망에 대한 글이었다.

"저 글 잘 썼죠?"

"응, 정말 잘 썼다. 꿈꾸는 사람이 큰일을 한대."

녀석은 기분이 좋아져서 한마디했다.

"엄마도 큰 꿈을 꾸세요!"

"그래?"

한번 나의 꿈을 생각해 보았다. 최근에 현악기를 배우고 싶은 소망이 생겼던 일이 떠올랐다.

"사실, 요사이 꿈이 하나 있긴 한데…. 내 꿈도 이루어질까?"

"정말요? 어떤 건데요?"

아이가 순간 의외라는 반응을 보였다.

"너처럼 첼로를 연주하고 싶어. 오케스트라 활동도 하며."

"예?"

한 번도 다른 사람에게 이 이야기를 한 적이 없어서 나는 좀 멋쩍었다. 아들도 놀란 듯 잠시 가만있더니 마지막에 어른스럽게 한마디했다.

"엄마! 마음에 간직하고만 있어야 하는 꿈도 있는 법이에요."

"뭐?"

나도 그 꿈은 차마 발설하지 말고 가슴에 품고만 있어야 할 것 같았는데 막상 아들에게 그 이야기를 들으니 기분이 야릇해졌다.

"첼로 배우기에 엄마 나이가 너무 많은 거니?"

"아니 꼭 그런 건 아니고요…"

내 목소리가 풀이 죽었는지 아이는 말꼬리를 흐렸다. 나는 뭐라고 반박하고 싶었지만 마음을 삭였다. 그러면서 어렴풋이 첼로를 시작해야겠다는 생각을 했다.

'이 녀석, 지 꿈은 소중하고 엄마 꿈은 그냥 간직하고만 있으라고? 이 나이에도 꿈이 이루어지는 것을 보여 주마!'

그러나 시간이 흐르면서 점점 첼로를 시작할 엄두가 나지 않았다. 그래서 혹 격려를 받을 수 있을까 해서 남편에게 머뭇머뭇 이야기를 꺼냈다. 남편은 범사에 긍정적이며 자타가 공인하는 격려의 달인이었다.

"여보! 나, 뭐 좀 배우고 싶어. 막내 입시도 끝나서."

"좋지! 근데 뭐 배우려고?"

"…첼로"

"뭐! 첼로?"

남편은 황당한 듯 나를 바라보았고, 나는 순간 기가 죽었다. 섣불리 이야기를 꺼냈구나, 하며 후회도 되었다.

"내 로망이라서…"

"로망? 로망도 좋지만 당신 어깨는 어떡하고?"

"요새 내 어깨 많이 나았잖아요?"

"겨우 가라앉은 오십견 도지기 십상이지! 그 나이에 첼로는 어깨에 치명적일걸?"

남편은 격려는커녕 조심스레 움트는 소망에 찬물을 끼얹는 것 같았다. 나는 잠시 내가 너무 무리한 생각을 했나 돌아보다가 뭔가 반

발심이 생겼다. 몸 생각을 해 주는 것은 고맙지만, 남편이 반대하니 첼로를 배우고 싶은 마음이 더 굳어져 갔다. 이런 게 바로 청개구리 심보구나 싶었다.

나는 6개월간 준비 기간을 갖기로 하고 그동안 뜸했던 헬스장에 나갔다. 오십견이 재발하지 않게끔 어깨 근육을 기르기 위해서였다. 첼로를 배우다 어깨가 다시 나빠지는 불상사가 생기면 남편에게 낯이 서지 않기 때문이었다.

마음을 정했으면서도 막상 시작하려니 자꾸 망설여졌다. 그래서 이번에는 몇 친구에게 의견을 물어보았다.

"나 첼로 배우려 해."

"어! 첼로? 대단한 생각을 했네. 그런데 왜 하필 첼로야? 피아노도 아니고."

"앙상블이라도 해 보려고."

"나이 들어서 현악기는 소리 내기 힘들다던데?"

"바이올린보다는 쉬울 것 같아서. 아들이 쓰던 악기도 있고."

"그래도 첼로는 장난 아닐걸?"

딸이 바이올린을 전공하는 친구는 고개를 갸우뚱하며 우려를 표명했다. 반면에 자녀에게 현악기를 시켜 본 적이 없는 친구들은 열정이 있다며 격려해 주었다.

늦게 악기를 배운 분들의 경험담도 여기저기서 찾아보았다. 마침 40세에 첼로를 배운 분의 책이 나와 있었다. 존 홀트의 『절대 늦지 않음: 나의 음악 인생 이야기』였는데 제목부터 마음에 들었다. 그의 일상은 하루 저녁은 오케스트라 하러 가고, 다음 날은 트리오, 그다음 날은 콰르텟을 하는 것이었다. 중년에 배워도 이렇게 풍성한 연주활동이 가능하구나 싶어 나는 마음이 부풀었다. 현악기는 어려서 배워야 한다는 스즈키의 주장을 반박하는 대목도 있었다. 이분처럼 나도 40세 때 시작했으면 좋았을걸 하는 마음이 들었다가 사십이나 오십이나 중년인 것은 마찬가지다, 라고 스스로 위로했다.

고난의 시작

어깨를 튼튼히 하려고 헬스를 시작한 지 2개월쯤 지난 어느 날, 미국에 사는 여동생에게서 전화가 왔다.

"첼로 한다는 거 시작했어?"

"아니 아직, 한 6개월은 어깨 근육 기르고 시작하려고."

"아직도 시작 안 했어? 그 나이에 배우면서 뭘 또 그렇게 기다려? 당장 시작해!"

동생은 가족 중에서 유일하게 내가 첼로 배우는 것을 찬성했던 사람이었다. 보스턴의 아마추어 관현악단에서 오보에 주자로 있는 자신의 아주버니 이야기도 해 주었다. 현악 파트로 바꾸고 싶어 50대에 첼로를 시작했는데 2년이 지난 지금 첼로 주자로 참여한다고 했다. 첼로에 관한 한 유일한 지지자에게 혼쭐이 나자, 정신이 번쩍 들어 빨리 시작하기로 했다. 음악을 전공하는 친지에게 수소문해서 급히 선생님을 구했는데, 다행히 대학원까지 마친 좋은 분이 그다음 주부터 집으로 올 수 있다고 했다. 악기는 아들이 쓰던 걸로

하고, 교본은 스즈키 1권, 스트링빌더 1권을 새로 구입했다.

역사적인 첫 레슨 날, 준비해 놓았던 책은 전혀 필요가 없었다. 자세를 잡는 데 시간이 다 걸렸기 때문이다. 교본은 그 후로도 몇 달간 사용하지 않았다. 허리를 꼿꼿이 하고 앉아서 두 다리 사이로 첼로를 안는 자세, 활을 쥐는 방법을 터득하는 데도 상당한 시간이 걸렸다. 활을 잡고 그냥 줄을 켜면 소리가 날 줄 알았는데 우선 활이 제대로 쥐어지지가 않았다. 어깨와 팔에 힘이 잔뜩 들어가서 이십 분만 지나도 좀이 쑤시고 온몸이 결려 계속할 수 없었다. 이 지경에 이르자 소리는 제쳐 두고 제대로 자세만 잡는다면 원이 없겠다 싶었다.

겨우 활이 쥐어져서 처음으로 현을 켰던 날은 절망과 후회가 본격적으로 시작되는 날이었다. 힘없이 뿌지직 나는 소리라니…. 첼로에서 그렇게 해괴한 소리가 날 수 없었다. 오른손으로 어깨를 회전하여, 왼손을 짚지 않은 개방 현을 켜는 연습에만 5개월이 걸렸다. 언제나 왼손 진도를 나갈까 고대했지만 막상 왼손을 짚은 날 또 한 번 낙망했다. 열심히 손가락을 눌러도 소리가 나지 않았기 때문이다. 손끝에 굳은살이 박이도록 매일 짓누르는 연습을 했는데, 소리가 예쁘게 나지는 않고 손가락만 부르텄다.

제1포지션 있는 스트링 빌더 1권을 마치기까지 1년 8개월이 걸렸다. 보통 연주자들은 아무런 막힘없이 이 줄에서 저 줄로 손가락을 옮겨 가건만, 나에게 A줄에서 바로 옆 D줄로의 이동은 참으로 먼 행차였다. 1포지션에서 2포지션으로 가는 것도 마찬가지였다. 그러니 관현악곡을 하면서 줄 위를 날아다니는 첼리스트의 손놀림은 얼마나 경이로운 것인지?

손가락 움직임에 하도 뜸을 들이니 참다못한 선생님이 한마디 했다.

"하나, 둘, 셋 이제부터 2포지션 갑니다, 하고 가면 안 돼요. 구렁이 담 넘어가듯 슬쩍 옮겨 가야 해요."

"저도 알아요, 선생님. 저도 재빨리 옮겨 가고 싶어요. 이놈의 손가락이 말을 안 들어서…."

"그렇게 한참 생각한 후에 움직이지 말고 그냥 팍팍 움직이세요!"

"아니 생각 같은 건 안 해요. 그냥 손이 그렇게 빨리 안 움직여서…."

하도 손놀림이 둔하니 뇌에 무슨 장애가 있는 것이 아닐까 하는 생각까지 들었다. 계속해야 되나 말아야 하나 고민이 되어 어느 날 남편을 붙들고 속마음을 토로했다.

"나 첼로 때려 치울까 봐."

"왜 또?"

"계속한들 영 제대로 된 소리가 날 것 같지 않아서."

"뭐, 점점 소리가 나아지던데?"

"아! 근데 친구들 때문에 그만둘 수가 없네요."

나는 한숨이 나왔다.

"친구들이 뭘 상관이야. 자기가 힘들면 쉬고 좋으면 하는 거지! 당신은 다른 사람을 너무 의식해."

"내가 그렇게 앙상블 하자고 떠벌려 놨는데, 어떻게 그만둬요?"

괜스레 만만한 남편에게 소리를 질렀다. 계속하기는 너무 버겁고,

그만둘 수는 없고 오도 가도 못하는 신세가 되었다. 그나마 성실한 선생님이 꾸준히 방문해 주어 레슨이 이어졌다.

어느 날 아들이 질문을 했다.

"엄마는 〈나비야〉를 그리 좋아하세요?"

"내가 언제 그걸 좋아했어?"

"늘 〈나비야〉만 켜고 계시잖아요?"

"누군 〈나비야〉만 하고 싶겠냐? 넘어가질 못해서 그래. 넘어가질!"

그렇게 단순한 동요 〈나비야〉를 제대로 연주하는 데도 몇 달이 걸렸다.

첼로 소리가 악기 중에서는 가장 듣기에 무난하다고 하지만 지지직거리는 내 연습 소리는 내가 생각해도 집안의 소음 공해였다. 남편은 참을성 있게 감수해 주었고, 시어머니는 귀가 어두우셔서 문제가 안 되었는데 아들들은 조심스레 클레임을 걸었다.

"엄마! 좀 이따 저 나간 다음에 연습해 주시면 안 돼요? 책이 집중이 안 돼서요."

연습시간이 30분에서 한 시간으로 늘고, 밤 10시를 넘긴 날이 몇 번 있자, 며칠 후 엘리베이터에 공문이 붙었다. '아침 이른 시간이나 저녁 늦은 시간에 악기 연습이나 큰 소리 음향기 트는 것을 삼가 주십시오.' 참으로 점잖은 표현이었다. 연습시간을 최대한 낮 시간대로 옮겼다. 시어머니와 함께 사는 형편상 방도 마땅치 않아서, 남편 서재와 아들방과 거실을 넘나들며 각 방의 주인이 없는 시간에 연습을 했다.

〈작은 별〉을 시작할 수 있던 시점은 첼로 배운 지 1년이 넘어서였다. 몹시 쉬워 보이는 그 곡도 여러 달 걸렸다. 2년 반이 넘어서야 스즈키 1권이 끝났다. 이 교본의 마지막 곡은 바하의 미뉴에트 2번이었는데, 선율이 아름답고 동요가 아닌 클래식 곡이라 마음이 뿌듯했다. 다소 위로를 얻고 용기가 생겨 그다음부터는 그만둘까 하는 생각을 덜 했다

기나긴 여정

선생님 제자 중에 나보다 1년 늦게 시작한 저학년 초등생이 있었다. 어느 날 선생님께 건너 들으니 그 학생이 시작한 지 1년밖에 안 됐는데, 내가 3년째 하고 있는 스즈키 2권을 한다는 것이었다.

"아니 벌써 스즈키 2권요? 초등생이 그리 소화를 잘해요?"

"어린 나이일수록 왼손을 쉽게 짚어요. 다른 줄로 겁 없이 옮겨 가고요."

선생님은 어린 학생들이 어떻게 유연성과 습득력이 큰지 설명해주었다. 조금 지나니 그 학생은 내가 하고 있는 곡을 벌써 떼고 다음 곡으로 넘어가 있었다. 따라잡으려고 매일 한 시간을 꼭꼭 채워 연습했다. 부지런히 연습한 터라 비슷한 진도이려니 하고 물으니 그 아이는 벌써 2권이 끝났다고 했다. 야속함과 부러운 마음을 삭이면서 비교는 금물이라고, 스스로에게 되뇌었다.

얼마 후 그 학생이 발표회에서 솔로 연주를 한다는 소식을 들었

다. 나는 꿈도 못 꾸는 바흐의 〈무반주 첼로곡〉이었다. 그 아이가 비브라토로 멋지게 연주해 냈다는 그날, 나는 쓰라린 가슴을 어루만지며 맘속으로 결론을 내렸다.

"이제는 라이벌도 끝났네. 실력이 비슷해야 라이벌이라도 하지."

스즈키 2권에서 헤매는 자신이 무척 한심하게 느껴져서 어느 날 선생님을 붙들고 또 한탄을 했다.

"선생님, 저처럼 이렇게 늦게 첼로 배우는 사람 없겠죠? 제가 너무 무리하는 거 아닐까요?"

"아니요. 그래도 일찍 시작하신 거예요. 보스턴에서 유학하는 제 친구가요, 얼마 전에 주민센터에서 레슨을 시작했는데 90세 할아버지가 계시대요. 제일 성실하게 배우신대요."

"와우! 90세요?"

역시 미국은 선진국답게 앞서가는 다양한 사례가 있었다. 다음부터 나이 타령은 하지 않기로 했다.

클래식 곡이 영 진도를 못 나가는 것은 하루에 겨우 삼사십 분 정도 연습하기 때문인 것 같았다. 존 홀터의 책에서 그가 자신이 근무하던 학교에 새벽같이 출근해서 매일 세 시간 가까이 연습했다는 대목이 생각났다. 내 형편으론 아침저녁으로 나눠서 각각 한 시간을 하면 하루 총 연습량이 두 시간 가까이 될 것 같았다. 처음으로 두 시간을 채운 날 스스로 무척 뿌듯했다. 한밤중에 친구에게 문자를 보내고, 이제 이렇게 쭉 연습해서 멋진 클래식 곡을 소화하리라, 마음먹으며 꿈에 부풀어 잠이 들었다.

다음 날 아침 침대에서 일어나려는데 몸이 이상했다. 잘 일어나

지지가 않고, 둔탁한 아픔이 등 뒤 허리 부분에서부터 엉치까지 느껴졌다. 내 사전에 요통은 없었는데, 난생 처음 허리를 무겁게 짓누르며 걸음을 못 디디게 하는 통증을 경험했다. 급한 김에 시어머니가 쓰던 파스를 얻어 붙이고 소염진통제를 찾아 먹었다. 남편에게는 차마 이야기하지 못하고 간신히 병원 일을 하면서. 한동안 첼로 연습은 할 수 없었다.

그 후로 실천력이 약하다고 자신을 너무 닦달하지 않기로 했다. 한 시간을 건성으로 채우고 자주 빠트린 날도 있었던 것이 그나마 허리와 어깨를 보호했다는 것을 깨달았다. 자기 절제력이 있어서 꼬박꼬박 한 시간 이상 연습했더라면 진작 몸이 망가져서 첼로를 그만두어야 했을 것이다.

식구들이 아플 때도 내 첼로 연습은 올 스톱되었다. 아들이며 시어머니, 남편이 차례로 아픈 적이 있었는데 첼로를 6개월 이상 쉬어야 했다. 아픈 식구들을 돌봐야 해서 힘이 소진되어 할 수도 없었지만, 첼로 켜는 소리가 환자에게 부담될까 봐 못 하기도 했다.

앙상블을 시작하다

첼로로 앙상블 연주를 해 보는 것이 꿈이었던 나는 주변에서 열심히 동지들을 모았다. 친구들의 집안 대소사가 안정되는가 싶으면 잽싸게 전화를 걸었다.

"막내 합격 축하해! 몸과 마음이 홀가분하겠다."

"맞아 한시름 놨어."

"이제 아들만 바라보지 말고 자신도 좀 돌봐, 재미있는 거 하면서. 악기를 배운달지."

"뭐 악기? 악기가 뭐가 재미있냐? 고역이지."

"아냐. 이삼 년만 하면 세미클래식 정도는 한대. 백세 시대잖아?"

"나는 팡팡 놀 테야. 운동도 하고. 그런 생고생은 안 할래."

"미세 손놀림이 치매 예방에 좋대. 건강과 취미 두 마리 토끼를 잡는 거지."

"글쎄? 너나 열심히 해. 난 엄두가 안 나."

부모님 병 수발이 좀 뜸해진 친구에게도 부지런히 연락해서 바람을 넣었지만 번번이 퇴짜 맞기 일쑤였다. 아들이 활동했던 오케스트라 단원 부모들이 가장 가능성이 있어 보였다.

"우리가 박수만 칠 것이 아니라 애네들 박수도 좀 받아 봅시다."

"네에?"

"우리도 악기를 배워 앙상블을 해 보자고요."

"이 나이에 시작해서 무슨 연주를 해요?"

"애들이 대학 들어가면 악기 쳐다도 안 봐요. 그 악기 아까우니 재활용도 할 겸."

대부분은 꿈쩍도 안 했으나 몇 명이 클라리넷과 플루트, 첼로, 바이올린을 시작했다. 늦게 배운 도둑이 날 새는 줄 모른다고 관악기를 시작한 이들은 2년이 지나니 상당한 발전이 있었다. 그들은 클라리넷 동호회나 플루트 학원 발표회에 나가 연주를 하며 흥이 나 있었다. 그러나 나는 아직 스즈키 2권에서 헤매며 남 앞에서 연주할 형편이 못 되었다.

　어느 날 클라리넷을 시작한 친구가 투덜거렸다.

　"네가 앙상블 하자 했으면서 왜 소식이 없니?"

　"영 소리가 안 나. 난 아직 멀었어. 첼로는 만만치 않네."

　"열심히 해! 빨리 합주하게."

　친구가 다그치니 속히 앙상블을 할 소망으로 더욱 열심히 연습했다.

　첼로를 배운 지 3년 6개월이 지나고 스즈키 3권을 반 정도 나갔을 때, 어렵지 않은 앙상블 곡은 할 수 있을 것 같았다. 친구들과 나는 둘레에서 관심 있는 사람들을 물색하며 앙상블 모임을 준비했다. 창단 멤버로 악기를 연주할 수 있는 커플이 둘 있었는데 부부가 함께하는 것이 좋아 보여, 나도 남편에게 한번 운을 떼 보았다.

　"당신도 악기 하나 시작하면 어때요?"

　"뭐? 이제 나까지 끌어들이려고?"

　남편은 펄쩍 뛰었다.

　"색소폰은 6개월 정도만 해도 소리가 난대요. 폐활량만 좋으면 배우기도 쉽고."

　"나 음치인 거 당신도 알잖아?"

　"노래 못하는 거랑 악기 연주하는 거랑은 따로따로라는데."

　나는 낙담하지 않고 끈질기게 권유했다.

　"아! 내가 다른 일은 도와줄 건데, 악기는 못해!"

　"탬버린이나 트라이앵글 같은 것은 무지 쉬운데…"

　"제발 악기 배우라는 얘기는 그만해 줘. 보면대나 의자 나르는 일로 도울 테니."

남편이 거의 폭발할 기세여서 부부 악기 연주는 포기했다.

실력 있는 아마추어 연주자는 이미 어느 관현악단에 속해 있어서 섭외하기 어려웠다. 결국 중년에 악기를 시작한 어설픈 사람들끼리 모이게 되었는데 가장 문제가 바이올린이었다. 아름다운 소리로 확실하게 멜로디를 이끌어 갈 사람이 우리들 가운데는 마땅치 않았다. 첼로 소리도 자신 없기는 마찬가지여서 결국 바이올린 선생님 두 분과 첼로 선생님 한 분을 초빙하기로 했다.

내가 첼로를 배운 지 4년이 돼 가는 해에 첫 앙상블 모임이 있었다. 홍대 부근의 작은 연주 홀에서 선생님 세 분을 포함 15명이 모였다. 바이올린, 첼로, 플루트, 클라리넷, 피아노의 편성이었다. 함께 연주하니 각 악기의 음색이 어우러지고 화음을 맛보는 즐거움이 있었으나, 한편 박자 맞추는 것이 쉽지 않았다.

〈베사메무초〉, 〈스카버러 페어〉 등 쉬운 영화음악과 외국 민요부터 시작했다. 우리가 듣기에도 소리가 빼어나게 좋지는 않았지만 모두들 마음이 흥분되었다. 〈대부〉, 〈시네마 천국〉, 〈닥터 지바고〉 등의 영화음악은 젊은 시절의 낭만을 떠올리며 감회에 젖게 해 주었다. 한 달에 한 번 모인 지 2년째 되던 해에 유럽에서 공부한 지휘자 선생님과, 젊어서부터 악기를 배운 비올라와 첼로 주자가 들어왔다. 수준 있는 이분들 덕분에 앙상블의 품위가 조금 올라갔다. 내 소리는 온전치 않고, 선생님 소리에 묻어 간신히 악보를 따라갔지만 나름 행복한 시간이 되었다.

제1회 따뜻한 음악회

한 달에 한 번 모인 지 3년째가 되니 멤버들 가운데 발표회를 하자는 의견이 생겨났다. 그동안 연습했던 기량을 선보이며 한 단계 도약하는 계기가 될 겸, 신입회원을 모집하는 홍보도 될 겸 발표회를 하기로 했다. 삼익 아트홀에서 열린 우리 앙상블 첫 발표회 이름은 '제1회 따뜻한 음악회'였다.

우리만 발표하기가 머쓱해서, 의미 있는 발표회도 될 겸 평소 교류가 있었던 장애우 아티스트들을 초청했다. 이들은 장애가 느껴지지 않을 정도로 음악적 기량이 뛰어났다. 한국예술종합학교 입시를 준비 중인 클라리넷 연주자는 모차르트 클라리넷 협주곡을 선보였는데, 목관의 고운 음색을 노래하듯 펼쳐 놔서 모든 관중이 감탄했다. 커다란 성량과 부드러운 음색의 바리톤 신입생은 헨델의 〈옴브라 마이 푸〉를, 피아노과에 재학 중인 학생은 〈하이든 소나타 6번〉을 암보로 연주했다.

전문 성악가로 초빙한 메조소프라노는 김동진 작곡 〈진달래꽃〉을 불렀는데, 애절한 시구가 선율에 실리니 가슴 뭉클 아름다워서 오신 분들께 기억에 남는 보너스 선물이 되었다. 남편은 늘 약속했던 대로 보면대를 옮기는 등 궂은일을 도와주었고, 멤버들의 딸과 아들들은 사회자로, 진행으로 수고해 주었다. 자녀들은 모처럼 효도할 기회를 얻은 것처럼 부지런히 움직였다. 초대를 많이 안 했는데 어디서들 왔는지 아트홀이 가득 채워졌다.

맨 마지막 순서로 우리 앙상블이 연주했다. 레퍼토리는 〈곧 오소서 임마누엘〉, 〈주님께 영광〉의 찬송가 두 곡, 〈로미오와 줄리엣〉, 〈침 침체리〉, 〈인생의 회전목마〉 등의 영화음악, 성악과 함께한 〈솔베이 지 노래〉, 〈라데츠키 행진곡〉이었다.

첫 무대에서 우리 모두는 꽁꽁 얼어 본래 실력을 백 프로 발휘하 지 못했다. 하지만 나는 로미오와 줄리엣의 애잔한 사랑과 솔베이지 의 그윽한 그리움을 느끼며 마음이 찡해지기도 했다. 조금 될까 말 까 하던 비브라토는 어림도 없었고, 라데츠키의 빠른 부분은 따라 가지 못해서 활 긋는 흉내만 냈다. 구경 왔던 친구는 멋진 연주였다 고 한껏 칭찬하더니, 얼굴이 너무 굳어 있었다고, 다음엔 얼굴 표정 을 좀 더 부드럽게 하라고 조언했다. 나도 그러고 싶지만 어느 세월 에 그리될지 알 수 없는 일이었다.

몇 년 전 첼로 연주의 꿈을 가슴에 묻어 두라 했던 아들이 감개 무량하다는 듯 이야기했다.

"엄마가 무대에서 연주하는 것을 보니 참으로 신기해요!"

작은 소망

영화음악과 세미클래식으로 이어 가던 앙상블은 이제 영역을 넓 혀서 대중적인 클래식이나 쉬운 교향곡에도 도전하고 있다. 마냥 선 생님 소리에 묻어 갈 수 없어서 실력을 기르고 싶은데 그것이 그렇 게 만만치 않다. 16분 음표가 많은 빠른 곡이나 트릴이 잘되지 않고 비브라토도 별 진보 없이 거의 제자리걸음이다.

몸이 건강할 때는 의욕을 갖고 첼로에 대한 목표를 다시 세워 보기도 한다.

'이제 백세 시대라고 하니 손놀림이 어둔한 것이 나이 탓인지, 연습 부족인지 한번 끝까지 가 보자!'

그러나 체력이 달릴 때는 금세 회의에 빠진다.

'아무리 해 보았자 결국 소꿉장난 수준일 텐데…. 이런 엉성한 연주가 의미 있는 것일까?'

이 두 가지 마음을 넘나들며 아슬아슬하게 레슨을 이어 가고 있다. 집안 대소사가 생기면 진도를 못 나가고 한참을 쉬기도 한다.

요즘은 첼로에 대한 기대감이 크지 않다. 7년 이상을 끌고 온 지금에야, 아마추어 수준으로 무난하게 명곡 한 곡을 뽑기도 결코 쉽지 않다는 것을 깨닫는다. 처음 현악기를 배운다고 했을 때 고개를 갸우뚱했던 친구의 모습이 떠오르며….

하지만 나이 지긋한 중년에 첼로 현을 켤 수 있다는 것은 감사한 일이 아닐 수 없다. 비록 곡은 매끄럽지 않더라도 몸이 건강하고 관절이 아프지 않고 여건이 허락한다는 의미이므로.

새해 소망은 친구들에게 생일 축하곡을 연주해 주고 〈사랑의 인사〉 솔로 곡을 선사하는 것이다. 소리가 그럴듯하게 나서 진정 선물이 될지, 친구들이 내 연주를 참고 들어 주는 것이 될지 알 수는 없다.

4

날 약 올리는 너

내 다리가 어때서

몇 년 전 초급 골프 레슨을 받을 때 수업이 끝난 후 신경이 쓰이는 이야기가 있었다. 무슨 대단한 내용은 아니고 내 종아리에 대한 것이었다.

"골프 잘 치실 거 같아요."

동네 스포츠 센터에서 열심히 스윙 연습을 하는데 뒤에 있던 사람이 난데없이 말을 걸었다. 새로 등록한 지 얼마 되지 않아서 가까운 사이도 아니었다. 나는 그녀가 인사 삼아 덕담을 하는 줄 알았다.

"이렇게 헤매고 있는데요?"

"종아리가 튼실하시잖아요."

"네? 제가 다리가 좀…. 그런데 그게 골프랑 무슨 관계예요?"

"골프는 하체가 잘 지지해 주면 유리하대요."

"그렇다면 얼마나 좋겠어요!"

그 시간에 함께 단체 레슨을 받던 다른 이도 힐끗 내 다리를 쳐다보며 은근히 동의한다는 듯한 표정을 지었다. 골프에 대한 기대감은커녕 마음이 착잡해지기만 했다. 그다지 기분 나빠질 이야기는 아니지만 내 숨은 열등감을 건드렸기 때문이었다.

대학생 때 나의 주된 고민은 외모에 대한 것이었는데 굵은 종아리도 그중에 하나였다. 그래서 주로 바지를 입었고 치마 입을 때는 무릎 아래로 길게 입었다. 짧은 치마가 유행하던 때라 유행에 뒤처져 보였지만 할 수 없었다. 그러다가 긴 치마를 입는 것이 조선시대 여성처럼 너무 보수적인 사람으로 보이는 것 같아 점점 치마를 입지 않게 되었다.

어느 해 여름에 꼭 치마를 입고 참석해야 하는 행사에 가던 날이었다. 아주 짧은 치마는 아니지만 종아리를 모두 가린 것도 아닌 어정쩡한 길이의 치마였다. 잔뜩 긴장하며 혼자 걸어가고 있는데 뒤에서 남자애들이 킬킬거리며 떠드는 소리가 들렸다.

"참으로 우람하다."

나는 내 이야기가 아니기를 바라며 빠른 걸음으로 걸었다.

"정말 그러네."

딴 녀석이 맞장구를 쳤다.

나는 뛰다시피 빨리 걸었다. 뒤를 돌아보고 한마디 쏴붙일 배짱도 없었다. 그 후로 치마를 거의 입지 않았다. 그때 생각으로는 다리 때문에 시집을 못 갈 것 같았다. 미니스커트에 하이힐은 꿈도 꾸지 않았지만 남들 다 입는 치마도 입지 못한다는 것이 여성으로서 어떤 결함이 있는 것처럼 느껴졌다.

남편과 데이트 시절 내 다리는 큰 문제가 되지 않았다. 적어도 내게는 그렇게 느껴졌다. 처음 시댁에 인사 가는 날 나는 무슨 옷을 입을까 고민했다. 바지를 입을까 몇 번 생각했지만 결국 어중간한 길이의 치마를 입게 되었다. 장래 시부모와의 첫 만남은 순조로웠다. 다정한 대화가 오갔고 환영받는 분위기였다.

그런데 역시 여자의 과한 호기심이 문제를 일으키는 법이다. 나는 그날 저녁 별말이 없는 약혼자를 들볶아서 궁금한 것을 물어보았다.

"부모님이 뭐라 하셔?"

"응, 별 이야기 안 했어."

"정말?"

나는 은근 부모님의 어떤 찬사를 기대하며 졸라 댔다.

"어머님은 착해 보인다고 하셨고, 아버님은⋯."

"아버님은 뭐라 하셨는데?"

"⋯⋯."

"괜찮아. 얘기해 봐."

나는 재차 다그쳤다.

"인물은 그런데 다리는 왜 그리 굵으냐고⋯."

나의 다그침에 남편은 혼자 간직해야 할 이야기를 그만 내뱉고야 말았다. 범사에 날카로운 지적을 하시는 시아버지가 내 외모에 대해 그냥 지나가지 않으신 것이다.

결혼한 후로 다리는 전혀 문제가 되지 않았다. 주부 의상은 넉넉히 길어서 다리를 편안하게 가려 주어서였다. 늘씬한 다리를 가진 친구도 일상 패션은 나랑 별반 차이가 없었다. 그 바람에 여러 해 동안 다리에 대한 일을 잊고 살았다.

잊혔던 열등감은 큰아들이 사춘기가 되면서 다시 수면 위로 떠올랐다. 아들의 다리가 나를 빼닮았기 때문이다. 남자라서 그런 것은 내내 큰 문제가 되지 않을 줄 알았다.

그런데 큰아이가 중학교 때 어느 날 심각하게 말을 걸었다.

"엄마, 나 다리 수술해 주세요!"

"웬 수술?"

"이 무 다리 때문에 키가 안 큰단 말예요. 보기도 싫고."

"그래도 키는 커, 남자 다리는 좀 굵어도 괜찮잖아?"

"싫어요. 나도 롱다리이고 싶단 말예요. 순전히 엄마 유전자 때문이에요!"

아들은 엄마의 옛적 열등감에 불이 지펴지건 말건 상관할 바 아니라는 듯 무차별 공격을 해댔다. 그 기세가 하도 등등해서 나는 뭐라고 대꾸할 말을 찾지 못했다. 나도 마음이 상했지만 내 마음을 돌볼 여지라곤 없었고, 무서운 사춘기 아들의 투정을 잠재우는 데 여러 달이 걸렸다.

일터에서도 비슷한 이야기를 들었다. 진료실에서 어떤 분이 미국에 유학 간 조카의 일을 상의해 왔다.

"조카가 종아리가 굵다고 수술하고 싶어 해요. 그런 수술도 있나요?"

"네, 종아리 퇴축술이라고 있기는 합니다만."

내 전문 분야는 아니지만 안내는 해 줄 수 있었다.

"좀 잘하는 곳을 소개받고 싶어요. 그 아이가 다리 걱정에 공부를 못한답니다."

미국에서 사춘기를 보내고 있는 그 여학생의 모습이 그려지며 내 십 대 때의 고민이 생각났다. 그래도 한국에서는 비슷한 다리들이 더러 있지만, 늘씬하고 긴 다리를 가진 서양 애들 틈새에서 얼마나 마음고생이 클까, 생각하며 큰 연민을 느꼈다.

다리 때문에 고민하던 아들도 무사히 장가를 가고 이제 나는 중년의 나이가 되었다. 둘레에 무릎 관절을 앓는 친구들이 하나, 둘 생기더니 내 다리를 부러워했다.

"너는 좋겠다. 무릎이 아직 괜찮으니."

"응, 아직은 괜찮아. 많이 쓰지 않아서 그렇겠지."

"아냐, 하체가 튼튼해서 그래. 딱 받쳐 주니까."

"……."

친구는 완곡히 표현했지만 굵직한 종아리가 무릎을 보호해 주고 있다는 논리였다.

골프 교실에서는 다리 때문에 덕을 볼 거라 했지만 운동신경이 없어서 만년 꼴찌다. 그런데 여기저기서 내 다리를 부러워하는 이야기를 듣는다. 요즘도 내 종아리를 바라보면 근육은 좀 줄었으나 여전히 두툼해서 한겨울 옹골찬 동치미가 생각나는 무 모양이다.

그러고 보니 내 삶을 지탱해 온 이 종아리가 맵시는 없지만 중년 이후로 건강에 크게 공헌하고 있다. 지금부터의 삶은 아름다움이나 부유함보다 건강이 가장 중요하다고 하니 얼마나 고마운 일인가? 젊은 날 내 종아리에 대해 뭐라고 했던 사람들을 다 모아 놓고 힘껏 외치고 싶은 생각이 든다.

"내 다리가 어때서?"

아내의 나이

엊그제 조간신문에 프랑스 마크롱 대통령의 노동개혁이 대서특
필된 것을 읽게 되었다. 그가 70년 된 프랑스 병을 수술하자 글로벌
기업이 몰려들었다는 내용이었다. 거센 반발을 뚫고 승부수를 던져
누구도 손 못 대던 노동개혁이 시작되었고, 일요일 휴점 규제가 풀
리자 파리의 휴일도 활기를 띤다고 했다.

3대 노동수장을 엘리제궁으로 따로 불러 각개 격파할 수 있는 힘
은 어디서 나왔을까 생각해 보았다. 40세의 패기만만한 나이 때문
이기도 할 것이고 대통령의 좋은 조언자인 연상의 아내 덕도 있을
것이다. 선거에서 승리한 후에도 두 사람의 팀워크가 돋보이니 내
생각에 마크롱 대통령은 제갈공명 만난 유비 같아 보였다.

대통령으로 뽑혔던 날 신문에 게재된 그의 러브 스토리를 흥미롭
게 읽었다. 15세 때 시작된 그 첫사랑의 주인공은 연극 대본을 봐
주던 라틴어 선생님이었다. 25년 전 고교 연극반에서 의기투합했던
선생님과 함께 세월을 보내면서 이제는 나랏일까지 논의하게 된 것
이다. 인문학 배경이 남다른 두 사람이 어떻게 나라 살림을 꾸려 갈

지 호기심이 갔다.

내 첫사랑도 15세 때 과학 선생님이었다. 그 마음 설렘이 아직도 기억나지만 편지 한번 못 보내고 단념한 것은 짝사랑이기도 했고 십 대의 선생님 사랑은 이루어질 수 없을 것 같아서였다. 그 후 사회가 변하면서 가끔 자기를 가르쳤던 은사와 결혼으로 골인한 여학생은 보았지만 십 대 남학생의 선생님 사랑이 이루어진 경우는 별로 들어 보지 못했다.

마크롱 대통령이 엄청난 어려움을 극복하고 첫사랑을 꽃피운 것도 놀랍고, 이제는 그 아내와 함께 국가를 위해 열심히 뛰는 모습도 대단해 보인다. 다양한 가족의 모습과 십 대의 사랑이 철없는 불장난이 아닐 수 있음을 보여 주는 것이 참으로 프랑스적인 것 같다.

실은 나도 연상의 아내다. 남편이 한 학번 아래라 결혼하면서부터 연상이라는 이야기를 수없이 들었다. 그러면서 사람들은 나이 적은 남편과 살면 싸우지 않을 것이라고 했다. 나는 연상이라는 단어가 싫어서 내 생일이 음력 섣달그믐이라 양력으로 치면 다음 해로 넘어가니 결국 같은 해에 태어났다고 늘 강조했다. 그러면 동갑내기는 사이좋게 잘 산다는 덕담으로 바뀌었고 나는 그제야 다음 이야기로 넘어갔다.

결혼 당시엔 내가 연상에 그토록 민감했지만 점점 사회적으로 커플 간의 나이 틀이 사라지자 그 일을 한동안 잊고 지냈다. 요사이 1년 연상은 연상으로 치지도 않는 것 같았다.

그런데 몇 해 전 대학 졸업 25주년 재상봉 때 그 연상 이야기가 또 나왔다. 오랜만에 만난 남자 동기가 내가 같은 학교 후배와 결혼한 것을 알고는 여럿 있는 술자리서 느닷없이 묻는 것이었다.

"아니, 그 시절에 어떻게 연하남과 결혼할 생각을 했어요?"

그러자 그만 엉뚱한 대답이 튀어나왔다.

"시대를 앞서갔던 거죠, 뭐."

과거에 연상이 아니라고 우길 때는 언제고 몇 년도 아닌, 겨우 10개월 연상을 가지고 이제는 뻐기는 말을 한 것이다. 요새는 몇 년 연하남과 살면 능력 있는 여성으로 쳐주는 풍조를 나도 모르게 의식하고 있었나 보다. 프랑스 사람들이 이 이야기를 들으면 어처구니없다고 웃을 것이다.

취임식 날 푸른색 투피스에 하늘색 루이비통 가방을 든 파리의 영부인은 이십여 년의 연상 같지 않게 젊고 세련돼 보였다. 어머니가 아닌 누나뻘 모습에 나는 마음속으로 안도했다. 그 후로도 나는 계속 이 부부의 모습을 유심히 들여다보며 매번 영부인의 패션과 얼굴 주름살을 살핀다.

트럼프 대통령 부부가 파리를 방문했을 때는 모델 출신 영부인 멜라니아 곁에서 프랑스 영부인이 몹시 나이 들어 보일까 봐 은근 걱정이 되었다. 그러나 깔끔한 흰색 미니스커트의 프랑스 영부인 트로뉴는 파리지엔의 우아함을 드러내며 열정적인 매력을 내뿜어서 오히려 크고 젊은 상대방을 압도하는 것 같았다.

인터넷 뉴스로 마크롱 부부가 진시황의 병마용을 둘러보는 모습을 봤을 때는 컴퓨터 앞에서 와, 하고 탄성을 지르며 엄지 척을 했다. 그녀의 빨강 재킷이 회색의 우중충한 공간에서 빛을 발하고 있었기 때문이다.

또 나는 그녀의 외모뿐 아니라 국정을 운영하는 모습도 눈여겨보고 있다. 취임 100일 만에 지지율이 반 토막 되었다는 소식에는 가슴이 철렁 내려앉았다. 이번 노동개혁에 대해서도 프랑스에 별 관심이 없는 남편을 붙들고 이 부부가 아니고는 해낼 수 없는 일이라고 일일이 설명하며 마음속으로 박수를 보냈다.

나는 왜 그리 남의 나라 대통령 부인에게 관심이 많은 것일까? 1년 연상도 연상이라고 연상 아내로서의 동류의식을 갖고 있는 것일까?

제인의 남자

문학을 좋아하는 사람이라면 누구나 한 번쯤 영국 작가들의 작품에 빠져 본 적이 있을 것이다. 고교 시절 친구들과 에밀리 브론테의 『폭풍의 언덕』이나 샬럿 브론테의 『제인 에어』, 제인 오스틴의 『오만과 편견』에 대해 의견을 나누던 기억이 난다. 십 대 때는 브론테 자매의 작품에 더 심취했지만 중년 이후에도 꾸준히 읽고 있는 것은 제인의 작품이다. 청춘 남녀의 연애담을 경쾌하고 위트 있게 그려 냈을 뿐 아니라 대표작들이 꾸준히 영화로 제작되어서 그런 것 같다.

『오만과 편견』이 오랫동안 사람들에게 사랑받는 이유는 다양할 것이다. 어떤 사람은 인물의 탁월한 심리 묘사에 높은 점수를 주기도 하고, 다른 사람들은 요즘 세대와 흡사한 로맨스 때문에 빠져들기도 한다. 딸을 좋은 가문의 부유한 신랑에게 시집보내고 싶어 하는 어머니의 마음이 어찌 그리 19세기나 21세기나 비슷한지 모르겠다.

내가 그 책을 아끼는 가장 큰 이유는 미스터 다르시라는 인물 때문이다. 책을 읽다 보면 작품 속 같은 성의 주인공과 동일시하는 경우가 있는데 엘리자베스는 나와는 많이 다르다. 발랄하고 자긍심 강한 그녀는 그저 부러운 대상일 뿐이었다. 그러나 오만하다 할지라도 우직한 귀공자 미스터 다르시는 십 대 시절부터 내 마음을 사로잡았다.

그러면서 제인이 묘사한 다르시의 성격에 좋은 면을 몇 가지 덧붙여 나의 이상형을 만들어 냈다. 이를테면 다르시가 덜 괴팍하고 더 진실하다고 생각하면서. 이 작품이 영화로 나올 때마다 남자 주인공 역을 누가 맡아서 연기하는지 눈여겨보곤 했는데, 마치 드디어 현장에 나타난 상상 속의 연인을 맞이하는 것 같았다.

아주 오래전 로렌스 올리비에가 나오는 〈오만과 편견〉 흑백영화는 작품 내용을 다소 가볍게 다룬 것 같아서 실망스러웠다. 그 시대에 가장 미남인 남자 배우를 내세웠지만 미스터 다르시의 매력이 크게 느껴지지 않았다. 2005년에 엘리자베스 역으로 키이라 나이틀리가 주연한 영화는 책의 분위기에 더 충실하게 제작된 것 같았는데, 여자 주인공에 비중을 두었는지 남자 배역이 다소 평범했다.

반면에 제인의 다른 작품을 영화로 만든 〈이성과 감성sense and sensibility〉은 엠마 톰슨과 휴 그랜트가 주연하며 책과는 또 다른 감동을 주었다. 여주인공 역을 맡은 엠마 톰슨이 각본까지 쓰고 이안 감독이 역량을 발휘하여 원작의 품격을 높인 것 같았다.

몇 해 전 미국에 사는 동생을 오랜만에 만나 제인 오스틴에 대한 이야기를 나눌 때였다.

"『오만과 편견』은 왜 영화로 보면 그럴까?"

나는 실망감을 토로했다.

"그건 언니가 다르시에 대한 환상이 커서 그래."

동생은 나름의 해석을 해 주었다.

"이안 감독이 이 책도 영화로 만들어 주면 좋으련만…."

"혹시 BBC에서 TV 시리즈로 만든 것 봤어? 그거 괜찮은데."

"어? 그런 것도 있었어?"

영국 BBC 방송국에서 만든 지 오래된 것이었는데 나는 그때 처음 들었다. 한국에는 없는 듯해 미국에서 여섯 개로 되어 있는 비디오 세트를 구입해 왔다.

콜린 퍼스가 몹시 젊었을 때 미스터 다르시 역을 맡아 열연하고 제니퍼 엘도 엘리자베스 역에 어울렸다. 책과 비디오를 여러 번 보았는데 대화도 상당히 원작에 충실하였다. 남녀 주인공 역을 맡은 두 배우가 나의 상상 속 인물들에 근접했는지 마음이 흡족했다.

이 비디오에 흠뻑 빠진 후에 나는 동생에게 제인의 유고작 『설득』의 영상 작품도 찾아봐 달라고 졸랐다. 대학 때는 몰랐고 중년에 처음 읽은 이 작품은 독특한 매력이 있었다. 아마도 제인의 자전적 이야기라서 그런 것 같았다.

동생은 한참 후에 어렵사리 구했다고 연락이 왔다. 그런데 빨리 보내라는 나의 성화에 잠시 뜸을 들이며 말했다.

"언니! 실망할지 몰라. 재미가 없어…."

"괜찮아, 괜찮아. 빨리 보내. 워낙 스토리가 약한 작품이니까 그렇게 느껴졌겠지."

그런데 국제 소포로 날아온 비디오를 보고 나서 얼마나 실망했는지 모른다. 남녀 주인공이 너무 평범해서 마음속에 있던 두 사람의 격조 있던 이미지가 망가져 버렸다. 비디오를 구해서 봤던 일이 후회되었다. 이 일 후로 다른 문학 작품들까지 영화화되는 것은 조심해서 보게 되었다. 좋아하는 소설이 영화화되었는데 아예 보지 않은 적도 있다.

문학에 관심 없는 남편은 물론, 여류 작가들을 잘 모르는 것 같은 아들과도 제인 오스틴에 대한 이야기는 영영 나누지 못할 줄 알았다. 그런데 두 아들이 커서 영문학 강좌를 듣게 되었을 때 『오만과 편견』을 들먹이기 시작했다. 아이들과 이 책 이야기를 할 수 있어서 무척 흐뭇했다. 아들들은 남자 주인공에 대한 선망은 전혀 없이, 서로들 자신이 주인공 미스터 다르시와 닮았다고 주장했다.

막내가 미스터 다르시의 나이가 되어 가는데도 나는 아직 문학소녀의 마음으로 그에 대한 로맨틱한 환상 속에 빠져 있다. 『오만과 편견』도 지난 십 년간 새로운 영화가 나오지 않고 있으니 조만간 유명배우가 등장하는 최신판이 나올 것도 같다. 기대가 되다가도 막상보기가 망설여지는 건 누가 연기하든 나의 상상 속 남자 주인공에 못 미칠 것이기 때문이다.

그러면서 작품 속 남자 주인공에 빠져든 사람이 나만은 아닐 것이라는 생각을 해 본다. 저자 제인 오스틴도 상상의 나래 속에 머물며 미스터 다르시를 연모하지 않았을까? 평생 독신으로 살았던 그녀가 현실로서의 결혼 생활을 했다면 그렇게 매력적인 남자 주인공이 탄생할 수 없었을 것이다.

제인의 자취를 찾아서 영국 햄프셔의 쵸튼 하우스를 방문하는 기회를 만들어 보고 싶다. 더비셔로 이동해서는 다르시의 저택 배경이 된 채스워스 하우스를 방문하리라. 오만한 귀공자가 금방이라도 나타날 것 같은 고풍스러운 방에 들어서서 초상화들도 차근차근 감상해야겠다. 호수가 딸린 넓은 정원에서는 엘리자베스와 다르시가 마주쳤을 장면을 상상하며 오래 거닐고 싶다.

복숭아 예찬

8월에 복숭아가 없다면 무슨 힘으로 더위를 이겨 냈을까, 무슨 낙으로 하루를 지탱했을까 싶다. 그 달콤함으로 생기를 얻어 가까스로 일상을 이어 간다. 여름 햇볕이 더욱 쨍쨍해지면 복숭아 맛은 점점 깊어진다. 열대야가 사라지고 살랑이는 바람이 부는 밤 복숭아와 마주하면 문득 작은 행복이 느껴진다. 그 그윽함이 나의 감성을 일깨우며 단조로운 한여름에 품격을 선사한다. 나도 시인이 되어 무릉도원의 정취를 그려 낼 수 있을 것만 같다.

나는 6월부터 과일 코너를 기웃거린다. 푸른빛이 도는 백도를 발견한 날 비로소 나의 여름이 시작된다.

"어머 복숭아가 나왔네요!"

"그럼요 진작 나왔어요."

"맛이 들었어요?"

"달아요. 하우스 재배라 맛도 있어요."

설익은 시큰함이 빤하지만 반가운 마음에 몇 개 사고야 만다. 복숭아라면 사족을 못 쓰는 족속들을 겨냥해서 단맛도 덜하면서 비

싼 값이 매겨 있다. 해마다 일등으로 구매하며 감격스러운 조우를
한다.

갓 피어난 사춘기 소녀 같은 설익은 백도는 여름날이 가며 성숙
한 아가씨로 변한다. 미색에 살짝 가미된 붉은빛은 부끄러워하는 아
가씨 볼이 연상되고 얇게 감싸인 털은 신비한 느낌이라 오래전에 여
류 시인이 칭송했던 구절들이 떠오른다.

　어스름 달빛 고요히 비껴가는 살
　지순무구한 성처녀의 살

백도를 바라보며 천상의 아가씨를 연상한 허영자 시인의 마음이
더 순진무구한 것 같다. 나는 연한 빛의 도도한 자태가 과일 중의
귀족처럼 느껴졌는데, 이 기품 있는 아가씨는 동네에서 엉뚱한 이름
을 가졌다.

"저기 복숭아 한 상자 얼마예요?"

"딱딱이요?"

"딱딱이라뇨?"

내가 못 알아듣자 가게 주인은 풀어서 다시 이야기했다.

"딱딱한 백도 드려요, 물컹한 것 드려요?"

가게에서 우아한 백도는 속살의 상태에 따라 '딱딱이', '말랑이'로
불렸다.

천도복숭아가 별명을 얻는다면 '빤질이'가 될 것이다. 복숭아 중
에서 유일하게 털이 없이 매끈거리고 배신감을 주는 맛 때문이다.

노랑, 주홍, 자주색이 어우러진 화려한 빛깔은 천도가 얼마나 진한 달콤함을 선사할지 큰 기대를 갖게 한다. 그러나 한입 베자마자 단맛을 능가하는 시큼함에 싸한 실망감이 몰려온다. 이런 맛을 좋아하는 사람도 있겠지만 내 기억 속에 천도복숭아는 늘 위험스러운 신맛을 내포하고 있었다.

다른 나라에 가서도 과일을 먹을 때면 가장 먼저 복숭아를 찾는다. 해외에서 사과나 배, 포도를 먹을 때 맛이 좀 싱거워서 한국 과일이 그리웠다. 그런데 복숭아만큼은 사계절이 있는 곳이면 세계 어디서나 비슷했다. 미국 노스캐롤라이나, 뉴질랜드, 독일의 복숭아 맛도 역시 그윽하고 달콤했는데, 크기가 올망졸망해서 씨암탉처럼 크고 도톰한 우리나라 품종이 자랑스러웠다.

복숭아는 꽃도 나를 실망시키지 않았다. 노래 〈고향의 봄〉에 나오는 복숭아꽃이 그렇게 예쁜 분홍빛일 줄 몰랐다. 연한 색의 우아하고 풍요로운 자태가 꽃이나 열매나 한가지인 것이 신기하다. 훗날 정원이 딸린 집에서 살게 된다면 꽃을 보기 위해서라도 복숭아나무를 여러 그루 심고 싶다.

천중도는 농장에서 직접 한 상자를 선물받기 전까지 모르던 품종이었다. 둥실한 모양이 까무잡잡한 시골 아낙네처럼 푸근하고 정겨웠다. 색깔은 백도와 황도의 중간쯤으로 약간 푸르스름한 빛도 섞여 있고 무르기는 약간 물컹한 딱딱이었다. 산지 직송이라 그런지 향기도 살아 있어서 처음으로 복숭아 향을 진하게 느꼈다. 내가 좋아하는 장미향이 조금 섞인 것도 같아서 한참은 천중도만 찾았다.

복숭아에 대한 즐거운 추억만 있는 것은 아니다. 언니는 어렸을 때 털 많은 복숭아를 먹고 커다란 발진이 온몸에 솟았다. 언니뿐 아니라 온 식구가 당황했는데, 나는 언니 몸에 난 붉은 두드러기보다 앞으로 언니가 복숭아를 못 먹는다는 사실이 더 가엾게 느껴졌다.

어느 날 남편과 함께 잘 익은 백도를 먹을 때였다.

"아아…. 으으 이게 뭐야?"

"좋아하는 것 먹으면서 웬 괴성이야?"

남편이 의아해하며 물었다.

"벌레, 벌레가…."

잘 익은 물컹한 복숭아를 기분 좋게 한입 먹었는데 남은 부분의 쪼개진 씨앗 사이로 갈색 벌레가 메롱 하며 기어 나왔다. 조금만 크게 베었다면 그 벌레를 함께 씹을 뻔했다. 나중에야 복숭아벌레를 먹으면 미인이 된다는 속설을 알았는데 그래도 나는 결코 벌레와 함께 먹을 의향이 없다. 예뻐지기는 영 틀렸나 보다.

푹신하고 그윽한 맛의 황도는 조금 늦게 나오는 것 같다. 황갈색의 넉넉한 자태가 가을 국화와 비슷하면서 함께 추석을 쉰다. 점점 맛이 바래 가는 것을 느끼지만 이별할 날이 가까워 오므로 열심히 맛을 본다. 주황색 감이 등장하면 황도는 기세를 잃고 가게에서 가운데 자리를 내주며 구석에 모여 있다.

황도가 뚝 떨어져 버린 날 나는 영랑과 비슷한 마음이 된다. 모란을 보내고 봄을 여읜 설움에 잠겼던 시인처럼 나도 여름뿐만 아니라 한 해가 다 가 버린 것 같은 아쉬움을 느낀다. 복숭아가 나오는 다음 해까지 그 그리움을 달랠 뭔가를 찾아야 한다.

날 약 올리는 너

너는 한마디로 말해 좀 비겁했다. 내가 간밤에 글 쓰느라 정신이 없었던 틈을 이용한 것이다. 나는 다음 구절이 떠오르지 않아 낑낑 대며 창밖을 내다볼 여유가 없었다. 요즘 내가 바빠서 일기예보도 못 보고, 귀띔해 주는 사람도 없다는 것을 네가 알고 있었음이 틀림없다. 그렇게 소리 없이 다녀갈 거였으면 차라리 흔적을 남기지나 말 것이지.

늦잠을 자고 핸드폰을 열었을 때 눈 내리는 배경 화면이 이상하다 했었다. 이런 화면은 카카오 회사에서 성탄절처럼 특별한 날만 보내 주기 때문이다. 창밖으론 눈부신 햇살이 비치니 영문을 모르다가 대문 밖에 나와서야 모든 것을 깨달았다. 네가 다녀갔다는 것을.

땅에 쌓인 것들은 햇빛에 녹아 가늠할 수 없으나 나무 위에 쌓인 하얀 솜털은 1센티도 넘어 보였다. 아파트 화단에 근사한 겨울나무들이 서 있다니.

카톡방에서 친구들도 호들갑이었다.

'우리 아파트 앞 첫눈 풍경이야. 멋지지?'

'아침에 일어나서 우리 집 앞산을 보고 깜짝 놀랐어!'

핸드폰에는 서울이라고 믿겨지지 않는 설산雪山 정경이 도착해 있었다.

나는 기분이 야릇한데 다들 왜 그리 좋아하는지 이해가 되지 않는다. 출근을 하니 진료실 창밖 파리공원에도 동양화 같은 설경이 펼쳐 있다. 직원들도 탄성을 지르고 있지만 나는 너의 모습에 감탄할 수가 없다. 단단히 삐져서 절교를 선언하기 직전이기 때문이다.

며칠 전 내가 미장원에서 머리를 하고 있었을 때 미용사들이 술렁이며 큰 소리로 외쳤던 적이 있었다.

"눈이 온다, 눈! 첫눈이 내려!"

나는 마음이 철렁했다. 파마를 하는 내내 마음이 들떠서 빨리 나가서 볼 궁리만 했다. 내가 머리가 다 마르지도 않은 채 나가려 하자, 누군가 알려 주었다.

"듬성한 눈발이 조금 오다 말았어요. 첫눈으로 치기엔 좀…"

'휴, 다행이다.'

그날 너를 너그러운 마음으로 용서해 주었더니만 고마움도 모르고 제멋대로 행동하다니.

내가 일하는 동안 왔어도 이렇게 화가 나지는 않았을 것이다. 진료실 큰 창에서 보이는 눈발은 꽤 운치가 있기 때문이다. 거기서 보이는 모습이 어느 해에는 디즈니 영화 〈미녀와 야수〉 속 눈보라 풍경 같기도 했다.

너는 핀잔을 줄지도 모른다. 눈 오는 날에 얽힌 추억도 변변히 없으면서 왜 그리 섭섭해하느냐고. 생각나는 사람도 없으면서 웬 소녀 감상이냐고. 그렇게 얘기하면 나도 할 말이 없다.

데이트 시절 여러 가지 사정으로 첫눈 오는 날 약속을 잡지 못했다. 그저 드라마 속에서 첫눈과 함께 벌어지는 로맨틱한 장면을 눈여겨보며 마음을 달랬을 뿐이다. 〈겨울연가〉의 여주인공이 하얀 눈발 속에서 과거에 사라졌던 연인을 떠올릴 때 나도 마음이 두근거렸다. 사람들 틈새에서 그를 발견하고 하염없이 쫓아가는 장면에서는 나도 눈송이를 헤치며 그를 찾아 나섰고.

너는 또 따져 물을 것이다. 작년까지는 기다리기는커녕, 네가 언제 온지도 모르지 않았느냐고. 사실 그 말이 맞기는 하다. 그동안은 나도 일상에 지쳐서 너를 고대할 여지가 없었다. 그런데 글쓰기를 시작한 올해부터 사정이 달라졌다. 웬일인지 네가 자꾸 생각나고 너를 기다리게 되었다.

네가 오는 날을 위해 카페를 물색해 두었다. 그곳은 나를 아는 사람이 없는 동네에 있다. 창밖 나무 위로 내려앉는 너를 바라보며 하염없이 생각에 잠기려 했다. 네가 있다면 어린이가 되어 동화 속 나라로도 갈 수 있을 것 같았다. 피터 팬을 따라 하얀 꽃송이를 타고 훌쩍 먼 길을 떠나며….

용왕산 숲길도 생각해 두었다. 흰색으로 가려지는 낙엽을 밟으며 뺨을 스치는 너와 한없이 이야기하려 했다. 그러다 보면 나도 러시아의 젊은 청년 예세닌처럼 낭만적인 시구를 지을 수 있을 것 같았다.

나는 첫눈 속을 거닌다.
마음은 생기 넘치는 은방울꽃들로 가득 차 있다.
저녁이 나의 길 위에서
푸른 촛불처럼 별에 불을 붙였다.

나는 알지 못한다, 그것이 빛인지 어둠인지?
무성한 숲속에서 노래하는 것이 바람인지 수탉인지?
어쩌면 들판 위에 겨울 대신
백조들이 풀밭에 내려앉는 것이리라 (……)

그 시인은 너를 들판 위로 내려앉는 백조라고 했지만 누가 아니?
나도 너를 무엇으로 불러 줄지? 더 가슴 뛰는 무엇으로 불러 줄지
모른다.

간밤에 날 약 올리며 살짝 다녀간 너! 나는 너를 일 년간 또 기다
려야 한다.

첫눈! 너는 왜 그토록 눈치가 없는 거니? 왜 그렇게도 내 마음을
몰라주는 거니?

파리공원의 가을

　월요일 아침 출근해 보니 창밖 은행나무 잎들이 많이 사라져 있었다. 파리공원의 가을 단풍도 색깔이 조금 바래서 지난주가 절정인 것 같았다. 도로변의 다섯 그루 은행나무 중에서 잎사귀가 몇 개 붙어 있는 것은 두 그루뿐이었다. 엊그제까지만 해도 창연하게 금빛 은행잎을 두르고 공원을 지키던 나무들이었다. 나뭇잎들이 모두 사라지기 전에 단풍진 나무들을 찬찬히 둘러보러 점심시간에 공원 산책길에 나섰다.

　공원 입구에는 운치 있는 소나무들 사이로 칠엽수 한 그루가 딱 버티고 서 있었다. 두툼한 줄기 끝에 투박하게 단풍 든 잎사귀들이 칠칠하게 모여 있는 모습이었다. 주위에 있는 떡갈나무, 신갈나무, 상수리나무도 연갈색 잎들이 서로 엇비슷했는데, 다람쥐나 도토리는 보이지 않았다. 봄에 인기를 독차지했던 왕벚나무는 잎이 알록달록 물들어서 가을 조경에도 한몫을 하고 있었다.

　키 작은 관목들도 단풍이 들어 있었다. 울창한 연녹색의 황매화 덤불을 지나니 가지만 무성한 좀작살나무가 나타났다. 봄에 연한 자색 꽃을 피운다는데 가느다란 줄기에도 보라색의 산딸기 같은 열매가 매달려 있었다. 그 뒤로 열매로 빨래를 하면 때가 쭈욱 빠진다는 때죽나무가 나타났다. 꽃은 희게 핀다고 하는데 열매는 거무튀튀해서 때가 빠지기는커녕 더 낄 것만 같았다.

모과나무는 단풍도 열매 색깔과 똑같이 엷은 노란색이었다. 장미과에 속한다고 해서 자세히 보니 가지에 굵직한 가시들이 삐죽삐죽 튀어나와 있었다. 모과까지 달려 있었으면 더 그럴듯했을 텐데 수확을 했는지 보이지 않았다.

붉어진 홍단풍 사이로 자작나무가 있었다. 흰색 줄기와 연한 노랑, 갈색 잎이 만들어 내는 파스텔 톤은 주변의 요란한 색을 압도하고 있었다. 드러나지 않게 고고해서 그 자태에 시인들이 끌리는 이유를 알 것 같았다.

한불 수교 100주년 기념으로 조성된 공원이라 양지바른 곳에 축소 모형의 에펠탑과 개선문이 서 있다. 뒤로는 감나무와 느티나무가 고즈넉이 서서 한국 시골 마을 정경을 생각나게 한다. 감들은 소담하게 매달려 있고 노란색 단풍이 든 느티나무 앞 벤치에 노년 부부가 가을 햇살을 맞으며 앉아 있었다.

옆에는 축 늘어진 박태기나무가 있었는데 느티나무에 기대어 겨우 지탱하며 잎과 줄기가 바짝 말라 있었다. 월동하는 모습인지 고사枯死하는 것인지 알 수 없으나 옆 나무에 줄로 매어 있는 것이 심상치 않았다. 초봄에 맨 먼저 진분홍 꽃망울을 터트리던 주인공에게 무슨 일이 생긴 모양이었다.

시계탑 주변 나무들 사이로 조형물이 있다는 것을 처음으로 알았다. 세모와 네모의 철제 작품도 겉이 벗겨져서 늦가을 분위기였다.

공원 반대편 입구에 다다랐다. 휘어진 밑동을 드러낸 등나무를 지나서 갈참나무를 만났다. 참나무 중 도토리가 가장 많이 열린다는데, 누가 다 거두었는지 나무 아래 열매들은 한 톨도 보이지 않았다.

장미 화단에도 들러 보았다. 듬성듬성 피어 있는 장미꽃들은 꽃잎이 마르고 향이 없어서 장미단풍이라고 이름 지어야 할 것 같았다. 그래도 부지런히 피고 지며 오월부터 지금까지 버틴 장미가 대견하게 생각되었다. 조금만 지나면 내년을 위해 줄기들이 싹둑 잘릴 것이다.

시월에도 잎이 파란 대나무를 지나니 주황색으로 물든 청단풍나무가 나타났다. 봄여름 내내 청록색을 고수해서 이름이 청단풍이라는데 가을이라 마지못해 조금 붉게 물든 것 같았다. 그 앞으로 앙증맞게 빨간 알맹이들을 매달고 있는 나무들을 보았다. 꽃사과나무와 팥배나무였다. 팥배나무 열매들은 작은 앵두 모양이어서 팥하고는 거리가 멀었다. 북한식으로 운향나무라고 불리면 더 좋겠다 싶었다.

이 나무들 아래로 비둘기들이 가득 모여 있었다. 파리공원의 비둘기가 다 모인 듯했는데 낙엽 사이로 널려 있는 열매를 쪼아 대느라 여념이 없었다. 붉은 구슬 모양 먹이가 지천에 깔려 있어서 가을날의 성대한 잔치가 되는 것 같았다. 어떤 녀석들은 푸드득 가지 위로 날아 올라가 매달려 있는 열매송이 사이를 휘저으며 다녔다. 새나 사람이나 유난히 신선한 것을 고집하는 부류가 있나 보다.

'비둘기에게 먹이를 주지 맙시다'라는 플래카드에도 불구하고 비둘기에게 자꾸 먹이를 주는 사람은 이 광경을 꼭 봐야 한다는 생각을 했다. 이 품격 있고 영양가 있는 자연의 식탁에 비하면 과자 부스러기가 얼마나 부실한지 알 수 있을 테니까.

공원 중간쯤의 휴게실 근처에는 푸른 잎이 무성한 사철나무와 이름이 재미있는 쥐똥나무가 있었다. 쥐똥 같은 검은색 열매가 열린다고 적혀 있는데 빨간 것이 맺혀 있었다. 오히려 그 아래 있는 백문동의 반질거리는 진자줏빛 열매가 구슬 같기도 하고 쥐똥 같기도 했다.

발꿈치에 동물의 기척이 느껴져서 작은 강아지인가 하고 돌아보니 비둘기였다. 이 녀석도 이제 식사가 끝나고 배가 불러서 산책에 나선 것 같았다.

둘레길 끝부분은 연두색의 명자나무 덤불이었다. 5월에 푸른 잎 사이로 보일 듯 말 듯 도도히 피어 있던 진홍색 꽃이 생각났다. 작은 장미 모양 꽃은 이름과는 분위기가 영 달랐는데 11월의 명자나무 잎사귀는 이름처럼 수수했다.

옷을 얇게 입었는지 으스스 추워져서 다시 휴게실 쪽으로 발걸음을 돌렸다. 한여름 시원한 물줄기를 뿜내던 분수대에는 파란색 바닥 위로 다채로운 낙엽들이 수북했다.

그러고 보니 휴게 건물 지붕도 빨간 단풍 색깔이었다. 휴게소 안은 달랑 의자 몇 개만 놓여 있을 뿐 아무도 없이 썰렁했는데, 과거에 매점도 있고 차도 팔며 시끌벅적했던 기억이 났다. 그런데 화장실은 깔끔히 개조되어서 들어서자마자 세련된 클래식이 흘러나왔다. 귀에 익은 〈타이스의 명상곡〉이었다.

안쪽으로 작은 파우더 룸도 있는데 거울 옆 밝은 벽돌무늬 벽지에 낙서들이 가득했다. 대다수는 커플의 이름이었다. 남자 이름과 하트와 여자 이름이 여러 모양과 방향으로 새겨져 있었다. 간혹 유명 아이돌 그룹 멤버도 있었지만 대부분은 평범한 이름이었다. 그 이름들 사이로 문장도 간혹 보였다.

'왜 살죠? 상처 주려고! 맞지?'

누군가에게 상처받았을 여성의 성난 목소리가 들리는 듯했다.

'치마 길이 좀 늘려라~.'

놀러 나온 여고생이 친구에게 핀잔 주며 쓴 것 같았다.

'집으로 가는 길….'

집을 나온 소녀가 끄적인 것일까, 상상해 보았다. 희미한 글자에서 이제 집으로 돌아갈까 망설이는 마음이 느껴졌다.

스산한 바람에 공원 밖 은행나무 잎들이 쉴 새 없이 떨어지고 있었다. 아직 노란 잎을 매달고 있는 나무는 가을이 가지 않게 하려고 애를 쓰고 있는 것 같았다. 가을비가 와서 은행잎을 모두 쓸어가 맨 나무가 되면 어떡하나 하는 조바심이 생겼다. 비에 젖어 줄기만 앙상해지면 이 은행나무들이야말로 체로금풍體露金風이 되는 것이다. 가을바람이 불면 부수적인 것들은 떨어져 나가고 앙상하게 본체가 드러난다는….

'찬란했던 단풍이 부수적인 것이고 앙상한 줄기가 본체라니!'

잎이 하나도 없는 겨울나무가 본래의 모습이라면 그렇게 아쉬워할 일만은 아니구나, 하는 생각이 들었다. 원래로 돌아가는 것이 더 편안하고 조화로울 수도 있을 테니까.

철인을 보러 구례에 가다

맘 잡으세요, 엄마!

나는 삼각관계로 가슴앓이를 하고 있다. 본디 삼각관계란 세 사람 남녀 사이 연애 관계지만 나의 경우 연애는 아니고 세 사람 남녀 사이 사랑 이야기다. 채워지지 않은 사랑 이야기요 누구에게 하소연하기 애매한 애달픔이다. 내가 질투하며 바라보는 남녀는 시어머니와 막내아들이다.

두 사람 간의 유난한 사랑을 꽃피운 장본인은 바로 나이기 때문에 사실 할 말도 없다. 사람이건 바둑이이건 맛있는 밥을 차려 주는 사람을 졸졸 따라다니기 마련인데, 막내의 밥을 잘 지어 주지 못했다. 초등학교 1학년 때는 병원에 야간진료를 개설하게 되어 밤에 나가느라 밥이며 받아쓰기를 챙기지 못했다. 중학교 1학년 때는 상담 공부한답시고 대학원 다니느라 또 아이를 자상히 보살피지 못했다.

미디어로부터 아이들을 보호하기 위해 거실에 텔레비전을 두지 않고 책 읽는 분위기를 만들었다. 큰아이는 잘 따라 주었으나 막내는 책이 도무지 안기지 않았다. 상시 TV가 켜 있는 할머니 방으로 쏘옥 도망하여 엄마 몰래 하염없이 보곤 하였다. 아이들이 텔레비전을 못 보게 해 주세요, 하고 신신당부를 하였건만 시어머니는 피신 온 아이를 냉큼 반기고 보낼 생각을 안 하셨다. 또 그 방에서는 종종 화투판이 벌어졌는데, 처음엔 구경만 하더니 어느샌가 막내는 할머니 할아버지와 민화투를 치고 있었다. 금지된 꿀을 나눠 먹으며 두 사람 간의 친밀감은 뭉게뭉게 꽃을 피웠다.

막내는 유학을 떠나며 남아 있는 우리에게 명령 비슷한 신신당부를 하였다.

"할머니가 뭘 물어보시면 네, 아니요 이렇게 단답형으로 말씀드리면 안 돼요. 어쩌고저쩌고 잘 풀어서 이야기해야 해요."

잘 듣지 못하는 시어머니를 배려해서 이러쿵저러쿵 자상히 얘기해 주는 사람은 막내밖에 없었다. 자신의 부재 시에 어떤 일이 벌어질지 간파한 것이다.

유학생활 중에 걸려오는 막내의 전화 내용은 할머니 안부가 맨 먼저였다.

"할머니 잘 지내세요?"

"응, 잘 지내신다."

"할머니 요즈음은 어떠세요?

"응, 요즈음 독감에 걸리셨어. 여기 독감이 유행이라."

"약 잘 지어 드렸어요?"

"기침 가래로 좀 힘드셔. 노인이셔서 그런지 좀 오래 걸리네."

"빨리 낫게 해드렸어야죠? 엄마 의사 맞아요?"

어머니 상태를 상세히 기술했다가 야단을 톡톡히 맞았다.

"어머님, 막내가 할머니 감기 빨리 안 낫는다고 저를 나무랐어요."

이걸 전해 듣고 시어머니는 얼마나 좋아하셨는지 모른다. 두고두고 오는 사람마다 자랑하는 레퍼토리가 되었다.

"막내가 에미를 나무랐어요, 에미를. 나 감기 빨리 안 낫는다고."

막내가 돌아오는 방학이 다가오면 시어머니는 귀국 날짜를 손꼽아 세웠다. 먼 바다를 항해하고 돌아오는 신랑을 기다리는 듯, 마음 설레는 새색시가 되어 이것저것을 물어보고 또 물어보았다. 막내를 위해 내가 미처 생각하지 못한 맛있는 것들도 준비하였다.

사춘기 때라 일 년마다 쑥쑥 커서 돌아오는 아들의 모습을 보고, 감동을 느낄 겨를도 없이 나는 서운한 마음을 스스로 다독거려야 했다. 집에 들어서자마자 두 사람 간의 진한 포옹이 있고, 그다음 내게 돌아오는 김빠진 인사가 있었기 때문이다.

보통 때 자기 방문을 꼭 닫아 잠그고 엄마가 들어가면 도둑이 들어오는 양 '웬일이세요?' 하는 녀석이 할머니에겐 맘껏 자유 왕래를 허락한다. 엄마에게는 밖에서 일어난 일을 이야기해 주지 않고 계속 물어보면 분위기가 험해지는데, 할머니에게는 세세히 어리광까지 보태며 보고한다. 엄마가 어깨에 손을 얹고 조금만 쓰다듬어도 어색해하며 알레르기 반응을 보이면서, 할머니는 자기가 먼저 만지고 토닥이곤 한다. 할머니 옆에 누워 나란히 TV 보다가 그 방에서 함께 잠들길 하지 않나!

난 읽어 보지 못했으나 페이스북에도 할머니에 대한 애틋한 멘트가 있다 한다. 모두들 할머니에 대한 효성이 지극하다며 칭찬이 자자하지만 내 마음은 영 아리송하다. 마음속에 삐딱선이 한 척 자리 잡고 있다. 내 사랑은 어디로 갔단 말인가?

어느 날 엄마를 도통 생각하지 않는 것 같은 막내에게 정식으로 나의 속마음을 토로하였다.

"엄마 좀 챙겨라. 엄마도 힘들어."

"예? 엄마~. 맘 잡으세요!"

"어떻게 이 집에선 엄마 보살피는 사람이 없냐?"

"엄마! 엄마는 매우 행복하신 거예요. 엄마껜 아빠가 계시잖아요? 미국 제 친구들은 대부분 엄마들이 혼자 사세요. 이혼율이 높아서요."

자존심 누르며 이야기 꺼냈다가 따뜻한 한마디는커녕 핀잔만 받았다. 아들의 사랑은 남편의 그것과는 또 다른 어떤 것인데, 이 녀석 시치미 뚝 떼며 모르는 체한다. 애인도 남편도 아니면서 설명할 수 없는 달콤함을 지닌 그 사랑을 그리워하며, 나는 오늘도 끙끙 냉가슴을 앓는다.

입 호랑나비

아침에 비가 그치니 매미들이 야단이었다. 맴맴맴 메엠 하는 참매미에서부터 쏴 하고 배경음을 까는 말매미까지 우렁찬 합창이 시작되었다. 이들의 화음을 따라가며 아파트 단지 길을 걷다가 잠자리채와 채집통을 들고 나무 둘레를 서성이는 젊은 어머니와 어린이를 보았다. 울음소리를 좇아 나무 위 어딘가의 매미를 찾고 있는 정겨운 모습에 문득 나도 아들과 함께 채집통을 들고 나비들을 쫓아다녔던 시절이 생각났다. 초등학교 때 큰아이 별명은 곤충박사였다. 아들은 곤충에 관한 책을 많이 읽고 아파트 화단에서 여러 벌레들을 잡아 관찰했다. 숲속에 가게 되면 어디에선가 다양한 곤충들을 찾아냈다. 우리 눈엔 나무밖에 안 보이는데 풍뎅이, 장수풍뎅이, 사슴벌레, 쇠똥구리, 허물 벗는 참매미 등등을 잡아 왔다. 아무리 희귀해 보이는 곤충이라도, 이름을 척척 우리에게 알려 줘서 그쪽으로 지식이 없는 우리에게는 그야말로 어린이 박사처럼 보였다.

"엄마 내가 뭐 보여 줄게요."

어느 날 아들은 가장 귀하고 신기한 선물을 주려는 듯 내 손바닥을 펴 보라고 했다.

"뭔데? 앗! 아아…."

아들이 내 손바닥에 올려놓은 것은 연두색의 조그마한 애벌레였다. 벌레를 싫어하는 나는 아들이 모처럼 선사한 것을 손으로 털어 버릴 수 없었다. 작은 생명체가 손 위에서 스물스물 기어가는 감촉을 느끼며 엉거주춤 괴로움 속에 있었다.

"너무 예쁘죠?"

"응? 으응 조금."

억지로 대답하며 자세히 들여다보니 정말 그 연한 빛깔과 부드러운 타원형이 약간 귀엽다는 생각이 들었다. 나중에 나비 애벌레는 나방 애벌레보다는 덜 징그럽다는 것도 알았다. 그 후 몇 번 더 아들이 잡아 온 애벌레들을 보았는데 자꾸 보니 조금은 사랑스럽게 느껴지기도 했다.

큰아이가 초등학교 4학년 즈음이 되자 이제는 나비에 빠져서 아파트 단지 내에서 늘 나비를 쫓아다녔다. 그러면서 서울에는 나비가 없다고, 있어도 작은 나비뿐이고 호랑나비는 영 보이지 않는다고 슬퍼했다. 아들 이야기에 나도 가만히 관찰을 해 보니 봄에도 나비가 잘 보이지 않았고 가끔 보여도 작은 노랑나비뿐이었다.

"엄마, 호랑나비 잡으러 가요!"

어느 때부터인가 아이는 조르기 시작했다.

"어디 가면 호랑나비를 잡을 수 있는데?"

날마다 성화여서 나는 어떤 구체적인 계획을 세워야 했다.

"귤감나무가 많은 곳이면 돼요. 호랑나비 애벌레는 귤감 이파리를 먹고 자라거든요."

우리 가족은 그해 여름 귤감나무가 많은 제주도로 호랑나비를 잡으러 떠났다. 중문에 자리 잡은 숙소 근방에서 온 식구가 잠자리채를 휘저으며 호랑나비를 잡으러 나섰다. 제주도에는 바닷가에도 호랑나비가 여기저기 많이 날아다녔다. 색깔도 알록달록 화려하고 장군처럼 위엄 있는 녀석들이 민첩하기까지 했다. 아빠를 포함해서 온 식구가 곤충 채를 휘두르며 쫓아다녔건만 한 마리도 잡지 못했다. 이놈들은 워낙 빨랐고 늘 우리들을 약 올리며 후다닥 멀리 달아났다. 감귤 농장에도 들어가서 기웃기웃했는데 별 소득이 없었다.

2박 3일의 짧은 휴가가 끝나 가니 이제 아이를 달래야 했다. 그래도 호랑나비를 만나지 않았느냐고, 우리가 잡는 것보다 자연 속에 있는 것이 나비들에게 좋다고 가까스로 설득하며 공항으로 이동했다. 비행장의 택시 승강장에서 내려, 짐 부치는 곳으로 가면서 귤감나무 정원수가 심겨진 곳을 지날 때였다. 아이가 나무들 사이에서 발걸음을 멈추고 또 뭐를 잡으려고 시간을 지체했다. 빨리 가야 한다고 독촉하는데 애가 탄성을 지르며 나뭇가지를 하나 들고 나왔다.

"애벌레예요! 호랑나비 애벌레를 발견했어요!"

귤감나무 이파리 위에는 뭔가가 꿈틀대고 있었다.

"이게 호랑나비 애벌레인 줄 어떻게 알아?"

"당연히 호랑나비 애벌레예요. 내가 알아요!"

자세히 보니 그 애벌레는 우선 몸집이 길고 컸다. 다른 나비 애벌레보다 더 진한 연둣빛을 띠었고 머리 부분은 도톰하고 학사모 모양으로 각이 져 있었다. 눈처럼 보이는 까만색 무늬는 꿈틀댈 때마다 사방을 매섭게 바라보는 것 같았다. 전체적으로 고고하고 기품이 있는 것이 보통 애벌레하고는 달라서 호랑나비가 어릴 때부터 자신의 위용을 갖추고 있음이 신기했다.

"이 애벌레, 비행기에 실을 수 있을까?"

나는 그것부터 걱정이 되었다.

"꼭 실어야죠! 무슨 일이 있어도 가져가야 해요!"

아들은 그 애벌레를 두고 가는 것은 생각할 수 없다는 표정이었다. 아이의 바람을 이루어 주기 위해 승무원과 실랑이가 벌어지지 않을 궁리를 했다. 공기가 통하도록 비닐봉지에 구멍을 뚫고 그 안에 넣어서 눈에 띄지 않게 기내로 모셨다.

애벌레를 향한 아이의 사랑은 대단했다. 호랑나비 애벌레에 대한 책을 다시 꺼내서 복습하며 공을 들였다. 매일매일 새로운 이파리를 제공하고 방의 습도도 챙기고. 식량인 귤잎이 동이 나려 하자 어디선가 탱자나무 잎이나 귤잎을 얻어 와야 한다고 채근했다. 아는 사람이 있는 시골, 공주에 탱자나무 잎을 따러 가기도 했다.

아이는 이 애벌레를 호랑나비로 키우고 싶은 열망이 커서 기도하기 시작했다.

'하나님 이 애벌레가 꼭 호랑나비가 되게 해 주세요!'

무릎을 꿇고 간절히 기도하는 모습을 여러 차례 보았다. 그러면서 호랑나비가 되리라 하는 믿음을 확고히 해 갔는데, 아들에 반해서 나는 영 믿음이 없었다. 아파트 단지 내 실내에서 애벌레가 호랑나비로 부화할 것 같지 않았다. 애벌레가 죽는 날 아이가 실망할까 봐 나는 오히려 그 일에 대비했다. 집안은 자연환경이 아니니 어려울 수도 있다, 책에 있는 방법이 모두 성공하는 것이 아니다 등등 실패의 가능성이 있다는 것을 슬쩍슬쩍 내비쳤다.

아들이 정성을 들여 애벌레는 예정일보다 빨리 번데기가 되었다. 책상 위의 병에 꽂아 놓은 긴 귤잎가지에 이제 초록색 애벌레 대신 갈색의 세모가 매달려 있었다. 번데기가 되는 1차 성공으로 아이는 신이 나서 더 많이 기도했다. 엄마는 또 믿음이 없었다.

'여기까지만 가능할 텐데…. 여기서 만족하면 좋으련만.'

아이는 번데기에게 형광등을 많이 쪼였다. 일광을 많이 쬐는 효과를 줘서 나비로 부화하는 시간을 단축시키려고 그런다 했다.

번데기는 처음엔 점점 크고 토실해지는 것 같았는데 어느 날부터 말라 가기 시작했다. 그날 아침에는 영 생명 있는 것 같은 모습이 아니었다. 고치가 너무도 작고 말라 있어서 떨어지기 일보 직전이었다.

'그럼 그렇지, 이제 떨어져 죽나 보다.'

나는 마음속으로 이렇게 추측하며 출근했다.

"엄마! 엄마~."

그날 퇴근하는 현관문을 열기가 무섭게 2층에서 아이가 고래고래 소리를 질렀다.

'아! 올 게 왔구나. 아이를 어떻게 달랜담.'

나는 잠시 고민하며 아이가 할 말을 넘겨짚어 생각했다.

'엄마 나 몰라. 고치가 떨어져 죽었어요. 엉엉. 어떡해요. 열심히 온힘을 다해 키웠는데….'

그런데 자꾸 엄마, 엄마 하며 외치는 소리를 들어 보니 고통이 아닌 기쁨이 깃든 목소리였다.

"나비가 됐어요, 나비가! 호랑나비가 탄생했어요!"

아들은 흰색 줄무늬가 아롱진 검은색 호랑나비를 내게 보이며 계속 탄성을 질렀다.

"아니 그 후줄근한 고치가?"

그 비쩍 마른 고치에서 이렇게 크고 우아한 나비가 나왔다니, 나는 처음에 믿어지지가 않았다. 그런데 그 모습은 나비가 되기 직전의 일시적인 고치 상태였던 모양이다. 예상 밖의 일이 벌어져서 나는 어안이 벙벙했다.

"와우, 정말 호랑나비가 됐구나! 우리 아들 대단하다."

나는 아들을 칭찬해 주면서 한편으론 그동안 부정적으로 생각했던 것에 대해 미안함을 느꼈다.

나비를 보고 기뻐하며 사랑스러워하는 아들의 얼굴은 한 번도 본 적이 없던 표정이었다. 호랑나비의 엄마라고 해야 할지 제2의 창조자라고 해야 할지, 탄생의 주체가 되어 본 뿌듯함을 드러내고 있었다. 아이는 나비와 함께 찰칵 사진도 찍고 베란다에 풀어 놓아 파닥파닥 날아다니게도 하고 다시 벌레 통에 넣어서 자세히 쳐다보기도 하며 한 이틀간 진한 사랑을 나누었다.

둘이 헤어지기가 무척 어려울지 알았는데 막상 그렇지는 않았다. 진정으로 사랑해서 그런지, 탄생의 감격으로 마음이 충만해서 그런지 아이는 그 녀석을 보내 주었다. 베란다 창문에서 놓임 받아 하늘을 향해 힘차게 날아갔던, 아들의 성을 따 이름 지은 임 호랑나비….

　그때 자신을 포함해서 모든 사람이 나중에 곤충박사가 될 것이라고 생각했던 아들은 전혀 다른 영역에서 일하고 있다. 금융계에 종사하고 있는데 곤충의 세계와 금융의 세계가 어떤 유사성이 있는지 모르겠다. 개미를 좋아했던 베르나르 베르베르가 위대한 작가가 되었듯이, 곤충을 관찰했던 저력이 금융계에서 어떻게 꽃피울지 기대가 되기도 한다.

어머니의 텃밭

우리 병원 단골 중에 종종 겉절이 김치와 깻잎조림을 가져다주는 분이 있다. 몇 해 전에 내가 김장김치를 여기저기서 얻어먹는다고 하니 그때부터 자신이 담글 때 조금씩 나누어 주곤 했다. 엊그제는 갓 만든 깻잎조림을 받아 온 식구가 잘 먹었는데, 특히 시험 중인 아들에게 별미가 되었다. 감사의 마음을 전하려 벼르고 있는데 마침 그분이 다시 병원을 방문했다.

"깻잎 온 식구가 얼마나 맛있게 먹었는지 몰라요. 막내가 깻잎에 밥 한 공기를 다 해치웠어요."

"아휴, 그럴 줄 알았으면 더 많이 드릴걸."

"아이고 저희 다 주시면 안 되죠. 따님들 주셔야죠."

"아니, 우리 애들은 별 생각이 없어요. 싸 줘도 안 가져간다고 해요."

"이 맛있는 것을요?"

나는 이 감칠맛 나는 깻잎조림에 무심한 그분 따님들을 의아하게 생각했다가 문득 나도 십여 년 전 미국의 친정어머니한테 그런 적이 있었다는 것을 깨달았다.

"그만 넣으세요, 그만! 짐이 너무 무겁단 말예요."

나도 이렇게 유리병에 담긴 깻잎조림을 넉넉히 챙겨 주던 어머니에게 투정을 부렸었다.

"조금만 더 가져가 봐. 너희도 먹고 친구들도 나눠 주면 좋잖아. 무공해라 얼마나 싱싱한데."

어머니 성화에 못 이겨 툴툴거리며 비행기로 공수했던 깻잎조림이었다. 그때의 맛도 이분 것처럼 향기롭고 산뜻했었다. 소천하신 후로 까마득히 잊고 있었는데 깻잎들이 무럭무럭 자라던 친정어머니의 양지바르고 기름진 텃밭이 생각났다.

어머니가 농사를 지었던 텃밭은 미국 동남부 그린스보로시 주택가에 있었다. 그 집 앞뜰엔 채송화, 맨드라미, 백일홍 사이로 다른 주택들과 비슷하게 모양 좋은 나무들이 심겨 있었다. 그러나 뒷마당으로 가면 다른 집에는 없는 풍광이 펼쳐졌다. 잔디는 별로 없고 온통 텃밭이었기 때문이다.

부모님은 중년의 나이에 동생들 교육을 위해 미국으로 이민을 떠났다. 나는 한국에 남아 결혼하고 아이 기르느라 미국에 있는 친정을 한참 만에 방문했다. 그때 우리를 맞이한 어머니의 텃밭은 마치 한국 시골을 방문한 것 같은 느낌을 주었다. 가지런한 밭고랑에 고추, 토마토, 상추 모종이 자라고, 담장에는 오이와 호박덩굴이 올라가고 있었다. 제법 밭농사를 지어 본 사람처럼 열매와 덩굴을 지탱해 주는 버팀목도 가지런히 세워 놓았다. 유치원생이던 아들이 토마토를 따 보는 농촌 체험을 미국에서 하게 될 줄은 몰랐다.

서울의 아파트에서 살다가 미국에서 작은 땅을 갖게 되니 어머니는 흡족하여 흥이 난 것 같았다. 야채뿐 아니라 과실수에도 도전하여 다음 해에는 무화과, 대추나무, 배나무를 심었다. 근처 농장에서 말똥으로 이루어진 거름도 얻어 온다고 했다. 배는 모양도 맛도 어설펐으나 무화과와 대추는 꿀처럼 달았다.

울타리가 낮아서 환히 들여다보이는 옆집 뒷마당은 모두 널찍한 잔디밭이었다. 나는 그 집들이 세련돼 보이고 흙이 드러난 어머니 텃밭이 투박해서 어느 날 어머니께 조심스레 건의했다.

"엄마, 잔디를 더 심으면 어때요? 넓은 초록색이 좋아 보이는데."

"땅이 너무 아깝잖아? 잔디가 뭐에 쓸모 있다고."

어머니는 한마디로 일축하며 잔디를 넓힐 생각이 전혀 없었다.

어느 해는 식당 창밖에 도라지꽃들이 가지런히 피어 있었다.

"꽃 무척 예쁘지?"

우리가 식탁에서 청초한 종 모양 보라색 꽃에 넋을 잃자 어머니는 자랑스러운 얼굴로 물었다.

"네! 도라지꽃 참 오랜만이네요. 뿌리 캐려고 심으신 거예요?"

나는 늘 열매를 챙기는 어머니라 무심코 이야기했다.

"얘는? 당연히 꽃 보려고 심었지! 너는 참….'

어머니는 내 질문에 좀 언짢은 표정을 지었다.

여름이 지나면 어머니 집 온실에는 빨간 고추가 일렬로 누워 있었다. 서울서는 고추를 말리지도 않던 분이 잘 다듬어서 빻아 보내주곤 했다. 그나마 고춧가루는 한국으로 보낼 수 있었지만 다른 열매들은 보낼 수가 없었다.

"너희가 가까이 있다면 얼마나 좋겠냐?"

어머니는 우리가 멀리 떨어져 있어 밭의 소출을 그때그때 맛보지 못하는 것을 못내 아쉬워했다. 하지만 나는 더 속상한 일이 있었다. 어머니가 애써서 딸을 의사 만들어 놓고 영 그 덕을 보지 못한 일이었다. 대륙 저 멀리 있는 의사 딸은 이웃만도 못했다. 그 좋다는 비타민제며 영양주사가 병원에 쌓여 있건만 어머니께 한 번도 놔 드리지 못했다.

어머니 밭의 깻잎 줄기들은 가장자리에서 쉴 새 없이 잎이 돋아났다. 작은 병에 담아 연도별 스티커를 붙인 깻잎조림은 주위 한국 사람들과 열심히 나눠 먹어도 남아돌았다. 내가 방문을 마치고 한국에 돌아가는 길이면 많이 싸 가기를 바라는 어머니와 짐을 줄이고 싶은 내가 늘 실랑이를 했다. 그런데 막상 비행기로 실어 오니, 어머니 깻잎이 무척 싱싱하다며 친구들 사이에서 인기가 많았다. 그때 나는 그 맛을 칭찬했다가는 다음에 더 많이 싸 주실까 봐 어머니께 제대로 표현도 못 했다.

그 단골 환자 덕분에 우리 집 냉장고에도 깻잎이 넘쳐 나던 시절이 어머니 텃밭과 함께 떠올랐다. 그분은 깻잎조림을 얼마 있다가 또 가져오겠다고 한다. 손맛이 자신 없는 나는 고맙기 그지없지만, 이제 그 깻잎을 먹을 때마다 친정어머니 생각에 마음이 찡할 것 같다.

애틋한 급우들

팔십 후반인 시어머니의 유일한 사회생활 공간은 아파트 노인정
이다. 팔십 중반까지는 옆 단지 알뜰 시장에도 가고 칼을 갈러 먼
단지까지 다녔지만 이제 단지 내 나들이만 유일하게 남았다. 먼 데
까지 걸어갈 힘이 없기 때문이다. 노인정에서 일주일에 두 번 나라
에서 보조하는 점심 식사를 들며 어두운 귀로 다른 어르신들과 담
소를 나눈다.

어머니는 칠십 대 초반에 처음으로 노인정에 간 적이 있었다. 십
오 년쯤 전에 손자들이 중학생이 되어 어머니가 시간이 많아졌을
때였다.

"오늘 거기 어떠셨어요?"

나는 퇴근하자마자 어머니의 첫 사교 모임이 어땠는지 물었다.

"대부분 팔십이 넘었더라. 남자는 별로 안 보이고."

"어머 그러셔요?"

"말 마라. 나보고 새댁이란다."

"어머머, 정말 새댁이라고 불렀어요?"

그때 어머니는 자신이 새댁으로 불린 것이 기분 좋았는지 싱글벙글하며 다녀온 이야기를 했다. 그런데 그 후 몇 번 나간 뒤에는 친구를 못 사귀고 점점 흥미를 잃어 갔다. 그때까지는 활발하게 걸어 다닐 수 있었으므로 노인정보다 더 재미있는 나들이를 찾아 나서는 것 같았다.

　그 후 팔십 대가 되고 작은 단지로 이사 오면서 노인정 분위기가 오붓한지 자주 나가기 시작했다. 칠팔십 대 어르신이 일곱 명에서 열 명 남짓 모인다고 하는데 그중에서 어머니가 가장 고참인 것 같았다. 내가 퇴근하고 오면 어머니는 늘 노인정 이야기를 했다. 마치 초등학생이 그날 학교에서 일어난 일을 엄마에게 다 고하는 것 같은 모습이었다. 점심 메뉴에 대해 상세하게 묘사하는 것부터 시작해서 당일 화제가 된 어르신의 가족사가 나왔다.

　"오늘은 북엇국 끓였더라. 열무 겉절이다."

　"많이 드셨어요?"

　"응, 밥을 금방 지어서 뜨뜻할 때 여럿이 먹으니 맛있어. 반찬은 없어도….''

　"누가 그걸 다 하세요?"

　"총무가 해. 그이도 여기저기 아프지만 제일 젊어서 뽑힌겨."

　밥을 짓는 총무도 칠십 대 초반의 어르신이었다.

　"이씨네 큰아들은 부천에서 삼계탕 집을 크게 한단다. 아들 내외가 일에 지쳐 하냥 못살고 여기 딸네 집에 얹혀산다는구나."

　"얹혀살기는요? 함께 사는 거죠."

　"그 대신 아들이 용돈은 두둑이 준다는구먼. 삼계탕도 자주 가져

오고."

어르신의 자녀들이 무슨 일을 하고 현재 몇째와 함께 사는지 별별 이야기를 시시콜콜하게 나누는 듯했다. 우리 집 상황도 어머니가 낱낱이 보고하면 다른 분들이 집에 가서 자녀들에게 세세히 전할 것을 생각하니 좀 신경이 쓰였다.

그 아파트 단지에 사는 고정 멤버 외에 가끔 새로운 분이 합류하는 경우도 있었다.

"강원도에서 한 양반이 올라왔는데 귀가 나보다 더 어둡더라. 영 못 알아들어."

"그럼 어떻게 대화하셨어요?"

"며느리가 한참 노인정에 있다 갔어. 아들네 집에 한 달간 와 있는 거래."

가장 무거운 이야기는 요양 병원에 대한 것이다. 이 이야기를 할 때면 어머니 목소리 톤도 달라진다.

"며느리가 미용실 한다는 그 노인네, 요새 통 보이지 않더니 요양 병원에 갔다더라."

"몸이 많이 안 좋아지셨나 보죠?"

"넘어져서 무슨 뼈가 부러졌다나? 그이는 나보다 일곱 살이나 어린데…."

가끔 엉뚱한 정치 이야기를 들을 때도 있다. 몇 해 전 헌법재판소가 통일진보당의 미래를 결정했던 날이었다. 그날 나는 일이 바빠서 낮 동안 뉴스를 확인하지 못했다. 집에 도착해서도 급한 일이 생겨 짬을 못 내고 있는데 어머니가 나를 보자마자 대뜸 말했다.

"오늘 통진당 해산됐단다."

"예? 해산으로 결정 났대요?"

보통 89세의 어머니와는 단순한 의식주 관련 대화만 했던 터였다. 그날은 뜻밖에도 어머니에게서 궁금했던 사회 정치 뉴스를 들었다.

"글쎄 그렇단다. 나는 뭔 얘긴지는 모르겠지만 다들 텔레비전 앞에 쫙 모였더라."

나는 어머니가 그날의 핫 이슈를 이야기하는 것이 신기했다. 헌법재판소의 결정을 궁금해하며 TV를 주시하고 있는 팔십 대 어르신들! 그들도 우리처럼 정치를 논하고 있었다.

어느 날 퇴근하니 도우미 아주머니가 어머니 몰래 낮에 있던 일을 말해 주었다.

"오늘 노인정 친구분들이 다녀가셨어요."

"아니, 왜요?"

"안방 구경하려요."

"구조가 비슷한데 뭐 구경할 게 있다고? 가구도 특별한 것이 없는데…."

"할머니가 진짜 안방 쓰시는지 보고 싶어서 오신 거 같아요."

"어머, 그랬어요?"

"그런데 두 번 왔어요."

아주머니는 이야기를 덧붙였다.

"차 마시다가 뭐 두고 가셔서요?"

"그런 게 아니고. 다시 와서는 장롱을 모두 열어 보시더니, 정말 옷이 맞게 걸려 있네, 하시며 가셨어요. 믿기지 않았나 봐요."

"아휴 그랬어요?"

우리는 안방을 어머니가 쓰고 있다. 시아버지가 돌아가신 후 이 아파트에 이사 올 때 어머니가 작은방을 쓰겠다고 했었다. 그런데 새 아파트는 안방이 옆집 베란다와 너무 가까이 붙어 있어서 부부가 쓰기에는 불편해 보였다. 어머니가 안방을 쓰면서 나는 본의 아니게 효부가 되었다. 그날은 그 이야기가 화제가 되었나 보다. 사실인지 확인하고 싶을 정도로 그게 그렇게 대단한 일이었을까? 이즘 세태에 안방 쓰는 어머니를 향한 동료들의 부러움과 질시가 느껴졌다.

얼마 전 내가 여느 때보다 일찍 오후 3시에 퇴근한 날이었다. 우리 집 아파트 단지 안으로 접어들자 노인정이 파하는 시간인지 출입문에서 어르신들이 우르르 함께 나왔다. 지팡이를 짚은 분, 등이 몹시 굽은 분, 등이 아직 꼿꼿하신 분, 유모차처럼 생긴 끌개를 밀고 가는 분들은 이야기를 나누며 헤어지기가 싫은 것처럼 천천히 걸었다. 나는 거리를 두고 뒤에서 조심조심 따라갔다. 인사를 건넸다가는 큰 주목을 받아 내일 점심시간 화제의 주인공이 될 것이 빤하기 때문이었다.

"그럼 내일 봐유."

"잘들 들어가슈."

각 동으로 나눠지는 길목에서 헤어지는 인사를 하다가 어르신들은 또 한참을 서서 담소를 나누었다. 할 이야기가 자꾸자꾸 생각나는지 수다가 이어졌다. 머리가 희고 몸이 야윈 노인정 급우지만 서

로 간에 즐거워하는 것이 여느 여학생들 무리와 다름없었다. 인생
느지막이 나누는 동료애가 오히려 더욱 애틋하고 끈끈해 보였다.

빈 둥지의 봄

　햇볕은 따스하나 집안은 적막하다. 아파트 정원의 나무들도 아직은 메마른 가지뿐이다. 막내가 대학생이라 아직 빈 둥지가 아닌데도 부쩍 집안이 텅 빈 것처럼 느껴진다. 학교 근처에 방을 얻어서 주말에만 오기 때문이지만, 작년 가을 소천한 시어머니의 빈자리인 것도 같다. 햇살 좋은 거실에서 이런저런 생각에 잠긴다.

　겨우내 추위를 못 이긴 베란다의 화초가 한 그루 고사枯死했다. 이파리가 유독 넓적해서 운치 있던 종류라 화분을 치우면서 몹시 아쉬웠다. 어머니가 계셨을 때는 아무리 한파가 심해도 늘 푸르고 싱싱하게 겨울을 났었는데.

　냉이 국을 끓이면서도 시어머니 생각이 났다. 어머니가 몹시 아프셨던 어느 해 봄, 달래를 넣어 된장찌개를 해 드린 적이 있었다. 아파트 1층에 사는 이웃이 마당의 달래를 막 캐서 한 움큼 주었는데 어떻게 요리할 줄 몰라 찌개에 넣어 보았다. 달래가 그렇게 강한 향기를 지니고 있음을 그날 처음 알았다. 마트에서 산 달래와는 다르게 매콤하고 은근한 향이 살아서, 된장찌개에 독특한 풍미를 주었다. 입맛을 잃었던 어머니가 그 맛에 반하셨는지 저녁을 꽤 드시더니 연거푸 '잘 먹었다, 참 잘 먹었다' 하셨다. 그 달래 덕분에 효도한 날이 되었다.

어느 해 삼월엔, 안팎으로 봄기운이라곤 없을 때 느닷없이 큰아이 방에서 봄의 전령(傳令)인 듯한 소리가 들렸다.

봄 처녀 제 오시네. 새 풀 옷을 입으셨네.
하얀 구름 너울 쓰고 진주 이슬 신으셨네.
꽃다발 가슴에 안고 뉘를 찾아오시는가?

"시험 잘 보면 뭐 해요? 음미체에서 다 까먹는데."

늘 이렇게 투덜대던 아들이 새 학기 내신 성적을 잘 받기 위해 작심하고 성악 연습에 돌입한 것이다. 음이 매끄럽지는 않지만 우렁찬 목소리로 아들이 〈봄 처녀〉를 부르니 어딘가 숨어 있던 봄이 살금살금 나올 것 같은 느낌이었다. 온 집안에 봄기운이 퍼지며 그해 봄은 그렇게 시작되었다.

실기 테스트 곡이 〈한오백년〉인 적도 있었는데 그 곡 후렴 가사는 그때야 제대로 알았다.

뒷동산 후원에 칠성단을 모고
우리 부모님 만수무강을 빌어 보자.

잠자리에 누워 옆방에서 들려오는 구성진 노래를 들으며 나는 마치 아들이 후원에 단을 모으고 있는 것 같은 착각에 빠졌다.

'아이쿠, 기특한 녀석!'

성적을 위해 밤늦게까지 성악 연습을 하는 것도 대견했지만 아들이 날마다 우리 부부의 만수무강을 비는 것 같아서 흡족했다. 평소에 오래오래 살기를 바라지 않는다고 생각했는데 막상 아들의 입에서 그런 표현이 흘러나오니 누워서도 절로 입가에 미소가 번졌다.

여러 해 전 한번은 제주도 유채꽃 보지 못한 한을 풀고 싶었다. 마침 4월에 임시 공휴일이 생겨 운을 떠 보았으나 남편은 그날 오전 근무를 해야 한다고 했다. 중학생인 큰아이도 제주도에 별 흥미가 없었는데 초등 5학년이던 막내가 좋아하며 따라나서서, 막내아들과 단둘만의 여행이 되었다.

첫날은 노란 평원을 배경으로 원 없이 사진을 찍고 다음 날은 한라산 등정을 했다. 올라가는 길은 1100고지에서 시작하는 가파른 코스였다. 내가 몹시 헉헉대자 막내는 조금씩 앞지르더니 나중에는 아예 시야에서 사라져 버렸다. 처음엔 걱정 되었다가 나중에는 내 몸 가누기도 힘들어서 아이 생각은 잊어버리고 부지런히 바위산을 올랐다.

덤불숲으로 둘러싸인 오솔길을 지나 윗세오름에 이르니 시야가 탁 트였다. 숨을 고를 수 있는 완만한 산 중턱이라 여러 사람들이 머물러 있었다. 일행이 올라오기를 앉아서 기다리는 사람들, 간식을 사려고 휴게소 둘레를 서성거리는 사람들이 보였다. 헐떡이며 아들을 찾는데 저만치 기슭에서 여럿이 앉아 있는 사람들 중에 한 남자가 나를 보며 외쳤다.

"혜창이 엄마 올라오시네."

그러자 몇 사람이 일제히 날 쳐다보았다. 어떤 사람은 가벼운 인사까지 건넸다.

"혜창이 어머니시죠?"

"예? 예…."

쉬고 있는 낯선 이들 사이에서 내 이름이 불리니 어안이 벙벙해졌다. 그들 틈에 있던 막내가 웃으며 다가오더니 바위 코스에서 함께 올라간 아저씨들이라고 했다. 붙임성 좋은 아들이 산을 타며 그들과 여러 이야기를 주고받은 모양이었다. 아이가 뭐라고 엄마 이야기를 했을까 은근히 걱정도 됐지만 뜻밖의 산사람들에게 받는 환대가 나쁘지는 않았다.

막내가 대학생이 된 후로는 함께 여행할 수 있는 기회가 별로 찾아오지 않는다. 또래들과 어울리느라 시간 내기가 쉽지 않은 것 같다. 이제 오로지 남편과 짝이 되어 어디서 무엇을 할지 궁리해야 하리라. 따뜻한 공기로 나무들이 점점 물이 오르니 내 마음도 들뜨기 시작한다. 빈 둥지에서 부부 단둘이 맞는 봄도 여전히 화사했으면 좋겠다.

철인을 보러 구례에 가다

올해는 유난히도 구례 이야기를 많이 들었다. 지난봄 여고 동창들이 지리산 예술인 마을을 기점으로 남도여행을 다녀왔는데, 풍치 좋은 곳에 다양한 장르의 작가들이 모여 살고 있다고 했다. KTX로 그곳까지 두 시간 반이면 갈 수 있다는 정보도 얻었다. 최근에 다른 친구도 구례에 다녀와서 장엄한 화엄사와 신비로운 노고산, 인접한 하동의 박경리 문학관과 『토지』에 나오는 최 참판 댁 답사기를 들려주었다.

화엄사의 현자들부터 지리산에서 예술혼을 꽃피우는 사람들과 위대한 문인의 발자취까지 있으니 구례는 아름다운 산세뿐 아니라 어질고 사리에 밝은 사람들, 즉 철인哲人을 접할 수 있는 고장일 것 같았다.

KTX 덕분에 접근성도 좋아진 이 매력적인 고장을 조만간 방문하리라 마음먹고 있던 터에 지난여름 막내아들이 그곳 이야기를 또 했다.

"9월 첫 주에 구례에 내려가 보지 않으실래요?"

"웬 구례?"

"제 철인 경기 응원 좀 오시라고요. 다른 참가자들은 식구들이 많이 와요."

"구례에서 대회가 열리니?"

"네. 바쁘시면 괜찮고요…."

결국 지난 주말, 아들이 참가한 철인 3종 경기를 응원하러 온 식구가 전라도 구례에 다녀왔다. 내가 기대했던 철인哲人이 아닌 철인鐵人을 보러 간 셈이다.

철인鐵人은 사전적으로는 몸이나 힘이 무쇠처럼 강한 사람을 뜻하지만 스포츠 용어로는 철인 3종 경기를 완주한 사람을 뜻한다. 1978년 하와이에서 수영 3.9km, 자전거 180km, 마라톤 42km를 연속해서 뛰었던 12명을 철인Ironman으로 명명하면서 이 경기의 역사가 시작되었다.

마라톤과 산악 달리기를 하는 막내아들은 지난봄부터 철인 3종 경기에 관심을 갖기 시작했다. 수영을 함께 하면 무릎 부상이 덜할 것 같아서 다행으로 여기며, 여러 마라톤 대회를 혼자 잘 치러 내서 철인 3종 경기도 알아서 나가려니 했었다.

그동안의 이야기를 들어 보니 7월의 제주도 하프 대회는 좋은 성적으로 마쳤지만 자전거 분해와 운반 과정에서 고생이 많았다고 했다. 8월 여주 대회는 수영을 마친 후 몸 컨디션이 안 좋아 중도 포기했다며 다른 사람처럼 가족의 성원을 바라는 눈치였다. 이번에 구례의 풀코스 국제 대회에서 무사히 완주하여 정식 철인Ironman이 되고 싶다고 했다.

임도 보고 뽕도 딴다고 아들도 응원하고 아름다운 산마을도 구경할 겸 남편과 함께 내려가기로 했다. 대학교 학기 중에 열리는 대회라서 일요일 경기를 치른 후 월요일 등교하는 데도 도움이 될 성싶었다. 아들은 자전거를 자동차에 싣고 금요일에 떠나고 우리는 토요일 오후에 용산에서 KTX를 탔다.

대회를 위해 가을이 온 듯 주말 내내 하늘이 높고 공기가 청명했다. 사방이 산세에 둘러싸인 구례는 강원도 어느 마을에 와 있는 듯한 착각이 들게 했다. 말로만 듣던 지리산 자락이 이렇게 위풍당당할 줄은 몰랐다. 거리마다 '2018 아이언맨 구례 코리아 국제 철인 3종 경기 대회' 깃발이 나부꼈다. 군 단위 마을에서는 보기 드문 국제 대회여서 온 동네가 흥이 난 것 같았다.

오전 6시 40분에 시작하는 수영 시합에 맞추어 우리 모두 4시 반에 일어나야 했다. 아들은 아침으로 편의점에서 산 황태국과 팥죽을 먹었다. 구만제라 불리는 지리산 호수로 이동했는데 해가 뜨지 않은 새벽 어스름에 안개까지 자욱했다. 바랜 흑백영화를 보는 것처럼 오가는 사람들 모습이 희끄무레했지만 마이크에서는 선명한 안내 음성이 울려 퍼졌다. 우리말을 하는 여성과 영어를 하는 남성이 교대로 여러 가지 주의 사항과 격려의 말을 하고 있었다.

이 대회의 상위 30명은 내년 하와이에서 열리는 월드 챔피언십 출전권이 주어진다고 많은 외국인들이 참여했다고 한다. 36개국에서 1,300여 명의 철인들이 모였다고 하니 대회장은 여간 북적이는 것이 아니었다. 처음으로 정식 철인에 도전하는 사람, 이미 여러 경기를 마친 중견 철인, 하와이 챔피언십에 나가려고 입상을 노리는 수준 높은 철인이 섞여 있겠지만 모두들 긴장하기보다 조금 들떠 보였다. 나이도 이십 대에서부터 늦은 중년까지 다양했는데 아들처럼 혼자 온 경우는 드물고 동호회별로 파이팅을 외치며 인증 샷을 찍느라 부산했다.

대회장 한편에는 전날 미리 갖다 두어야 하는 1,300여 개의 자전거가 나란히 세워져 있고, 개인 소지품 백들이 번호에 따라 줄줄이 걸려 있었다. 옆 공터에서 철인들은 노래에 맞춰 몸을 풀기 시작했는데, 흥겨운 곡조에 맞춰 춤추는 동작을 하고 있으니 곧 무슨 축제가 시작될 것만 같았다.

아들은 남편 핸드폰에 앱을 깔아 주면서 자신이 지닌 타이밍 칩 때문에 실시간으로 경기 진행 상황을 알 수 있다고 했다. 슬리퍼와 핸드폰을 내게 맡기고 자기 조를 찾아서 무리 속으로 들어갔다.

시작 시간이 가까워 오자 철인들은 수영 출발점으로 이동하려고 조 이름이 적힌 피켓을 든 진행 스태프 뒤로 줄을 섰다. 까만 전신 수영 슈트를 입고 서 있는 많은 사람들은 특별한 분위기를 연출했다. 키 큰 펭귄들이 모여 있는 것 같기도 하고 진시황의 병마용이 살아서 수영모를 쓰고 움직이고 있는 것 같기도 했다.

여성들도 꽤 있었는데 어느 중년 여성은 슈트에 알록달록한 무늬를 한껏 그려 놓아서 그분의 열정이 느껴졌다. 단순한 검은색 슈트를 입고 이동하는 어느 이십 대 여성을 보았다. 철인에 도전하는 모습이 내 마음을 움직여서인지 영화배우 이상으로 매력적으로 느껴졌다. 연인인 듯 보이는 짝이 나란히 걸으며 배웅하기도 하고 아기를 유모차에 태운 젊은 여성이 남편을 응원하기도 했다.

"징이 울리면 조별로 네 사람씩 차례로 입수入水를 하겠습니다. 지금 현재 강물의 온도는 21.3도입니다."

안내 방송이 나오고 나서 징 소리를 듣지 못했지만 멀리 선착장 같은 곳에서 물로 뛰어드는 사람들 모습이 보였다. 워낙 인원이 많아서 진행 흐름이 느렸는데, 경기가 시작되자 방송에서는 다른 내용이 되풀이해서 나왔다.

"여러분의 몸이 중요합니다. 몸을 가장 먼저 생각하시고 절대 무리하지 마십시오."

안전사고를 최소화하기 위해 애쓰는 목소리였다. 호수에 떠 있는 여러 척의 보트에서는 둘씩 탄 경기위원들이 수영 경기의 수로水路를 안내하며 사람들을 살피고 있음이 틀림없었다.

반 이상의 사람들이 입수해서 헤엄치고 있는 모습을 멀리서 보니 주황색 모자를 쓴 여러 마리의 돌고래가 줄지어 유영遊泳하는 것 같았다. 지리산 계곡의 맑은 물이 흘러들어 생긴 청정수라고 하는데 안개 때문에 호수는 푸른색이 아닌 회색빛을 띠었다. 그래도 여기는 처음에 다이빙하며 뛰어드는 공간이 넉넉해 보였다. 아들은 7월 제주대회 때 수영 시작점이 협소해서 곤란했다고 푸념했었다.

"물고기가 겹겹이 엉켜 있는 것처럼 스타트했다니까요!"

이른 새벽에 일어났기 때문에 다시 호텔로 들어가 쉬고 싶은 마음도 있었지만 주차장의 차 안에서 잠시 쉬었다가 아들이 수영을 마칠 즈음 바이크 시작점에 와 보기로 했다.

사이클 경기가 시작되는 곳에는 아이언맨 로고가 그려진 커다란 아치 모양 기둥이 서 있었다. 한 시간이 채 안 되어서 헬멧을 쓰고 몸에 달라붙은 가벼운 옷으로 변신한 철인들이 속속 등장했다. 재빨리 수영을 끝낸 사람들 중에는 외국인이 많았다.

바이크 스타트 지점까지는 자전거를 끌며 와야 하는데, 기록 때문인지 거의 자전거를 들고 달려오고 있었다. 어느 외국 여성 선수는 자전거를 끌고 옆 언덕길로 새서 이상하다 했는데 간이 화장실이 그쪽에 있었다.

바이크 출발점 아치 아래서 자전거에 올라탄 후 몸을 움츠리고 날선 스타트를 하는 철인의 모습은 잽싸게 움직이는 표범과 흡사했다. 선글라스 속에는 야심 가득한 눈매가 숨어 있을 것만 같았다. 해가 떠오르며 안개가 걷혀 호수가 더 선명하고 푸르렀다. 몇 초도 안 되어 호반 길을 훨훨 날아가듯 질주하는 앞선 주자들은 가을 공기를 가르는 독수리처럼 보였다.

선두 그룹 말미에 자전거를 끌고 부지런히 스타트 지점으로 이동하는 아들을 발견했다. 아들도 역시 그동안 경이로운 마음으로 바라보던 날렵한 철인의 모습을 하고 있었다. 우리 아들이어서 그런지 젊어서 그런지 더 멋져 보였다. 이름을 크게 부르고 파이팅을 외쳤다. 아들은 우리가 그때까지 기다릴 것을 기대하지 않았는지 조금 놀라는 표정이었다.

사이클 경주를 시작한 아들의 뒷모습은 곧 여러 선수들 속에 묻혀 분간할 수 없었다. 호수 둘레 길은 점점 더 색깔이 분명해지며 운치 있는 모습을 드러냈다. 그 호반 길은 김훈 작가가 『자전거 여행』에서 묘사했던 섬진강가로 이어지는 것 같았다.

5월의 지리산 언저리와 섬진강 가를 자전거로 달릴 때 억눌림 없는 몸의 기쁨은 너무 심한 것 같기도 하고 살아 있는 몸이란 본래 이래야 하는 것 같기도 하다. 오르막도 내리막도 없는 강가에서는 마구 페달을 밟으려는 허벅지의 충동을 다스려가면서 천천히 나아가야 할 것이다.

허벅지의 충동을 다스릴 필요가 없는 철인들이 마구 페달을 밟으며 호수 너머로 사라지는 모습을 한참 넋을 잃고 바라보았다.

문득 아들이 자전거에 대해 했던 말이 떠올랐다.

"타이어가 펑크 나지 않아야 해요. 자전거 고장 나면 난 망해요!"

자전거가 무사히 굴러가기를 기도했다. 아들은 늘 바이크에서 결판이 난다며 자신이 사이클 경력이 짧아서 전체 기록이 불리하다고 했다. 180킬로를 달리므로 고수 자전거 레이서처럼 자전거 수리에도 능해야 한다는데 그것까지 배울 시간은 없었다.

호텔로 돌아오는 길은 이미 자전거 경기 주행 길이 되어서 사방이 막혀 있었다. 지리산 윗길로 우회해서 거의 호텔 근처까지 갔는데 마지막 진입로도 철인들의 주행이 한창이었다. 할 수 없이 근처 음식점에 들어가 아침을 먹고 시간을 보내면서 가끔 길가로 나와 경기를 지켜보았다. 눈부신 햇살 아래 페달을 밟으며 시골길과 들판을 가르는 선수에게서 이제 매서움보다는 여유로움이 느껴졌다.

'이런 속도로 주행하다가 마라톤을 뛰면 아마도 거북이달리기 분위기가 되겠지?'

지리산에 둘러싸인 호젓한 마을과 그 사이를 여기저기 누비는 주인공들은 이제 서로 교감을 하고 있는 것처럼 보였다. 철인들은 들녘의 밝은 기운을 흠뻑 음미하고 그날의 호스트인 구례는 그들을 한껏 반기는 것처럼….

중간에 앱을 체크하다가 아들의 위치점이 자전거와 달리기 바꿈터에서 한참 정지하고 있는 것을 발견했다. 바꿈터에서 음료나 선크림을 이용한다는데 오래 지체하니 혹시 기권했을까 걱정스러웠다. 한참 후 마라톤 주행 기록이 다시 떴는데 바꿈터에서 시간을 많이 소모한 것이 아니고 앱이 잠시 작동을 안 한 것이었다.

아들이 경기를 마치는 시간이 오후 6시가 넘을 예정이라 나는 다음 날 출근을 위해 먼저 올라가고, 남편은 마라톤 골인 지점에서 기다렸다가, 아들과 함께 천천히 돌아오기로 했다.

서울로 올라오는 기차에서 남편으로부터 마라톤이 16킬로 남았다는 문자를 받았다. 완주할 가능성이 크겠다고 답을 보냈더니 방심하지 말자는 답이 왔다.

"35~39킬로가 마魔의 구간이라 앞으로 고비를 넘겨야 해요."

그래도 나는 거의 낙관적이 되어 마음이 들뜨기 시작했다. 완주하리라는 예감이 드니 누군가와 약식 인터뷰라도 하고 싶어졌다. 올림픽에서 수영 메달을 딴 선수의 어린 시절 이야기를 신문기사에서 읽은 적이 있다. 그중에는 어려서 천식 등의 병을 앓아 치료를 위해 수영을 시작한 경우가 꽤 있었다. 나도 그 어머니들처럼 할 말이 많았다.

차창 밖으로 보이는 누런 벼를 바라보며 스스로 기자가 되어 질문과 대답을 하는 상상을 했다.

"어려서부터 수영을 잘했나 보죠?"

"수영 선수 반은 깍두기로 들어갔는데 따라가지 못해서 중도 하차했어요."

"초등학교 때부터 체력을 착실히 길렀겠지요?"

"아뇨. 전혀 그렇지 않았어요!"

"뜻밖이네요."

기자가 놀라면 어머니 이야기가 길어진다.

"완전 허약아여서 중학교 입학할 때 몸무게가 30킬로그램이었답니다. 남편은 입학식 때 왜소한 아들을 보고 소아과 의사 자격지심에 좀 부끄러웠대요."

"그럼 도대체 언제부터 이렇게 힘든 운동을 하게 됐나요?"

"군대에서 달리기에 본격적인 관심을 갖게 됐어요. 몸도 만들면서."

행복한 생각에 잠겨 있다 보니 거의 서울에 도착해 있었다. 용산에서 내리려고 준비할 즈음 카톡에 아들이 결승점으로 달려오는 사진이 떴다. 마지막으로 들어오는 레인에는 레드 카펫이 깔려 있었다. 유명 영화제에서 배우들을 맞이하는 레드카펫보다 더 의미심장하게 느껴졌다. 12시간의 고강도 경기 후에 골인하는 마지막 트랙에는 영광스러운 카펫이 깔리는 것도 당연하다는 생각이 들었다.

"많이 힘들어 보였어요?"

남편에게 얼른 문자를 보냈다.

"아니, 별로 힘들어 보이지 않네. 컨디션 조절을 했나 봐."

"다행이에요."

나는 일단 건강히 완주했다는 것이 감사했다.

"외국인들은 덩실덩실 춤추며 골인하네. 스스로 환호가 대단해!"

스스로에게 환호하는 것도 마땅하다는 생각이 들었다. 큰 환호를 할 만했다.

철인 3종 풀코스 대회를 11시간 17분 49초로 완주해서 아들이 구례에서 철인鐵人이 되었다. 첫 출전에 훌륭한 기록임이 틀림없지만 아들은 마라톤을 하는 도중 쥐가 났다며 아쉬워했다.

집안에 철인鐵人이 탄생해서 자랑스럽기도 하고 얼떨떨하기도 하다. 우리 집은 운동보다는 책을 가까이하는 분위기라 철인이라면 철인哲人을 지향하는 일이 익숙하기 때문이다. 철인鐵人은 생소하지만 건강한 신체에 건전한 정신이 깃든다고 하니까, 이 철인鐵人이 집안에 새로운 차원의 철인哲人 분위기를 가져올지 기대하는 마음도 든다.

구례는 이제 우리 식구에게 의미 있는 고장이 되었다. 조만간 또 내려가고 싶은 마음이다. 그때는 노고산도 오르고 그야말로 다른 철인哲人들 - 어질고 사리에 밝은 사람들 - 을 많이 만나고 오려 한다.

6

시간 속으로

시간 속으로

막내가 대학에 들어가고 마음이 한가로워졌을 때 문득 고향에 가 보고 싶다는 생각이 들었다. 민주화 항쟁으로 갖은 고초를 겪은 빛고을 광주는 내가 초등학교와 중학 시절을 보낸 도시이다. 고등학교를 서울로 진학한 후 뒤이어 온 식구가 이사 오면서 광주에 갈 일이 없어졌다. 아버지는 이북이 고향이고 어머니도 본가가 완도라서 방문할 만한 친척이 없었기 때문이다. 남해안 여행길에 지나치기만 했을 뿐 유년 시절을 보낸 도시에 정식으로 내려가 보지는 못했다.

오랫동안 별렀던 계획을 실행하려고 연초부터 광주에 사는 동창에게 연락을 해 보았다. 5월 연휴에 가겠다고 하니 흔쾌히 응해 주었다. 무등산 기슭의 호텔 로비에서 저녁시간에 오랜만의 해후를 했다. 중학교 교장이 된 친구는 중학 졸업 이후 처음 만났고, 소아과 의사인 친구는 서울에서 본 적이 있지만 십여 년 만이었다. 중년의 나이지만 십 대 시절로 금방 돌아가, 늦은 시간까지 수다를 떨었다.

"어디를 제일 가 보고 싶니?"

"모교와 옛 동네만 보면 돼. 북동에서 살았는데 거기 아파트 들어

섰을까?"

"그곳은 개발이 안 된 것 같아. 아마 그대로일 거야. 그런데 겨우 그것만 보고 갈 거야?"

"응, 이번에는…. 그곳이 가장 가 보고 싶어."

다음 날 무등산 자락에 위치한 한정식 집에서 점심을 먹고 백운동에 있는 우리 모교 중학교에 가 보았다. 학교는 여학생 수가 줄어 남녀 공학으로 변해 있었다. 깨끗한 현대식 건물이 더 들어섰지만 교정 본관의 모습은 그대로였다. 교실들은 멀리서만 바라보았다. 창밖 복도로 실험 가운을 걸친 과학 선생님이 지나가는지 마음 설레며 지켜봤던 일이 떠올랐다. 퀴리 부인의 꿈을 일구던 시절이었다. 물상 점수가 우수해서 과학에 남다른 소질이 있는 줄 알았다. 선생님이 설명하던 달의 뜨고 지는 이치며 별자리 이동은 어찌 그리 쉬웠던지, 그 후로는 그 모든 것들이 어찌 그리 어려워졌는지….

초등학교는 제각기 출신교가 달라서 혼자 찾아갔다. 택시를 타고 충장로와 금남로를 지나왔다. 유년 시절 친구들과 놀며 다니던 곳이 역사의 현장이 될 줄은 몰랐다. 만감이 교차했다.

수창초등학교는 그 시절에 서석, 중앙초등학교와 함께 명문이었는데 그동안 신시가지가 많이 생겨 지금은 평범해졌다고 한다. 일요일이어도 교문이 열려 있었지만 교정에 운동하는 사람은 눈에 띄지 않았다. 안으로 들어서니 수위 아저씨가 미심쩍은 눈초리로 위아래를 훑어보았다.

"제 모교예요. 잠깐 둘러보고 갈게요."

나는 간단히 용무를 설명했다. 아무런 대답이 없었지만 무언의

154

허락으로 믿고 안으로 들어갔다. 교무실 앞 화단 곁을 서성거렸다. 예쁜 연못이 새로 만들어져 있었다. 무서운 체벌이 있었던 6학년 때 교실과 우리 어머니가 인형을 사다 놓으셨던 5학년 때 교실을 올려다보았다. 운동장은 변한 것이 하나도 없어 보였다. 이곳에서 매일매일 힘들게 마스게임 연습을 했고, 독서대회 상을 받느라 조회 때 내 이름이 불리기도 했다.

학교 뒷문으로 해서 북동의 골목길을 따라 그때 살던 집 쪽으로 걸어가 보았다. 간판들이 현대식으로 바뀌기는 했지만 옛적 상점들이 떠올라 정감을 주는 길이었다. 호빵 집과 만홧가게가 있었던 곳을 지나 내가 살던 데와 비슷한 곳을 찾으니 마음이 설레었다. 골목길 안으로 들어서 보니 구조가 옛날 모습 그대로였다. 쭉 가서 두 갈래로 갈라지고 가다가 또 나누어지는 골목이었다. 집들이 예전과 똑같은 담장을 하고 오밀조밀 모여 있어서 가물가물 이웃들의 모습이 그려졌다. 당시 소나무가 울창했던 부잣집도 이제는 기와지붕이 다른 집과 비슷하게 소박하고 낡아 보였다.

막다른 곳에 있는 옛 우리 집에 이르니 마음이 더욱 두근거렸다. 대문 앞에서 문을 두드릴까 말까 한참 망설였다.

'저 여기서 살았던 사람인데요. 집을 한 번만 보고 싶어서….'

이렇게 말하면 될 거야, 하며 초인종을 누르려다 결국 멈추었다.

'이상한 사람으로 알거나 귀찮아하면 어떡하지?'

마음속에서 걱정이 앞섰다.

'바로 대문 앞에 재래식 변소가 있었는데 그건 그대로일까? 아니야 수세식으로 진작 바꾸었겠지? 툇마루는 그대로일까? 아닐 거야.

요새 세상에 그런 구조가 어디 있어? 완전 개조를 했겠지.'

실랑이 중에도 나도 모르게 집 안의 모습을 상상하고 있었다.

'눈 딱 감고 초인종을 누르자.'

'아냐, 아냐. 좀 더 생각해 보고…'

고민하며 생각에 잠기다 나는 훌쩍 어린 시절로 되돌아갔다.

대문 밖에서 누가 내 이름을 부르고 있다. 남자아이의 목소리다. 내 이름을 부를 만한 남자애라고는 없어서 언니에게 대신 밖에 나가 보라고 부탁한다.

"국어책 좀 빌려 달란다. 저 앞집 사는 애가."

"이상도 하네. 잘 알지도 못하는데… 언니가 좀 갖다주라."

언니 편에 책을 보낸다. 그 후로도 몇 번 더 그 아이가 뭔가를 빌리러 온다. 그때마다 언니 편에 물건을 빌려준다. 같은 반도 아니고 딱히 아는 사이도 아니어서 참 이상하다고 생각한다. 언니 오빠는 놀려 대지만 나는 전혀 관심 없는 사내다. 한동안 뜸해서 잊어버리고 나는 중학생이 된다. 등굣길 버스 정류장에 가면 어떤 남자 중학생과 마주치기 시작한다. 까만 모자를 푹 눌러쓰고 그쪽에서 어색한 눈인사를 한다. 키가 큰 핸섬한 남학생을 안 적이 없어서 갸우뚱하다 어느 날 문득 깨닫는다. 그 남자애도 중학생이 된 것과 키가 가속도로 컸다는 것을.

저녁시간에 바람을 쐬러 창고 위 옥상에 올라간다. 창고에는 포도주가 큰 항아리에서 발효 중이고 옥상에는 여러 모양의 장독들이 가득하다. 어머니가 아침마다 물을 떠다 놓고 빌었던 흔적이 있다. 자녀들을 위한 기도였을 것이다. 한석봉보다 더 필체가 좋은 오빠의

낙서 조각도 보인다. '오렌지 향기는 바람에 날리고….'

날마다 오빠 방에서는 음악이 흐른다. '이사벨 이사벨 모나모르' 하며 흐느끼는 샹송과 〈집시의 바이올린〉은 하도 많이 들어 외울 지경이다. 그 방에 널려 있는 음반 표지에서 멋지게 포즈를 취한 잭슨 파이브, 비틀스 얼굴을 본다. 오빠가 재수하러 서울로 올라간다.

몇 해 후 오빠가 떠난 그 방에서 나도 송별회를 한다. 친구들이 내가 서울에 있는 고등학교로 진학하는 것을 아쉬워하며 둘러앉아 있다.

"너 이제 서울 사람 되겠구나. 담에 만나면 그 간지러운 서울말 쓰겠네?"

"아냐! 나 절대로 서울 말씨 안 배울 거야. 결혼도 광주 사람과 하고."

나는 누가 시키지도 않은 맹세를 한다.

"정말 그렇게 될까?"

"정말이야! 서울 남자들 여성스럽고, 충청도 남자들은 느려 터졌어. 말씨부터 좀 우습잖아? 사나이다운 건 역시 전라도 남자지!"

"맞어, 맞어."

친구들의 맞장구에 고향을 잊지 않으리라 다시금 결심한다.

친구 손에 이끌려 북동 성당에 가 본다. 집에서 가까운 그곳 뜰에서 날마다 친구와 배드민턴을 친다. 어느 날 수녀님을 만난다. 세 번 나오면 등록할 수 있다는 친절한 안내를 받는다. 두 번을 나가고 이제 한 번만 남았다. 성당 안을 기웃거린다. 세 번을 채우고 싶은데 친구가 보이지 않는다. 혼자 수녀님을 만나기는 너무 쑥스럽다.

두두둑 하고 진동이 울린다. 핸드폰에 문자 메시지가 떠 있다.

'당신 오늘 광주에서 돌아오면 몇 시지?'

남편의 자상한 목소리가 들리는 듯하다. 가만히 생각해 보니 그이는 내가 그날 그토록 매력 없다고 주장한 충청도 사람이다.

예배당 안을 들여다본다. 성경 공부 중에 딴 데를 쳐다보는 젊은 청년과 눈이 마주친다. 신부님이 열심히 강해를 하고 있다. 뒷자리의 젊은이가 뭘 도와주고 싶은지, 나와서 친절하게 묻는다.

"아주머니 웬일로 오셨어요?"

"......"

대답은 못 하고 우물거린다.

'아주머니?'

호칭이 생소하게 느껴져 황급히 성당 밖으로 나온다. 조금 걸어서 큰길에 이르니 맞은편으로 커다란 유명 백화점이 보인다. 서울서 많이 봤던 상호 그대로이다. 시계를 보니 서울행 열차 시각이 다가오고 있다. 다음 날 출근 할 일도 긴장이 된다.

시간여행에서 돌아온 것을 깨달았다. 추억에 흠뻑 젖은 탓에 영화 〈백 투 더 퓨처〉보다 더 생생히 과거로 가 본 것 같았다.

"넌 그래도 집이 그대로 있었네. 나는 동네 자체도 없어졌어."

서울 친구들을 만나서 고향 다녀온 이야기를 했더니 모두들 부러워했다. 이 대단한 프로젝트를 나만 시도한 줄 알았는데 친구들도 꽤 여럿이 옛 고향 집을 찾아가 보았다고 했다. 사람들은 모두 회귀본능이 있는 것 같다. 그런데 집이 온전히 보존된 사람은 나밖에 없었다. 우리나라가 아직도 여기저기 개발 중인 까닭이다.

"그 집에 안 들어간 것이 좋았을 수도 있어. 꿈이 깨지지 않게."

한 친구가 자기 생각을 이야기해 주었다.

"그래도 다음 방문 때는 꼭 문을 두드려 볼 테야!"

친구에게는 이렇게 말했지만 다음에 다시 그 집 앞에 섰을 때 초 인종을 누를지 어쩔지 알 수 없다. 집이 어떻게 변했는지 보고 싶은 호기심과 옛 시간 속을 여행하고 싶은 마음이 서로 싸움을 할 것이 기 때문이다.

삐삐의 만찬

여름휴가 때 제주도에 가면 늘 삐삐네 집에 들르곤 한다. 삐삐네는 아파트 사는 사람이라면 한 번쯤 꿈에 그리는, 정원 딸린 주택에서 살고 있다. 애월읍 유수암에 있는 그 집은 오래전 삐삐의 남편이 제주에 정착할 때 장만한 것이다. 처음에는 한적한 동네에 3층 목조 건물들이 드문드문 있었는데 차츰 집들이 많이 들어서더니 몇 년 전에는 옆집에 중국인이 이사 왔다.

삐삐는 남편 후배의 아내로 작달막한 체격에 귀여운 얼굴이다. 삐삐 별명은 어느 해 여름날 머리를 양쪽으로 묶고 다니다가 슈퍼 아저씨에게 얻었다고 한다.

우리들은 전날 자동차로 해안 길을 달리며 그날 저녁으로 뭘 먹을까 상의했었다. 그때 나는 멀리서 바닷가 전망의 흑돼지구이 음식점 표지를 보았다. 저 집에 가 보자고 하자 삐삐는 고개를 갸웃거리며 더 맛있는 집을 알아보겠다고 했다.

그날 또 한 커플이 내려와서 저녁 7시경 삐삐네 집에 모여 함께 이동하기로 했다. 그런데 우리가 도착했을 때 정원에서 숯불이 피어

오르고 있었다. 2층 베란다에서는 흰색 진돗개 설이와 쫄이가 우리를 보고 크게 짖어 댔다. 열려 있는 문으로 들어가 후박나무와 팽나무가 있는 화단을 지나며 여러 꽃들과 인사를 나누었다. 작년에 마가렛이 있던 자리에 오색마삭이 화사하게 피어 있었다. 분홍 낮 달맞이꽃, 배풍등에 넋 빠진 우리들을 삐삐의 딸이 반가이 맞이했다.

삐삐 부부는 외출 차림새는커녕 앞치마를 두른 채로 분주했다. 남편은 바비큐 그릴 옆에서 숯과 씨름하느라 건성으로 우리를 맞고, 아내는 안에서 사탕 옥수수를 씻고 있었다.

"아휴, 여기서 먹는 거예요? 준비하느라 힘드실 텐데…."

나는 뜻밖의 정원 바비큐 파티에 미안한 마음과 설레는 마음이 섞인 채로 인사를 했다.

"레스토랑이 마땅치 않아서요. 고기 준비는 간단하니 걱정 마세요."

삐삐는 안심을 시켰지만 씽크대 주변은 하나도 간단하지 않았다. 갖가지 식재료들이 수북이 쌓여 있었고, 이미 쌈 채소들은 씻겨져서 한데 가지런히 모여 있었다. 상황 파악을 한 우리 두 커플은 남녀로 나뉘어 재빨리 도울 준비를 했다. 남자들은 정원에서 고기 굽는 주인을 돕기 위해 바비큐 그릴 둘레에 모였다.

여자들은 안에서 삐삐의 지시대로 움직였는데 요리 비법을 배우는 시간 같았다. 한치는 먹물과 내장을 빼내고 통째로, 전갱이는 레몬과 양파를 뿌려서, 각각 호일에 감싸 불에 구울 태세였다. 양송이버섯은 줄기를 없애고 호일쟁반에 나란히 뒤집어서 놓았는데, 불에 구우면 동그라미 안에 맛있는 즙이 밴다고 했다. 밥은 압력밥솥에서 칙칙 폭폭이 끝나 있었다. 사탕 옥수수를 찌고 커다란 바지락도 씻어 물에 안쳤는데 끓으면 간은 안 하고 부추만 넣는다 했다.

삐삐는 무슨 식물 이파리를 잘게 썰어서 한 움큼 딸에게 주었다. 도마 위에서 독특한 향이 번졌다.

"이거 아빠 갖다 드려. 고기 위에 뿌리시라고. 여기 모기향도 가져가고."

"무슨 잎이에요? 향이 강한데요?"

나는 식물의 이름이 궁금했다.

"정원에서 딴 세이지예요. 돼지 냄새 없애려고."

"어머, 집에서 허브 잎을 따서 쓰네요?"

"다른 것들도 많아요. 이따 보여 줄게요."

그릴 둘레에서 군침을 삼키는 우리의 마음을 아는지 삐삐는 어서들 구워지는 대로 들라 했다. 자신은 부엌 일이 끝나지 않은 상태였다. 그런데 겉으로는 노릇노릇한 흑돼지 목살을 막 먹으려고 보니 속에 붉은 기운이 감돌았다.

"어! 이거 덜 익었네. 돼지고기는 잘 익혀야 하는데…."

나는 한 점을 입에 넣으려다 말고 주춤했다.

"열심히 구웠는데 숯불이 강하니 쉽지 않네. 익지 않은 채로 타 버렸어."

남편이 난감해했다. 덜 익은 것들을 모아서 다시 구우니 이번에는 고기 모양이 거뭇거뭇 그을린 색을 띠었다. 그러나 맛은 무척 고소해서 모두들 제주 흑돼지구이를 먹느라 조용해졌다.

"그래서 제주에서는 고기 잘 굽는 남자가 제일 인기 많아요."

삐삐는 미소 지으며 자신의 남편에게 바비큐에 대한 책도 몇 권 사다 주었다고 했다.

명이 나물 간장조림은 여느 맛 같지 않게 부드러워 소스 비율을 물어보았다. 보통은 진간장, 설탕, 식초를 같은 비율로 섞는데 거기다 다시마 우린 물을 추가하면 된다고 했다.

배가 나온 중년 남녀들에게는 푸르른 쌈 야채가 단연 인기였다. 고추, 오이, 상추는 마트에서 사고 깻잎은 이웃집 할아버지 밭에서, 치커리와 차조기는 정원에서 땄다고 했다. 여자들은 고기를 먹다 말고 식재료 식물까지 나오는 삐삐의 화단을 기웃거렸다.

어둑어둑한 데서 허브 이름을 배웠다. 나무처럼 큰 로즈마리 아래 블루, 체리 세이지와 타임들이 심겨 있고, 잉글리시 라벤더, 펜넬이라는 회향, 월계수, 유칼리투스, 달팽이요리에 넣는다는 타라곤 등 그렇게 커 보이지 않는 정원에 다양한 종류가 모여 있었다. 보통 때는 허브 향이 퍼져 나갈 텐데 온통 구운 고기 냄새라 향이 잘 맡아지지 않았다.

하늘에는 조금 덜 찬 보름달이 휘영청 밝았다. 다음 날 비 예보가 없는데도 달무리가 보이고 구름이 많았다. 달빛 아래서 병꽃나무, 장미조팝, 오줌때나무가 우리의 만찬을 지켜보고 있었다. 옆 뜰에는 먼나무, 꽃댕강나무, 은목서가 있다는데 내년에는 열매가 아리따운 멀구슬나무도 심는다 했다. 환할 때 다시 와서 이 정겨운 이름의 주인공들을 확인하고 싶었다.

"화단을 관리하기가 쉽지 않을 텐데, 삐삐 님은 무척 부지런하네요."

우리들 중에서 가장 나이 어린 아내가 감탄의 시선을 보내며 말했다.

"여름에는 햇볕이 강렬해서 밤에도 풀을 뽑았어요. 어느 때는 새벽까지."

주인이 아내의 작업 시간을 알려 주었다.

"와우, 잠도 못 자고."

"잠은 괜찮은데 모기가 문제예요."

삐삐는 모기를 생각하며 혐오스러운 표정을 지었다.

"모기가 별로 안 보이는데요?"

"지금은 사방에 향을 피워 놔서요. 여기 모기들은 다리에 흰 줄무늬가 있어요. 웽웽 소리도 없이 갑자기 공격해요."

"남편이 주말에 좀 도와주시나요?"

여자들끼리 있을 때 우리가 살짝 물어보았다. 삐삐는 빙긋 웃으며 고개를 살래살래 저었다.

"남편이 돕는다고 나섰다가, 클로버는 겨우 잎만 따고… 모종 꽃으로 사온 제라늄 숙근을 모두 뽑아 버렸어요."

"클로버도 뽑아내야 하나요?"

"네 잡초는 뿌리까지 뽑아야죠. 제라늄 모종은 무척 비쌌는데…"

클로버가 잡초인 것을 처음 알았다.

"삐삐는 농부가 다 되셨네요."

"그래도 저는 이곳 할머니들 못 따라가요. 얼마나 밭일들을 잘하시는지!"

제주도 해녀들 가운데도 칠십 대가 많지만 밭일에 동원되는 분들도 대부분 그 이상의 연세라고 했다. 감자 씨를 파종할 때면 트럭에서 우르르 내리는 사람이 모두 어르신들이라고 한다. 점심을 들어가며 하루 종일 뙤약볕에서 일한다고 했다.

"큰 밭에서 앞줄은 긴 장대를 들고 땅에 구멍을 파고 다음 줄은 그 속에 씨감자를 심어요. 일렬로 길게 서서 앞으로 나아가는 모습이 씩씩한데 모자 속 얼굴은 모두 할머니예요."

"와우, 대단하시네요."

"매일 일당 사오만 원 하는 밭일을 하고 또박또박 저축을 해서 모두들 부자래요."

우리가 담소를 나누는 나무 탁자 아래서 고양이들도 파티가 열린 것 같았다. 냄새로 회동하게 되었는지 자신들만의 언어로 만나자고 했는지 알 수 없었다.

"야옹, 야아옹!"

이 집의 고참인 까만 고양이 까미가 호스트인 듯했다. 갈색줄무늬 고등과 등이는 둘레에서 우아한 포즈로 앉아 있고, 까미 아들 깜돌이는 신이 나서 돌아다녔다. 손님으로 이웃집 깜장이와 낯선 한 녀석이 방문했는데 깜장이는 아까부터 기웃거려서 이 집 식구인 줄 알았다.

"옆집 녀석인데 늘 먹이를 주니까 당당해요. 자기 집인 줄 알아요."

이 녀석들은 황급히 덤벼들어 고기와 생선을 해치우고, 저희들끼리 야옹거리며 이야기를 나누는 것 같다가, 어슬렁거리며 우리 주위를 맴돌았다.

"컹컹, 멍멍!"

이층의 진돗개들과 이웃집 멍멍이들도 무슨 얘기를 하고 싶은지 교대로 짖어 댔다.

훌륭한 계보를 가진 것처럼 품위 있는 설이와 쫄이부터 깜찍하게 검은 배트까지 이 집 멍멍이 여럿은 길거리 입양아였다. 아파 절룩 거리는 것을 거리에서 보고 삐삐가 거두었고 다른 녀석들은 나중에 여기서 태어났다.

"여기 탄 고기, 고양이 줄까요?"

나는 까매진 고기 부스러기를 동물용으로 한편에 모아 두었다가 주려는 참이었다.

"안 돼요. 기름 부위와 탄 것 주면 삐삐에게 혼나요."

주인이 내게 눈을 찡긋하며 말했다.

밤이 깊어지고 배가 불러지니 고양이들도 슬슬 조용해졌다.

"야아옹!"

검은 고양이들 중 하나가 큰 목소리를 내며 대문 쪽으로 기어 올 라갔다.

"응, 잘 가! 깜장아."

삐삐가 돌아보며 큰 소리로 말했다.

"저 녀석 이제 아주 가는 거예요?"

삐삐와 고양이가 서로 화답하는 것이 신기해서 내가 물었다.

"네, 안녕 인사하는 거예요."

"어떻게 알아요?"

"그냥 알아요."

삐삐는 그 녀석이 멀리서 가고 있어도 검은 세 마리 중 깜장인 것을 알고, 고양이 언어도 해독하는 듯했다. 아마 사람으로 치면 '잘 먹었습니다' 하고 인사를 했었나 보다.

삐삐는 옆집 깜장이를 후대하고 있지만 깜장이의 주인인 중국인은 이웃을 계속 실망시키는 것 같았다. 처음엔 예의바른 사람이 왔다고 안심하는 말을 들었는데 조금 지나자 그 집 일층에 중국 레스토랑이 차려졌다. 올해는 그 집 뜰에 모텔로 보이는 건물이 골조 공사 중이었다. 삐삐네 뜰을 바라보는 전망이어서 인터넷에서는 좋은 정원을 갖춘 숙소처럼 보일 것이다.

"모텔이 지어지면 아무래도 담장을 쳐야 할 것 같아요."

삐삐는 속상해하며 말했다.

저녁 바람이 차가워져서 차는 안에서 마시기로 했다. 딸기와 블루베리와 블랙베리를 짠 즙에 뜨거운 물을 부어서 만든 차가 준비되었다. 포도주 빛이 나지만 그윽하며 담백하게 딸기 향이 나는 차였다. 삐삐가 직접 빚은 도자기 접시에 무화과와 대추와 오디 잼이 담겨 나왔다.

삐삐는 우리들에게 선물 봉지도 두 개 안겨 주었다. 한 봉지에는 흰 편백나무 조각들이, 다른 봉지에는 갈색 블루베리 잎이 들어 있었다.

"편백 조각에 물을 뿌리면 나무 향이 은은히 발산돼요. 블루베리 이파리는 끓는 물에 띄워 마시면 안구건조에 좋대요."

정원을 걸어 나가며 작별 인사를 나누니 사방에서 개와 고양이 소리가 시끄러웠다.

"야옹! 덕분에 우리들도 즐거운 파티를 했어요."

"멍멍! 다음에 또 오세요!"

우리는 삐삐네 식구 말고도 온 동네 멍멍이와 야옹이의 환송을 받았다. 유수암의 동물 손님부터 서울서 내려온 사람 손님까지 잘 대접하는 삐삐는 참으로 든든한 제주 댁이었다.

봉평의 봄

지난 5월 초 봉평에 다녀왔다. 연휴를 이용해서「메밀꽃 필 무렵」의 이효석 마을도 가 보고 강원도 봄 풍경을 보고 싶어서였다. 징검다리 휴일 가운데 긴 하루는 남편이 일하기로 했고, 아들들도 제각기 스케줄이 있어서 때마침 내 시간표가 자유로웠다. 비슷하게 시간을 낼 수 있는 교사 친구와 남부터미널에서 버스를 타고 가기로 했다.

강원도는 늘 남편과 승용차로 갔던 터라 남부시외버스터미널은 생소했다. 예술의 전당에 갈 때 남부터미널 건물 앞에서 마을버스를 타곤 했는데, 내부로 들어가는 것은 처음이었다. 대합실에 들어서니 매표소는 안 보이고 온갖 종류의 먹거리 가게가 즐비했다. 김밥이나 분식 등 고정 메뉴 말고도 유명한 프레즐이나 쌀 핫도그도 있었다. 젊은이들과 군인들이 오가는 역사驛舍는 맛있는 군것질거리까지 있어서 더욱 활기 차 보였다.

봉평에 가려면 서울 서초에서 두 시간 거리의 장평역 표를 사야 했다. 붐비는 시각을 피했는데도 연휴의 영동고속도로는 어김없이 막혀서 3시간 넘게 걸려 도착했다. 정체된 고속도로에서 지루함에 차창 밖 풍경을 즐기지 못했는데, 버스에서 내려 사방에 둘러싸인 산을 보니 마음이 확 풀렸다.

봉평의 산들은 다양한 채도의 연녹색 파스텔 톤을 띠고 있었다. 어린잎들도 색이 각기 달랐는데 숲속 군데군데 하얀색이 보여서 택시 기사에게 물어보았다.

"저기 흰색은 연한 잎사귀 때문인가요?"

"꽃 색깔이죠. 산 벚꽃이나 산딸나무의 흰 꽃들이에요."

이효석 문학관으로 가는 내내 차창 밖의 산들이 다정하게 말을 걸어오는 것 같았다. 메밀꽃이 흐드러지게 피는 7월이나 10월이 아니라서 하얀 메밀밭은 볼 수 없었다. 메밀꽃의 꽃말이 '연인'이라는데, 메밀보다 봉평의 봄 산이 연인처럼 다가오는 듯했다.

4월에 파종한다는 메밀은 심은 지 얼마 안 되어서 흙을 일궈 놓은 밭들만 보였다. 메밀꽃 진한 들녘 대신 마을 어귀마다 메밀 음식점이 가득했다. 이효석 문학관은 고즈넉이 마을이 내려다보이는 언덕 위에 자리 잡고 있었다. 선생을 본받고 싶어서 그의 동상 옆에 바짝 다가앉아 사진을 찍었다.

문학관 내부에는 1930년대 선생의 집필실을 재현해 놓은 방이 있었다. 고풍스러운 책상 곁에 피아노와 크리스마스트리가 있었는데 그 시절에는 흔치 않았을 서재 풍경이었다. 기념관 입구 건물 벽에 선생의 커다란 사진과 찻집에 대한 글이 적혀 있어 자세히 읽어 보았다.

차점 "동"

이것이 또한 나에게는 중하고 귀한 곳이었다. 그곳을 바라고 나는 거의 일요일마다 10리의 길을 걸었다. 공원 옆 모퉁이에 서 있는 조촐한 한 채의 집—그것이 고요한 "동", 마차와 함께 거리의 그윽한 것의 하나였다. (……)

'동' 카페에서 찻잔을 앞에 두고 사색에 잠긴 선생의 모습이 저절로 그려졌다. 소설 속 동이의 이름도 이 차점 '동'에서 탄생했을지 모른다. 선생은 차점의 낭만을 사모하여 일요일마다 십 리 길을 걸어왔나 보다.

길가에 나서면 한 집 건너 카페가 보이는 요즘, 내게도 거리의 그윽한 것으로 다가오는 장소가 있는가 생각해 보았다. 선생에게 차점 '동'처럼 나에게 귀하고 중한 곳은 어디일까? 노트북을 두드리는 젊은이들과 큰 소리로 수다 중인 아줌마들의 카페에서 벗어나 훌쩍 그 시절의 차점 '동'으로 가 보고 싶었다. 조촐한 그 차점에서라면 나도 군더더기 없는 순수 단편을 하나 완성할 수 있지 않을까, 하는 상상을 하면서….

숙박은 휘겔하임 펜션에서 했다. 독일어로 언덕 위의 집이라는데 이름도 멋지고 널따란 잔디밭 사진이 보여 인터넷에서 고른 곳이다. 앞마당은 생각보다 크지 않았지만 한 귀퉁이에 운치 있는 연못이 있었다. 연보라색 꽃 잔디로 둘러 있는 연못을 열심히 들여다보아도 물고기들이 보이지 않았다. 주인댁이 다가와 말을 걸었다.

"잉어가 많았는데 수달이 다 잡아먹었어요. 밤에 살그머니 와서요."

"아휴, 불쌍한 잉어들."

"낮에 오소리와 고라니도 가끔 내려와요!"

"와우! 개네들 귀엽죠?"

"네, 녀석들과 마주치면 깜짝 놀라는데, 애네들도 놀라는지 냅다 달아나요."

강원도는 계절이 느려서 정원의 철쭉은 아직 봉오리인 채였다. 뒷마당에 돋아난 쑥들도 연하고 어려 보였는데 친구는 청정지역이라고 반가워하며 쑥을 캐기 시작했다. 시골 친정에서 어머니랑 자주 쑥을 캐서 백설기를 해먹는다며.

"친정어머니 쑥 백설기 기막히게 맛있어!"

손에 흙을 묻히기 싫어서 나는 구경만 했다.

쑥떡 한 시루를 하려면 쑥을 큰 광주리로 하나 가득 뜯어야 한다며 친구는 순식간에 한 바구니 정도를 캤는데, 떡은 어렵겠지만 한두 끼 국 끓일 정도는 돼 보였다. 쑥 뜯는 모습을 보고 투숙객 가운데 한 여성이 다가와 민들레도 쌈이 된다고 일러 주었다. 친구는 민들레도 한 다발을 캤다.

민들레를 끓는 물에 살짝 데치니 별모양 이파리가 치커리 비슷해졌다. 친구 어머니가 싸 준 시골 쌈장과 개양귀비 새싹과 함께 점심으로 보쌈을 먹었다. 민들레는 쌉싸름한 맛을 내며 머위 쌈 먹을 때처럼 입맛을 돋워서 한 공기 넘는 밥을 해치웠다. 데친 노랑꽃도 함께 먹었는데 풀 속에서 오롯이 피어 있던 녀석이 식탁의 쌈 채소 가운데 있으니 재미있었다.

오후에는 뒷마당의 그늘진 의자에 앉아 책을 읽었다. 뻐꾸기와 산새 울음소리에 귀 기울이며 산들바람을 맞다 깜박 졸았다. 시끌벅적한 아이들 소리에 깨났는데 어느새 다른 가족이 나타나 그네도 타고 사진도 찍고 있었다. 어스름 해가 지니 바비큐를 준비하는 숯불 연기가 피어올랐다.

밤에는 우리가 머무는 펜션의 산자락 위로 상현달이 떠올랐다. 시골에서 맞는 달빛은 더욱 은은하게 느껴졌다. 봉평의 달빛이라 그런지 몰랐다. 허 생원도 5월에는 흰 메밀밭 대신 연초록색 봄 숲을 적시는 달빛에 숨이 막혔을 것이다.

그날 밤 친구와 나도 다른 사람에게는 하지 않던 얘기를 밤새 나누었다. 허 생원이 친구를 붙들고 성 서방네 처녀와 지새웠던 물방앗간의 밤 이야기를 하염없이 들려주듯이 그랬다.

달밤에는 이런 이야기가 격에 맞거든….

나는 친구에게 불어로 「달의 슬픔」을 낭송해 주며 보들레르가 그려 낸 달과 시인과 태양의 삼각관계에 감탄했던 마음을 토로했다. 사후死後에 알려진 윤택수 시인과 그의 「박물지」에 대한 이야기도 나누었다.

초등학교 교사인 친구는 자기 반 아이들 얘기를 했다. 초경을 하는 5학년 여학생들에게 조심스럽게 물꼬를 터 주었더니 생리 이야기로 자기들끼리 하나가 된 이야기, 선생들까지 기피하는 문제아 남학생을 보듬어서 아이가 마음을 조금씩 열게 된 이야기, 등치가 무척 큰 이 녀석이 이즈음 자꾸 업어 달라고 하는데 어떻게 할까 등을….
봉평의 달밤에는 이야기할 것이 참 많았다.

다음 날은 서울로 돌아가기 전에 허브나라에 가 보기로 했다. 차가 없으니 택시로 가야 했는데 전화 응대부터 친절한 기사 분을 만났다. 목적지와 요금 안내를 마치자 그는 초콜릿을 하나씩 건네며 말했다.

"기내식입니다. 엄밀히 말하면 차내식이지만요."

우리는 깜짝 선물과 그의 유쾌한 태도에 기분이 좋아졌다. 도착 즈음엔 맑고 호젓한 개천이 나타나 그 옆길을 따라 쭉 올라갔는데, 기사가 흥정계곡이라 알려 주었다. 허 생원이 물에 빠져 동이의 등에 업힌 개울도 이 계곡의 물줄기와 연결돼 있을 것이다.

허브나라는 허브보다 더 많은 각양각색의 봄꽃이 우리를 맞이했다. 널따란 튤립 밭에는 흔치 않은 분홍색 봉오리가 피어 있고, 오랜만에 보라색 아네모네와 할미꽃도 보았다. 꽃 사과와 수선화도 싱싱하고 서울서는 지고 있는 라일락이 갓 피어난 향을 발산하니, 이곳에서 다시 초봄을 맞는 듯했다.

식물들을 설명해 놓은 푯말에서 타임이라는 허브가 백리향인 것을 배웠다. 〈스카버러 페어〉의 첫 부분에 나오는 파슬리, 세이지, 로즈마리와 타임이 모두 허브 이름이었다는 것도 처음 알았다. 우리는 사이먼과 가펑클의 팝송을 흥얼거리며 꽃향기와 허브 향 가득한 화원을 거닐었다.

스카버러 장터에 가시나요?

파슬리, 세이지, 로즈마리와 타임.

그곳에 사는 그녀에게 안부를 전해 주세요.

이곳 허브정원은 빙 둘러 산과 홍정계곡이 있어 더욱 운치 있게 보였다. 허브나라 꽃들이 화려하고 그 향기는 그윽했지만 봄 산들이 펼치는 연녹색 향연에 비하면 소박한 것이었다. 우리는 내내 산에서 눈을 뗄 수 없었다.

그곳 산들은 처음에는 메밀꽃 향기 어린 어떤 이야기를 하는 것 같았다. 그 아스라한 숲속에서 아직도 허 생원과 동이가 담소를 이어 가고 있는 것처럼. 5월이라 메밀꽃 필 무렵이 되려면 한참 멀었는데도 그랬다.

숲을 오래 바라보고 있으니 층층의 연녹색 빛들에 마음이 뭉클해졌다. 색은 부드러워도 여름 산보다 더한 정열을 내뿜는 봄 산의 속삭임이 들려왔다.

"이제 다른 향기를 맡아 봐."

"…다른 향기?"

봉평의 봄 산은 날 붙들고 새로운 이야기를 시작하려는 듯했다.

재즈와 산들바람

엊그제 강원도 횡성 청태산에 있는 펜션에 다녀왔다. 남편이 잘 아는 하진이네가 그곳에서 산장을 운영하는데 늘 한번 다녀가라고 해서 일박이일 시간을 냈다. 몸살이 나서 컨디션이 정상은 아니었지만 일단 기차로 혼자 서울을 떠났다. 평창 올림픽을 위해 개통된 KTX 경강선이 둔내역도 경유해서 서울역에서 한 시간 반밖에 걸리지 않았다.

지난봄 두 시간 만에 강릉에 도착한다는 것이 신기해서 처음 경강선을 탔을 때였다. 기차 여행은 창밖을 바라보는 재미로 하는 것인데, 경기도 외곽부터 산세를 아무리 기다려도 밖은 거의 터널 벽의 연속이었다. 풍경을 보려는 꿈은 깨지고, 전망이 없다는 사실보다 산들이 허리를 뻥뻥 뚫린 것에 더 마음이 아팠다. 이번에는 무디어져서 그런지 속상한 마음이 덜했다.

둔내역은 한적하지만 올림픽을 치른 후여서 깨끗하고 세련돼 보였다. 택시가 많은 곳이 아니어서 하진 아버지가 마중을 나와 주었다. 5분 만에 청태산 해발 700미터 정도에 있는 펜션에 도착했다.

산으로 둘러싸인 그 동네에는 비슷하게 생긴 전원주택들이 몇 채 모여 있었다.

아람이라는 이름의 진돗개가 꼬리를 흔들며 우리를 맞이했다. 그런데 그 옆의 요크셔테리어, 단비는 날 보자마자 악을 쓰며 짖어 댔다. 좀 당황스러웠지만 흰둥이 아람이가 손님에게 금방 마음을 주는 것과는 다르게, 어김없이 경계하는 갈색 털 단비가 오히려 충직하다는 생각도 들었다.

숲으로 이어지는 울타리에는 다양한 꽃들이 심겨 있었다. 제일 반가운 것은 도라지꽃이었다. 내 기억으로는 늘 종 모양의 단정한 봉오리였는데 햇볕이 뜨거워서인지 보라색 꽃잎이 오각형으로 활짝 피어 있었다. 노란색 쑥갓 꽃은 밝은 얼굴을 하늘로 향하고 큰 키로 모여 있는 것이 쌈을 먹는 쑥갓 이미지와는 영 달랐다.

줄기에 넙죽 매달린 진주홍 접시꽃 앞에서는 피식 웃음이 나왔다. 널따란 꽃잎이 겹도 많으면서 그토록 화려한 색깔이라니…. 어렸을 적 시골에서 화장을 너무 진하게 한 동네 언니와 마주친 느낌이었다. 반대로 옆에 있는 나리꽃은 고고해서, 들에 핀 백합화를 보는 듯했다.

바닥에 쭉 깔린 키 작은 식물은 백리향이라고 했다. 잎을 따서 허브 향도 맡아 보았다.

그리운 사람을 만난 듯 채송화, 봉숭아와 마주쳤다. 줄기에 탐스럽게 맺힌 빨강 분홍 봉숭아꽃들은 어서 날 따다가 손톱을 물들이세요, 하는 것 같았다. 채송화는 여름 태양에 쪼그라들어 더 조그마했다. 별모양 이파리 위에서 유치원생처럼 생글거리는 꽃잎들을 보니 어렸을 적에 까만 점 같은 채송화 씨를 뿌리고 기다렸던 생각이 났다. 가녀린 줄기가 보일 듯 말 듯 싹이 났었다.

'울 밑에 선 봉선화야!', '그대는 차디찬 의지의 날개로' 등의 가사로 시작하는, 꽃을 노래한 시들이 떠올랐다.

> 그대는 신의 창작집 속에서
> 가장 아름답게 빛나는
> 불멸의 소곡
> 또한 나의 작은 애인이니
> (⋯⋯)

김동명 시인 덕분에 더욱 도도해진 수선화를 생각하며 나도 훗날 채송화에 대한 시를 쓰고 싶어졌다. 그런데 시의 앞부분은 다르게 짓는다 해도 뒷부분은 결국 나도 '또한 나의 작은 애인이니' 하며 따라 할 것 같았다.

하진이가 고기를 굽고 있다며 저녁을 함께 들자고 해서 사 가지고 간 도시락을 얼른 냉장고에 넣었다. 이 집 큰아들 하진이는 어려서부터 기타에 탁월한 재능을 보여 연주자의 길을 가고 있다고 들었다. 펜션 안쪽의 야외 나무 식탁에서 하진이 조부모님이 먼저 식사를 하고 계셨다. 하진이는 바위 위에 기타 음악이 나오는 스피커를 틀어 놓고 프라이팬에 고기를 굽고 있었다. 옥수수 색으로 머리를 물들인 십 대의 기타리스트는 그날의 셰프를 자원했다고 한다. 바질과 마늘을 오일로 볶다가 나중에 등심을 얹고, 팬을 가스 불 위에서 휘두르며 고기를 적당히 익히려 애를 쓰고 있었다.

그날 낮까지 몸살로 메슥거려서 많이 못 먹을 거라고 생각하며 예의상 식탁에 함께 앉았다. 그런데 집에서 키운 상추와 고추를 보니 입맛이 몹시 당겼다. 가지 맛이 난다는 뭉툭한 가지 고추도 맛보고, 하진이가 구워 내놓는 등심을 쌈과 함께 정신없이 먹었다. 적포도주와 뭔가를 넣어 볶은 양파도 보랏빛을 띠며 색과 맛이 일품이었다. 포도주에 어느 정도 절인 후 구워 낸 안심 스테이크도 나왔다.

하진이는 요리를 하면서, 흘러나오는 기타 음악에 매료되어 뭐라고 중얼거리곤 했다. 〈back in time〉이라는 기타와 하모니카로 어우러진 곡을 여러 번 틀며, 잠깐 나오는 기차 소리가 압권이라고 말했다.

"소름이 끼쳐요!"

그 부분을 몹시 좋아하는 것 같아서 나도 기타 연주 중간에 삽입된 구성진 기적 소리를 들어 보려 애썼다. 처음엔 맛있는 고기를 먹느라 음악에 별 관심이 없었는데 점점 흘러나오는 기타 곡이 영롱하면서도 흥겹게 느껴졌다.

"이 기타 소리 하진 씨가 치는 거예요?"

"아뇨! 제가 이정도 치면 지금 여기에 있지 않죠. 미국이나 유럽 어디쯤에…"

몇 사람이 여러 가지 기타로 합주를 하는 것 같았는데 랄프 타우너라는 사람이 혼자 켜는 것이라고 했다. 기타 음악이라고는 〈로망스〉나 〈알함브라 궁전의 추억〉 정도밖에 아는 것이 없었다. 재즈에 대한 흥미를 이어 갈 기회도 내게 별로 찾아오지 않았다. 산들이 점점 검어지며 어스름이 몰려왔다. 하진이와 대화를 이어 갈 밑천이 없으니 때맞게 어두워지는 것이 다행스럽기도 했다. 하진 할머님이 내오시는 수박 디저트를 먹으며 재즈를 좀 더 알았더라면 얼마나 좋았을까, 하는 생각을 했다.

몸보신을 한 듯 기분 좋은 포만감을 느끼며 산장 일층의 숙소로 향했다. 어느샌가 몸살 기운도 사라져 버렸다.

산속에서 보는 달은 서울과는 다른 운치를 자아낸다. 사방으로 창이 많이 난 방에서 밤하늘을 기웃거렸다. 달빛이 밝아서 그런지 별은 많이 보이지 않았다. 아무것도 안 하고 그저 쉬러 간다며, 읽을 책을 가져오지 않아 일찍 잠자리에 들었다. 서울은 열대야로 아우성인데 이곳은 점점 서늘해져서 다시 일어나 긴팔 옷을 껴입었다.

어디선가 기타 소리가 들렸다. 이층에서 하진이가 연주하는 생음악 소리임이 틀림없었다. 고기 먹으면서 들었던 재즈와는 다른 스타일 같아서 귀 기울여 들어 보았다. 연습을 하는지 곡이 짧게 끊어졌다 이어졌다 하며 되풀이되는 부분도 있었다. 내가 좋아할 것 같은 소절이 들리기도 하고, 가끔 난해한 부분도 등장했다.

'이파네마에서 온 소녀인지 뭔지 보다는 낫네.'

그 유명하다는 보사노바는 아무리 들어도 단조로워 내게 와닿지 않았다.

'내가 이 밤에 재즈에 입문을 하나 보다….'

그날 밤에는 꿈속에서까지 재즈 공부가 이어지는 것 같았다.

아침에 일어나니 재즈 수업이 언제 있었냐는 듯 주위가 적막했다.

안도감과 평화가 밀려왔다. 그러더니 공부를 잘 마친 것에 대한 상이라도 받는 듯 새로운 소리가 들려왔다.

"뻐꾹 뻐꾹!"

"쫘 쫘 쫘 쫘!"

뻐꾸기 우는 소리와 냇물 흐르는 소리가 청아하게 아침 인사를 했다. 전날 펜션 앞마당을 두르며 지나가는 투명한 계곡 물을 보았는데 소리가 이렇게 예쁜 줄 몰랐다. 산속의 아침 공기는 저녁과는 또 다르고 꽃들도 전날보다 더 생기 있는 모습이었다.

문을 활짝 열어 놓고 1층 마루에 앉아 마당을 내다보았다. 왕왕 짖어 대던 단비와도 정답게 눈이 마주쳤다. 7월의 강렬한 햇살 아래 녀석들은 서울 애들과는 차원이 다른 호사를 누리고 있었다. 침실 격인 아담한 개집에는 먹이통 위에까지 차양이 둘러 있고 그 옆으로 강아지 거실처럼 햇빛 가리개가 쳐진 아담한 공간이 각각 하나씩 지어져 있었다.

나는 시골집에 혼자 앉아 있는 호젓함에 요샛말로 한참 멍을 때리고 있었다. 아무런 생각도 안 하려고 하는데 오히려 여러 가지 생각들이 지나갔다.

'이렇게 느리게 가는 조용한 시간들이 필요한데….'

'다음번엔 좀 더 여유를 갖고 내려와 보자. 뻐꾸기와 시냇물까지 반기니.'

그런데 그때 그곳을 다시 찾아야 하는 강렬한 이유가 하나 더 등장했다. 산들바람이었다. 서늘하고 부드러운 촉감이 새삼 처음 만나는 것 같았다. 산 향내가 엷게 맡아지는 것도 같고 속삭이는 소리가 들리는 듯도 했다. 산들바람은 오전 내내 적당한 간격으로 내 상 주변을 넘나들었다. 아무런 부담을 주지 않으면서 나를 즐겁게 해 주는 그 무엇이었다.

가을이 되면 재즈를 듣고 산들바람을 만나기 위해 하진이네 산장을 다시 찾으려고 한다. 그때 즈음엔 기타 소리와 바람의 감촉이 어떻게 변해 있을까?

섬섬이 보이는 풍경

　지난여름에는 제주도에서 알자리 동산을 찾아가 보았다. 이 동산은 서귀포에 있는 이중섭 거리의 원래 명칭인데, 화가의 대표작 「섬이 보이는 풍경」이 그려졌던 장소이다. 정겨운 동네 이름을 위대한 작가에게 선사한 것이다. 작년에 덕수궁에서 열렸던 '이중섭 백년의 신화전'을 본 후 그의 작품과 삶에 매료되어서, 제주도에 가면 꼭 대향大鄕 이중섭의 생가 주변을 가 보려고 마음먹었다.

　이중섭 거리는 이미 유명한 문화의 거리가 되어 있었다. 거리에 아마추어 예술가들의 작품을 파는 노점상들이 즐비했다. 벽걸이 미술품이며 손 공예 액세서리, 건강에 좋다는 차나 즙 등을 팔고 있었다. 공방들의 문 앞에는 피노키오나 이모티콘 주인공들이 '혼자옵서예'라고 쓴 쪽지를 보이며 인사를 했다. 화랑들과 소극장, 여기저기 운치 있는 카페들이 보였다.

　가장 반가운 것은 빌딩 공사장 한쪽 벽에 전시되어 있는 이중섭 작품들이었다. 건축 현장과 거리 사이에 쳐진 흰 담장에 포스터를 설치한 것인데 그의 엽서화까지 크게 볼 수 있었다. 원작은 아니지만 거리에서부터 미술관이 시작된 느낌이었다. 복숭아와 빨간 꽃게 사이의 어린이, 해변의 여인과 그 손에 들린 파란 물고기, 길 떠나는 가족을 큰 화면으로 감상하며 지나갔다.

올레 시장에서부터 바닷가 쪽을 향해 걷다 보니 이중섭 생가와 미술관 푯말이 나타났다. 곧이어 현대식 건물 가운데 묻혀 있는 초가집 한 채가 보였다. 그의 가족이 한국전쟁 중에 10개월 정도 방 한 칸 얻어 살았다는 그 집이었다. 두 평 안 되는 부엌을 지나 한 평 반 정도의 방 앞에 서니 벽에 걸린 그의 사진과 시 한 편이 우리를 맞이했다. 두 아들과 아내가 함께 기거했던 방이었다. 방이 너무 작고 초라해서 마음이 먹먹해졌다. 소를 사랑했던 그가 「소의 말」이라는 시도 지었었나 보다.

삶은 외롭고 서글프고 그리운 것
아름납노다. 여기에 밝게 두 눈 열고
가슴 환히 헤치다.

사진 속 엷은 미소 속에서 그리움 가득했던 그 생의 여정이 느껴졌다. 아궁이에는 작은 솥이 녹이 슨 채 그대로 놓여 있었다. 그 솥에서 몇 번이나 밥을 지었을까? 주로 고구마와 게를 삶았을 것이다.

마당에는 나무 평상과 초가를 얹은 정자가 있고, 여행 안내를 하는 분이 어느 젊은 커플에게 대향의 생애에 대한 설명을 하고 있었다.

"이중섭의 일생에서 제주 시절이 가장 안정된 때였답니다."

"이렇게 가난했는데요?"

"네, 대향의 부인이 여러 해 전 이곳을 방문했을 때 그 시절이 소꿉장난하는 것처럼 행복한 순간이었다고 했어요."

옆에서 이어지는 안내를 귀동냥으로 들으며, 정자에 앉아 화가의 자취를 느껴 보았다. 이웃의 은혜에 보답하기 위해서 절대 그리지 않던 초상화를 그릴 때, 여기 앉아서 작업했을지 모른다. 또 여기서 게와 물고기를 잡아 오는 두 아들을 즐거이 맞이했을 것이다.

화가의 이름을 딴 산책로를 걸으며 바다가 보이는 전망을 찾아보았다. 「섬이 보이는 풍경」이 그려진 곳이 분명 이곳일 텐데 푸른빛 바다도 포구도 섶섬도 보이지 않았다. 그림에서 보이는 아담한 초가집은 간데없고 포구 방향으로 콘크리트 건물이 잔뜩 들어서 있었다. 알자리 동산은 변해도 아주 변한 것이다. 뭔가 아쉽고 답답했다.

이중섭이 아끼고 부대꼈다는 백 년 넘은 향나무, 팽나무만 그나마 옛 동네의 흔적을 조금 간직하고 있었다. 현무암 돌담길을 지날 때는 임채성의 「섶섬이 보이는 풍경」 시가 떠올랐다.

지난밤엔 거품 문 게와 회뿔 세운 황소가
이끼 낀 돌담 아래
파도 소리로 울다 갔소.

토요일이라 이중섭 공원의 야외무대에서 공연이 시작되었다. 애잔한 마음에 공연장에서 흘러나오는 젊은이들의 힙합 노래가 생소하게 느껴졌다.

이중섭 미술관 1층에만 그의 작품이 전시되어 있었다. 외유 중인 작품이 있을 수도 있지만 생각보다 작품 수가 적었다. 색이 있는 작품은 「닭과 게」, 「꽃과 아이들」, 「선착장이 보이는 풍경」과 「파도와 물고기」 정도였다. 이웃 주민 세 명과 집주인의 초상화, 은지화 몇 점, 이중섭의 자화상과 아내에게 보냈던 편지들이 있었다.

작품 속 파란색의 닭과 게는 참으로 귀여웠다. 동화 속 삽화 같아서 시나 이야기가 절로 나올 법도 했다. 그림을 보고 시인 김상옥은 「꽃으로 그린 악보」라는 시를 지었다.

막이 오른다. 어디선지 게 한 마리 기어 나와 거품을 품는다. 게가 뿜은 거품은 공중에서 꽃이 된다. 꽃은 복숭아꽃, 두웅둥 풍선처럼 떠오른다.

은지화 「가족과 자화상」에는 영아 때 잃은 이중섭의 첫아이까지 묘사되어 있었다. 붓을 든 화가는 이편에서 촛불을 밝히는 두 아들과 아내를 바라보고 있다. 그 뒤로 영영 잠든 것 같은 한 아이가 손에 그림 한 점을 쥐고 누워 있다. 한 마리 게가 아이들 발치에서 촛대를 함께 붙들어 준다.

황소 그림은 하나도 없었는데 입구에 커다란 포스터로 걸려 있었다. 석양을 받아 붉게 빛나며 포효하는 모습이었다. 원작은 아니지만 그 굵고 검은 획에 마음이 시원해졌다. 소를 관찰하다 소도둑으로 오해받았다던 화가의 성실함이 이런 대작을 낳았을 것이다. 소의 눈을 한참 바라보았다. 화가가 칭송한 맑고 순박한 눈빛이었는데 문득 황소는 바로 이중섭 자신의 모습이구나 하는 생각이 들었다.

2층은 현대 작가들의 상설 전시장이었다. 그날은 '아, 이중섭로 2017'라는 제목으로 어느 화가의 작품전이 열리고 있었는데 그 그림들도 섶섬이 보이는 풍경화였다. 이 거리의 어느 집 옥상에 올라가서 그린 것 같았다. 초가집 자리에 대신 들어선 빌딩들을 그림 속에서 보니 별로 거부감이 느껴지지 않았다.

전망대가 있는 3층에는 올라가자마자 콘크리트 벽 앞에 「집 떠나는 가족」을 본뜬 조형물이 세워져 있었다. 그런데 배경이 된 벽의 칠이 바래 있고 작품도 다소 격이 떨어지는 느낌이었다. 길가 어느 카페 앞에 설치돼 있던 「집 떠나는 가족」 모티브 작품과 비교되었다. 그곳의 청동으로 조각된 황소와 비둘기를 붙든 아이들 모습은 훨씬 경쾌하고 멋스러웠다.

난간 쪽으로 걸어가니 짙푸른 바다가 시야에 고스란히 들어왔다. 섶섬, 문섬, 새섬과 서귀포 미항에 대한 안내 표지판을 보고 섬의 이름과 위치를 대조해 보았다. 왼쪽에 가장 아담하게 자리 잡은 것이 섶섬이었다. 오른쪽으로 좀 더 납작하고 긴 섬이 문섬이고, 새섬은 보기가 어려웠다. 바다에 오롯이 잠겨 있는 그림 속 주인공을 보니 마음이 상쾌해졌다.

섶섬이 보이는 수평선을 한참 바라보니 이중섭의 그림 「서귀포의 환상」이 떠올랐다. 전쟁과 가난함 속에서 평화와 풍요에의 열망을 유토피아적으로 표현한 작품이다. 화가의 환상 속에 잠시 머물러 보았다.

바다는 푸르고 태양 아래 온 세상은 황금빛으로 빛나고 있다. 마냥 신이 난 두 아이는 커다란 잎 사이에서 탐스러운 열매를 따고, 한 아이는 넘치는 과일들을 바구니에 주워 담는다. 다른 두 아이가 흥겹게 춤추며 과실 담은 자루를 지고 간다. 먼 바다에서 한 떼의 흰 물새들이 다가온다. 급기야는 가장 커다란 새가 한 아이를 태우고 비상을 한다. 그 아이는 널찍한 새의 등에 앉아 힘차게 손을 흔든다. 멀리서 섶섬이 이들을 바라보고 있다.

용왕산으로의 초대

　목동에 오면 어느 누구에게 물어봐도 용왕산 가는 길을 알 수 있습니다. 지하철역에서도 버스 정류장에서도 5분 만에 닿을 수 있는 접근성이 좋은 산입니다. 처음 가는 분은 산이라고 생각지 말고 숲이 있는 근린공원이라 여기며 가 보는 것이 좋습니다.

　서울에 있는 근린공원 중에 이만큼 산보와 다양한 운동을 할 수 있는 동산도 많지 않을 것입니다. 대로변에서 5분밖에 걷지 않았는데 갑자기 울창한 나무가 맞이합니다. 평일 오후에 들어서면 인적 드문 산속에 문득 혼자만 있는 것처럼 느껴집니다. 오르막은 별로 없고 길이 잘 나 있어 산행에 익숙하지 않은 사람도 편안합니다. 점심 후 졸음을 쫓기 위해서나 한여름 더위를 피해서 거닐며 시간 보내기 좋습니다. 곰처럼 느리게 어슬렁 걸어도 아무도 아랑곳하지 않고, 급하게 산행을 하는 사람도 없습니다. 〈뒷동산에 올라〉 노래처럼 호젓이 휘파람을 불며 걷고 싶은 길입니다.

　30분 정도 가다 보면 우거진 숲이 끝나고, 시멘트로 포장된 길이 나타나 산의 정상 부근으로 인도합니다. 조금 걸으면 곧 잔디구장과 트랙이 있는 탁 트인 공간을 만나게 되는데, 하늘과 맞닿은 공간에 광활한 초록색 운동장이 있어 시원한 느낌을 줍니다. 아침 일찍 혹은 저녁 어스름 즈음에 다양한 운동을 하거나 걷기에 좋습니다. 참으로 근사한 근린공원이 아닐 수 없습니다.

그런데 당신이 산을 무척 좋아해서, 타볼 만한 산을 기대한다면 용왕산은 맞지 않습니다. 이름만 들어서는 꽤 풍성한 숲을 거느린 산일까 싶어 올라갔다가, 가며가며 실망하는 마음이 들 것이기 때문입니다.

처음엔 꽤 우거진 나무들 때문에 기분이 좋습니다. 아, 도심에 이런 산이 보존되어 있구나 하며 감탄할 수도 있습니다. 그런데 가다 보면 숲이 좀 휑해진 것을 알아차릴 수 있습니다. 많은 나무들이 잘려 나간 것이 분명한데 거기에 푯말 같은 것이 붙어 있습니다. 산속의 이 어정쩡한 자리는 깡충깡충 마당, 쫑긋쫑긋 마당이라고 이름이 붙었습니다. 어린이들을 위한 공간을 만들었나 봅니다. 나무들을 잘라 낸 공간에 조형물을 설치하여 나무 키 재기, 숲속 이야기 듣기, 통나무 오르기, 껑충 나무 뛰기를 할 수 있다고 적혀 있습니다. 어린이들이 와서 잠시 놀긴 하겠지만, 찍혀 버린 소나무와 아카시아 나무를 애도하는 마음이 듭니다.

숲을 벗어나 산봉우리 가까이 위치한 잔디구장과 트랙에 도착하면 마음이 더 안 좋아집니다. 갑자기 나타난 운동장에 가슴이 탁 트이긴 하지만 거기서 싹둑 잘려 나간 산봉우리를 생각하며 씁쓸해집니다. 겨울을 지나고 나니 그 아래 울창했던 숲들이 또 한 번 헤쳐졌습니다. 편안히 걸을 수 있는 '무장애 숲길'이 탄생했다고 플래

카드가 걸려 있고, 나무판자 길을 만드느라 나무로 가득했던 산허리가 성글성글해졌습니다.

'근린공원을 조성하느라 너무 큰 값을 치렀네….'

산을 사랑하는 당신은 정상까지 가는 내내 가슴이 싸하고, 옛적 천호지벌 위에 있었다던 빽빽한 엄지산이 그리울지 모릅니다. 그러나 도시화라는 것이 다 그러려니 하고 아쉬움을 털어 버리고, 또 가까운 숲을 칭송했던 작가 김훈의 이야기도 되새겨 보면 용왕산이 새롭게 다가올 수도 있습니다.

> 그 숲은 깊은 산속 무인지경의 숲이 아니라, 사람 사는 동네와 잇닿은 마을의 숲이다. 울창한 숲이 신성한 숲이 아니고, 헐벗은 숲이 남루한 숲이 아니다. 이 세상의 어떠한 숲도 초라하지 않다. 숲은 그 나무 사이사이에서 새롭게 태어나는 낯선 시간들의 순결로 신성하고 (……)

산은 당신이 어떠한 취향을 갖고 있다 하더라도 그것에 맞출 수 있지만, 뭐니 뭐니 해도 당신이 걷기를 좋아하는 사람이라면 용왕산과 궁합이 딱 맞습니다.

당신이 운동을 위해 걷는 사람이라면, 숲속에서나 트랙에서 많은 동지들을 만날 것입니다. 그들은 약간 속도를 내서 팔을 굽혀 앞뒤로 휘저으며 씩씩하게 걷습니다. 파워워킹으로 걷고 싶다면 잔디구장과 트랙으로 가면 됩니다. 거기서는 드물지 않게 손은 계란을 쥔 듯 주먹을 쥐고, 팔꿈치는 90도를 유지하면서 앞뒤로 힘차게 팔을 흔들며 걷는 사람들을 보게 됩니다.

머리를 질끈 동여매고 파워워킹을 하고 있는 젊은 여성은 동작이 조금 서툴다 할지라도 멋져 보여서 유튜브에서 강의하던 동영상이 저절로 떠오릅니다.

"발은 뒤꿈치, 수평, 엄지발가락 순으로 바닥에 닿도록 하세요!"

"어깨에 힘을 빼고! 편안하게 팔이 움직이도록 하고, 가슴과 등은 곧게 펴세요!"

"이렇게 계속, 하낫 둘 하낫 둘! 복부를 당겨서 배에 힘을 주고, 턱은 끌어당기고 시선은 15미터 전방을 보시고!"

당신이 달리기를 좋아하는 사람이라면 여러 코스의 마라톤 시합을 대비하기에도 잔디구장 옆 트랙이 안성맞춤입니다. 한 바퀴에 390미터이기 때문에 열다섯 바퀴를 달리면서 5킬로미터의 첫 마라톤 코스를 준비할 수 있습니다. 역사를 자랑하는 유명 마라톤 클럽이 이곳에서 생겼다지만 그분들의 달리는 모습은 쉽게 보이지 않습니다. 고수들은 달리는 곳이 따로 있나 봅니다. 가끔 유니폼을 차려입고 계속 달리는 청년이 있고, 단단한 근육질 체격으로 오래 달리는 중년 아저씨도 나타나지만 대부분은 초보처럼 보입니다.

당신이 묵상과 운동을 겸하여 쉬엄쉬엄 걷는 사람이라면 용왕산의 주류가 될 것입니다. 산길은 산길대로 트랙은 트랙대로 각기 다른 즐거움이 있습니다. 숲속을 걷는 즐거움은 도시인의 로망을 가장 크게 만족시켜 주지만 트랙에서 걸을 때도 둘레 풍광이 아름답습니다. 널찍한 광장 위의 하늘과 구름, 곁에 둘러선 나무들과 봄꽃을 보며 음악을 듣거나 상념에 잠겨 걸을 수 있습니다. 말없이 움직이는 남녀노소는 마음속에 각기 다른 갈망을 품고 걷고 있는 것처럼 보입니다. 그들 중에는 시상을 떠올리는 시인, 회의를 준비하는 회사 임원, 이루지 못할 사랑에 가슴 앓는 연인들이 있을지도 모릅니다.

해가 있을 때는 저쪽 트랙 끝까지 시야가 확보되어 주변 사람들의 걷는 모습, 속도와 호흡의 다채로움을 느낄 수 있습니다. 어스름 해질녘에는 더 차분한 정경 속을 걷게 되어 나름의 정취가 있습니다. 땅거미가 지고 저쪽 편 사람들의 모습이 잘 안 보이면 재미가 덜할 것 같지만 그렇지 않습니다. 오히려 밤에 걷는 사람들 모습이 감동을 줄 때도 있습니다.

여름밤이 되면 많은 사람들이 더위를 피해 선선한 바람을 가르며 트랙을 걷습니다. 어둠 속에서 흑백의 실루엣을 그리며 묵묵히 걷는 사람들은 갑자기 한 공동체인 느낌이 듭니다. 순례의 길을 걸으려고 프랑스와 스페인 국경을 넘는 사람들이 있다고 하는데, 여기서 우리들도 목동의 순례자가 된 듯합니다. 나름 진지하게 걸으면서, 그만큼이나 경건해진 느낌이 들기 때문입니다. 카미노 데 산티아고 길처럼 하늘에 많은 별이 떠 있지는 않지만 걷기를 마칠 때 우리들 마음도 많이 비워져 있는 것 같습니다.

용왕산의 숲이 울창하지는 않지만 간혹 산악자전거를 타는 사람과 마주칠 때도 있습니다. 헬멧과 유니폼에 선글라스를 끼고 외제 자전거로 가파른 산을 아슬아슬 오르는 청년에게 당신은 잠시 마음이 끌릴 수도 있습니다. 단단한 장딴지 근육도 멋져 보이기 때문입니다. 그런데 스쳐 갈 때 들린 음악 때문에 당신은 잠시 어리벙벙

해집니다.

"꽃피는 동백섬에…, 봄이 왔건만…, 형제 떠난…."

웬 트로트, 하며 생각하다가 어쩐지 그 장딴지에 주근깨가 많았다는 것이 생각납니다. 어르신 사이클러였음이 분명합니다.

어르신들은 용왕산 열혈 팬클럽의 대다수를 차지합니다. 당신은 어쩌다 아침 일찍 일어나 새벽 숲 공기를 마시러 산에 올라갈 수 있습니다. 큰맘 먹고 이른 시간에 숲을 지나 잔디구장에 갔다가 놀라게 됩니다. 이미 도착해서 걷고 있는 사람들이 많기 때문입니다.

'새벽형 인간들이 이리도 많았어?'

그들 중 다수가 어르신들입니다. 이분들은 개근상도 받을 만합니다. 잔디구장 한편의 등나무 아래는 비가 오나 눈이 오나 어르신들의 열기로 가득한데, 나무 장기판 위의 초나라와 한나라 결전은 끝이 나지 않아 보입니다.

용왕산은 저녁시간이 되면 어린이들이 나타나 왁자지껄 활기에 넘칩니다. 이십 대 정도의 청년들이 각각 열 명 정도의 아동들을 거느리고 잔디구장의 귀퉁이에 진을 칩니다. 초등학교 3, 4학년 정도 돼 보이는 소년들은 자기 이름과 등번호가 새겨진 유니폼을 입고 선생님의 명령에 귀 기울이며, 패스, 슈팅 등 다양한 축구 묘기를 익힙니다.

"패스할 땐 공을 끝까지 봐야 돼! 집중 또 집중! 알았지?"

"네!"

청년은 앳돼 보이지만 아이들에게는 호랑이인 듯, 일사불란하게 대답이 나옵니다.

"골키퍼가 있는 곳으로 차야 할까? 없는 곳으로 차야 할까?"

어린 아마추어 선수에게라도 이런 질문은 너무한 것 같은데 되풀이해서 설명하는 걸 보니 아이들은 골키퍼에게 넙죽 패스를 하나봅니다.

편을 나누어 색이 다른 조끼를 유니폼 위에 걸치고 실제 시합을 벌이기도 합니다. 고난도 패스를 할 때의 의젓한 선수는 소변이 마려우니 다시 어린이로 돌아옵니다.

"선생님, 쉬 마려워요~."

"알았어. 자! 화장실 가고 싶은 사람? 선생님 따라와!"

축구 교실 아동들이 시합을 끝내고 나란히 앉아 생수를 마실 즈음 저 반대쪽 구장에서 신나는 음악소리가 납니다. 야외무대의 불이 켜지고 멋진 에어로빅 선생님이 등장합니다. 갖가지 댄스가 총망라된 것 같은 운동 강습입니다. 당신이 춤에 능하다면 드넓은 하늘 아래 푸르른 잔디구장 위에서 맘껏 실력을 펼칠 수 있는 좋은 기회입니다.

"쿵짝 쿵짝 쿵짝 쿵짝, 어얼씨구 저얼씨구…."

비트가 빠른 음악이 흐르며 중간중간 선생님의 구호가 들립니다.

"헛! 헛! 야호! 자~ 차차차 스텝으로~. 왼손 들고, 오른손 뻗치고!"

멀리서 보면 무대 위의 선생님이나 잔디 위의 학생들이 모두 아가씨들처럼 보입니다. 날렵하게 움직이는 그림자가 젊은 여성의 에스라인 몸매처럼 보이기 때문입니다. 그러나 가까이 가서 보면 대부분 아줌마들입니다. 젊은이들은 인생의 즐거움에 빠져 저녁시간에 여기까지 올라올 리 없으니까요. 가끔은 대담한 아저씨 한두 분이 섞여 있기도 합니다.

당신이 댄스라고는 추어 본 적이 없어 쑥스러운 중년이라면 해가 지기를 기다리면 됩니다. 그러면 당신이 어떤 모습으로 선생님을 따라서 하든 아무도 눈치채지 못할 것입니다. 박자를 하나도 못 맞추는 몸치라도 상관없습니다. 사람들이 볼까 봐 조금 신경 쓰이면 맨 뒷줄에 서면 됩니다.

"사랑의 그 맹세를 나 몰라라고, 돌아서는 남자야!"

음향기 속에서 걸쭉한 여자 목소리가 노래합니다. 무대 위의 선생님을 따라 엉거주춤 스텝을 밟아 봅니다.

"나를 떠난 건 너의 실수야, 빠이 빠이 빠이 빠이야!"

노래하는 여자는 변심을 항의하지만 목소리는 신이 나 있습니다. 생전 처음 엉덩이도 씰룩씰룩 흔들어 봅니다.

"당신은 제비처럼~. 반짝이는 날개를 가졌나?"

이번에는 부드럽고 애교 있는 목소리가 흘러나옵니다. 당신도 섹시한 몸짓으로 팔을 휘저으며 허공을 찌릅니다. 날은 더욱 어두워져 어떤 동작이건 눈에 띄지 않습니다. 음악은 흥겹고 당신은 새로운 경험에 마음이 들뜨게 됩니다.

만약 당신이 강아지를 기른다면 용왕산은 녀석들의 운동뿐 아니라 사회성 성장에도 좋은 장소입니다. 말티즈나 푸들끼리 모여 반상회가 열리는가 하면 진돗개, 비숑프리제, 웰시코기 등이 합류하여 지방의회도 열립니다. 녀석들이 킁킁대는 동안 서로 몰랐던 주인들은 금방 친구가 됩니다.

"애 몇 살이에요? 이름은요?"

"한 살이고 루비예요. 애 무척 활달하네요. 우리 애는 수줍어요."

"제가 짐만 싸면 애는 옆에서 발라당 누워 시위해요. 제가 여행을 좀 다니거든요."

아이들 싸움이 어른 싸움 된다고 반대의 일이 생길 수 있으므로 조심해야 합니다. 당신이 몸집이 큰 골든 리트리버나 저먼 셰퍼드를 기른다면 꼭 용왕산에 데려와야 합니다. 덩치 큰 녀석들이 잔디구장에서 맘껏 뛰어놀 수 있을 뿐 아니라 작은 강아지들 틈에서 최고의 인기를 누릴 것이기 때문입니다.

용왕산에서 절대 해서는 안 되는 일이 한 가지 있습니다. 그것은 불꽃놀이를 보려고 용왕정에 올라가는 일입니다. 정상처럼 봉긋한 곳에 지어진 이 정자는 새해 첫날 해돋이를 볼 때 사람들이 많이 몰리곤 합니다. 그런데 여의도에서 불꽃놀이 축제가 열리는 날에는 잔디구장과 트랙에서 작은 소요가 일어납니다.

"일곱 시부터 불꽃놀이 시작한대, 여의도 불꽃 축제!"

"여기서 보일까?"

"저기 용왕정 위에서는 보인대나 봐."

"가 보자."

한 사람 두 사람 수군거리며 용왕정으로 올라가니 트랙에서 착실히 걷던 사람들도 마음이 움직입니다. 뭔가 있겠지 생각하며 그 사람들을 따라갑니다. 시작 시간 5분 전에 올라갔어도 이미 용왕정은 사람들로 가득 차 있습니다. 여기저기 돗자리를 깔고 가족 단위로 옹기종기 모여 있습니다.

“따따따따! 픽! 픽!”

시간이 되자 한강 쪽에서 폭죽 터지는 소리가 들립니다. 사람들이 그쪽 방향으로 쏠려 갑니다. 그러나 아무리 내다보아도 나무와 건물 사이에서 불꽃은 보이지 않습니다. 실망한 아이들을 위해서 아버지들이 무등을 태웁니다. 보통 무등 위에서도 잘 안 보이니 팔을 뻗쳐 좀 더 위험한 무등을 태웁니다. 서커스를 하듯 아버지 뒷목 위에 서서 몇몇 아이들만 환호를 할 뿐입니다.

소리 나는 방향으로 아무리 기웃거려도 불꽃이 보이지 않건만 사람들은 쉽게 포기하지 않습니다. 이 틈새 저 틈새로 애를 써 봐도 뾰족하게 보이는 불빛이 없어서, 현실을 파악하고 하나둘씩 용왕정을 빠져나가기까지는 시간이 한참 걸립니다.

운이 좋은 날이면 용왕산에서 당신은 몇 가지 색다른 경험을 할 수도 있습니다. 나무 아래를 무심코 지나가다가 규칙적인 전기 톱질 소리를 듣게 됩니다.

“드르륵 드르륵.”

“드르륵 드르륵 드르르르.”

분명 전동기계 돌아가는 소리여서 누가 이 근방에서 목수 작업을 하나 생각하게 됩니다. 마침 지나가는 한 그룹의 사람들도 전동 소리에 사방을 두리번거립니다. 모두들 갸우뚱하고 있을 때 그중 가장 똑똑해 보이는 중년 부인이 나무 위를 가리킵니다.

“저기 보이는 저 새가 딱따구리예요!”

당신은 아마도 생전 처음 딱따구리와 맞닥뜨리게 될 것입니다. 그 녀석은 생각보다 몸집이 작고 색은 알록달록 다채롭습니다. 밝은 노랑, 초록빛 깃털이 예쁩니다.

"이 녀석 울음소리는 드르륵 기계 소리였네!"

당신은 딱따구리와의 뜻밖의 해후로 마음이 즐거워집니다.

우거진 숲속에서 벗어나 조금 큰 오솔길로 접어들면 반대편에서 올라오는 일행과 갑자기 마주치는 경우가 있습니다. 대부분의 어른들은 보통 서로 눈길을 주지 않은 채 자신의 산행을 계속합니다.

그러나 가끔 꿈결같이, 어린 공주님 같은 한 소녀와 마주칠 수도 있습니다. 유치원 나이 또래의 그 공주님은 아빠의 손을 단단히 잡고 있습니다. 디즈니 만화에 나오는 여주인공과 닮았습니다. 두 사람은 즐겁게 이야기를 주고받으며 올라오는 참입니다. 소녀는 유쾌하게 호기심 어린 눈빛으로 소나무, 아카시아, 키 작은 덤불들을 바라봅니다. 아빠는 피곤한지 무심한 표정으로 딸의 질문에 대답합니다. 그 소녀의 눈이 당신과 마주칩니다.

"안녕하세요?"

귀엽고 하얀 얼굴로 방긋 미소를 보내며 너무도 예의 바르게 인사를 건넵니다. 마치 잘 아는 이웃을 만난 듯 '안녕하세요'가 자동으로 나왔습니다. 부모가 어른들에게 인사를 잘하라고 교육을 단단히 시켰나 봅니다. 갑작스러운 인사에 당신은 얼떨떨해집니다.

"…안녕!"

해맑은 소녀의 인사를 받고 무척 기분이 좋아져서 당신은 생각에 잠기게 됩니다.

'낯선 소녀에게서도 선물을 받을 수 있구나.'

'작은 미소 하나가 이토록 행복감을 주다니….'

용왕산에서는 주변의 아파트가 지평선을 가려 석양이 빨리 집니다. 미세먼지로 흐릿한 날이 많지만, 가끔 비가 오고 난 후 선명한 노을을 볼 수도 있습니다. 어떤 여름날은 회색과 보라가 어우러진 파스텔 톤으로, 또 어떤 날은 주황과 붉은색이 섞인 찬란한 색으로 나타납니다. 서쪽 하늘의 추상화가 점점 사라지는 것을 보면서 당신 마음은 조바심이 생깁니다.

"한 번뿐인 저 구름을 붙들어 둘 수 없을까?"

당신이 넋을 잃고 쳐다보고 있노라면, 문득 석양빛 아래서 별 무늬 망토를 두른 누군가가 손을 흔들고 있는 것 같습니다.

"그러니까 우리 행성으로 오라니까!"

생텍쥐페리의 어린 왕자입니다.

"…뭐?"

"우리 별에서는 해 지는 것을 여러 번 볼 수 있어! 의자를 조금씩 뒤로 젖혀서…."

오랜만에 나타난 다채로운 노을은 작은 왕자와 함께 금방 사라져 버립니다.

비 오는 날이면 사람들은 당신을 만류할 것입니다. 비 오는 날 웬 산이냐고, 신발이 흙으로 진창이 되고 산길이 미끄러워 위험하다고. 비가 오면 용왕산은 은밀한 선물을 준비합니다. 산은 인적이 드물고 적막해져서, 산세 좋은 깊은 산속에 들어선 느낌입니다. 산길은 단단해서 운동화가 진흙에 빠지는 일은 없습니다. 나무 사이로 떨어지는 빗소리는 잎새를 스치는 바람과 함께 신비한 선율을 선사합니다. 비안개와 빗줄기 속에서 트랙을 걸을 수도 있습니다. 회색나라로

변한 그곳에서는 또 다른 멜로디가 흐릅니다. 좀 쉬고 싶으면 통나무 정자 속에 들어가 책상 다리를 하고 있으면 됩니다. 아파트에서 들을 수 없는 비 소나타를 하염없이 들을 수 있습니다.

서울의 다른 산들처럼 용왕산에도 꽃이 핍니다. 봄이 오면 용왕산은 마치 아버지가 숨겨 놓은 예쁜 딸들을 한 명 한 명 보여 주는 것 같습니다. 수줍은 진달래가 맨 처음 인사합니다. 외로이 피어 있는 꽃을 보면 첩첩산중에 있는 듯 착각을 해서 꽃잎을 따서 먹어 볼까 하는 생각도 듭니다. 기온이 오르면 개나리와 벚꽃과 박태기 꽃이 앞다투어 바통을 이어받습니다. 여의도 못지않게 화사하고 울창한 벚꽃 길도 생깁니다. 봄이 가 버리나 걱정할 때쯤 풍성한 철쭉꽃 화단이 등장합니다.

6월이 되면 빨강 넝쿨장미가 철조망 울타리를 올라가며 달리는 당신을 응원합니다. 한여름이 되어 걷기도 힘들어지면 일년생 꽃들이 등장합니다. 트랙 옆으로 작은 텃밭이 있다는 것을 처음 알게 됩니다. 접시꽃, 해바라기, 분꽃, 나팔꽃! 초등학교 운동장에 온 듯 어린 시절 향수가 찾아옵니다. 학교 뒷산에서 울 던 뻐꾸기 소리도 들리는 것 같습니다.

그러나 용왕산에서 뻐꾸기 울음소리는 들을 수 없습니다. 만약 당신이 우연히 뻐꾸기 소리를 들었다면 그것은 아마도 당신 마음속에서 울렸을 것입니다. 박새, 멧비둘기, 직박구리 울음으로 만족해야 합니다. 뻐꾹 소리처럼 세련되지는 않았어도 멧비둘기 음성은 구수하고 박새울음은 청아합니다. 이들의 합창은 꽤 그럴듯해서 산길 걷는 즐거움을 더해 줍니다.

용왕산 숲은 점점 성글어져 가지만, 있는 모습 그대로 당신을 응원하며 많은 이야기를 들려줄 것만은 틀림없습니다.

7

아들, 고흐가 떠나 버린 자리에서

밀레의 고향 바르비종

메디치 인문학 여행팀이 첫날 간 곳은 밀레의 고향 바르비종이었다. 그날이 노동절이어서인지 작은 도로에 오가는 사람도 안 보이고 가게 문도 닫혀 있었다. 열여덟이나 되는 우리 일행이 시끌벅적하게 나타나서 휴일 아침의 조용한 마을을 깨우는 것 같았다. 가난한 화가들을 거두었다는 간느 신부의 집을 지나서 밀레의 아틀리에에 도착했다.

쉬는 날이라 내부는 들여다보지 못하고 밀레의 집이라는 표지 앞에서 사진을 찍었다. 담쟁이넝쿨과 투박한 돌담이 반기는 평범한 시골집이었다. 마침 옆집 울타리의 한창 늘어뜨린 보라색 등꽃이 화사하게 우리를 맞았다. 거리 중간중간 화가들의 아틀리에와 기념품 가게도 보이고 작은 교회도 있었다. 수탉 모양 십자가를 달고 소박하게 서 있는 돌벽의 교회당은 밀레의 어느 그림 속 배경처럼 느껴졌다.

밀레의 아틀리에를 세세히 보지 못한 것은 그리 아쉽지 않았다. 그의 그림은 어렸을 적부터 공공장소에 하도 많이 걸려 있어서 별

감동이 없었다. 미술 시간에 종종 언급되었으나 착하지만 매력 없는 화가로 생각되어 점점 관심이 없어졌다. 화가 이야기라면 밀레보다는 피카소나 고흐를 언급해야 더 세련돼 보일 것 같았다.

그런데 이번에 밀레에 대해 새로운 것을 알게 되었다. 그가 누드화의 거장으로까지 불릴 만큼 누드를 잘 그렸다는 것과 빈센트 반 고흐가 그를 몹시 존경했던 사실이다. 고흐와 밀레의 그림은 서로 많이 다르다고 생각했는데 뜻밖이었다. 그 시절, 화상의 이목을 끌지 못하는 가난한 농촌 사람들을 처음으로 그렸다는 밀레가 새삼 훌륭하게 생각되었다.

거리의 돌담 벽에는 밀레의 「경작하는 농부」 비슷한 모습을 모자이크로 만든 작품이 붙어 있기도 하고, 어느 피자 가게는 「만종」 속의 부부를 작게 조각해서 간판 옆에 세워 놓기도 했다.

시간이 조금 지나 빵가게가 열리자 그 앞에 세워져 있던 자동차 안에서 사람들이 바게트를 주문했다. 바로 옆에 과일가게가 붙어 있었는데 빵가게 주인이 두 곳을 부지런히 오가는 걸로 보아 함께 운영하는 것 같았다. 그 시각에 동네에서 혼자만 바쁘게 일하는 것처럼 보였다. 좌판에 놓인 줄기 달린 토마토가 싱싱하고 먹음직스러워 보여 용기를 내서 아저씨를 불러 세웠다.

"봉주르!"

"봉주르!"

"싸 꽁비앙?"(얼마예요?)

나는 토마토를 몇 개 들고 저울 위에 놓으며 불어로 말해 보았다. 주인은 불어로 대답했는데 내가 못 알아듣고 잠시 멍하게 있으니,

2유로 25센트라고 다시 영어로 말해 주었다. 몇 년 배웠다는 프랑스어의 현주소가 그 정도였다. 과연 앞으로 불어를 써 볼 수나 있을 것인지 전망이 밝지 않다는 생각이 들었다.

우리가 그곳을 떠나려 할 즈음 다른 편 한 가게의 주인이 도보에 원형 테이블을 놓고 흰 꽃이 든 작은 화분 몇 개를 진열했다. 5월 1일에는 은방울꽃을 파는 풍습이 있다고 하는데 십 대 소녀 셋이 테이블 곁 의자에 앉아 까르륵거리며 수다를 떨기 시작했다. 꽃을 파는 장본인들 같은데 장사에는 별 관심이 없어 보였다. 무심히 지나가는 척하고 대화에 귀 기울여 보았다. 송송 구슬처럼 쏟아지는 언어 가운데 귀에 들어오는 단어는 어쩌다 몇 개뿐이었다. 이야기 내용은 전혀 모르겠고 그저 즐거워 보였다. 경쾌한 20세기 시골 아이들을 보며 밀레의 「양치는 소녀」를 떠올렸다. 그림 속의 조용한 소녀와 대비되었다.

일행들이 이곳에서 커피 마실 곳을 찾으니 가이드가 퐁텐블로 숲 입구에 가면 카페가 있다고 알려 주었다. 이 숲은 프랑수아 1세의 사냥터로 잘 알려졌지만 바르비종파 자연주의 화가들이 즐겨 찾는 장소였다고도 한다. 입구에 다다르자 모두들 울창한 숲에 매료되어 커피는 잊어버리고 숲길 안으로 걷기 시작했다. 미세먼지에 시달린 몸과 마음이 산소와 피톤치드 가득한 나무들 사이로 저절로 빨려 들어가는 것 같았다. 천천히 걷는 우리들 곁을 현지인으로 보이는 사람들이 무언가 수북이 쌓인 쟁반을 들고 바쁜 걸음으로 스쳐 지나갔다. 비닐에 덮여 있는 것이 언뜻 보기에 스시 도시락 같았다. 그날의 시간 안배에 따라 우리는 조금 걷다가 되돌아와야 해서 숲 깊

숙이 소풍 가는 그들이 부러웠다.

숲속에서 두 갈래 길이 나오자 일행이 흩어질까 봐 더 전진하지 못하고 한데 모여 단체 사진을 찍었다. 서로 숲을 배경으로 사진을 찍어 주고 열심히 한국의 친지들에게 전송했다. 사진 속에 숲속 공기를 담아 서울의 먼지를 희석하기라도 할 기세였다.

숲을 되돌아 나올 때는 무척 아쉬웠다. 언젠가 꼭 다시 와서 계속 뻗은 숲길을 따라가 군데군데 있다는 화가들의 이젤과 멋진 바위들을 보리라 마음먹었다. 깊은 숲속에서 동물들도 만나고 싶었다. 이 퐁텐블로 숲에는 옛날 평민들이 잡았다던 산토끼나 왕의 사냥감이었다는 여우와 멧돼지가 요즈음도 기필코 있을 것 같았다.

버스 차창 밖으로 펼쳐지는 들판은 밀레가 「이삭 줍는 여인」을 그렸던 배경일 텐데 추수 때가 아닌 봄 풍경은 사뭇 달랐다. 네모난 들판이 녹색과 노란색 도화지가 가지런히 붙어 있는 것처럼 계속 이어졌다. 가을이 되면 연갈색 바탕에 수확의 흔적들이 보이며 밀레의 그림 속 모습이 보일 것이다.

초록색 중간중간 나타나는 연노랑의 주인공은 뜻밖에도 유채꽃이었다. 녹색 밀밭 사이로 널찍한 유채밭이 끼어 있었는데 어느 곳은 하늘 아래 온통 노란색 지평선이 펼쳐지기도 했다. 이른 봄을 훌쩍 지나서 올해 못 본 제주의 유채꽃을 이곳에서 보는 행운을 얻었다. 바르비종이라는 마을이 새삼 친근하게 다가왔다.

리옹의 어린 왕자

이번 프랑스 여행에서 생텍쥐페리의 어린 왕자와 맞닥트릴 거라고는 전혀 예측하지 못했다. 미술관 중심의 인문학 기행이어서 주로 역사와 그림, 화가에 대한 설명을 들었고 문학을 접할 기회는 별로 없었다. 교수님이 예술가들의 창의성을 이야기할 때 혼자서 잠시 글에 대응해 보는 정도였다. 그런데 리옹에서 사소한 일이 생겨, 어린 왕자가 하루 동안 내 여정의 주인공이 되었다.

나는 리옹에 생텍쥐페리 동상과 생가生家가 있는 것을 몰랐다. 여태까지 그가 프랑스의 어느 성城에서 누이들과 함께 자란 것으로 알고 있었다.

원래 여정표에는 분명 리옹에서 한 밤 자는 것 외에 아무런 스케줄이 없었다. 그래서 호텔방도 겨우 한 밤 자기에 좋게끔 옴짝할 수 없는 크기였다. 큰 가방이 방 안에서 잘 움직여지지도 않았다.

시내 관광을 추가해 주고 싶은 가이드의 배려가 발단이 되었다. 디종에서 두 시간 반을 버스로 달려와 7시가 넘었고 저녁을 먹고 나면 8시가 넘을 참이었다. 그런데도 식사 후 리옹 중심가를 가 보자는 그의 제안에 일행 중 아무도 내놓고 반대하는 이가 없었다.

"지하철이 좀 애매하긴 하지만 두 정거장 정도 타고, 걸으면 삼사십 분 정도밖에 안 걸릴 거예요."

'아니 삼사십 분이나?'

나는 마음속으로 부담을 느꼈다.

"해도 길고 하니까요. 너른 광장과 시청이 볼만해요. 성당도 있고."

'시청과 성당이라…. 난 포기다!'

"최대한 빨리 방에 짐을 두고 프런트로 내려오십시오."

이미 마음속으로 안 가려고 결정한 터지만 가이드의 당부에 나도 고개를 끄덕였다. 방으로 들어와 얼른 침대에 누우면서 룸메이트인 동생에게 부탁했다.

"난 컨디션 조절 때문에 안 되겠어. 일행 분들에게 얘기 좀 잘해 줘."

"응, 언니는 쉬어."

"혹 가게가 보이면 토마토를 좀 사다 줘."

동생이 나가자 일어나서 조그만 창밖으로 거리를 내다보았다. 서울과 다르게 그 시각에도 하늘이 환해서 호텔 앞으로 흐르는 아담한 강이 잘 보였다. 시내에 대한 호기심은 별로 생기지 않았다. 낮에 방문한 롱샹과 디종에서의 경험도 소화하기가 벅찬 상태였다. 짐을 대강 정돈하고 다시 침대에 누워 한숨 돌리면서 이런저런 생각에 잠겼다.

'체력을 안배해서 아프지 않은 것도 이번 여행 목표 중 하나니까.'

한껏 호젓한 시간을 보내고 나서 졸음이 쏟아지는데도 일행은 오지 않았다.

'아직까지 시내 구경이라니. 모두들 체력이 대단하시다!'

이렇게 늦어질 거라면 역시 따라나서지 않기를 잘했다는 생각이 들었다. 조금 지나자 살짝 잠이 들었는지 비몽사몽간에 동생이 도착하는 기척을 들었다.

"언니 안 가길 참 잘했어! 지하철 안 탔거든. 무척 많이 걸었어!"

"응. 그랬구나."

잠결에 목소리가 희미해졌다.

"토마토와 복숭아도 샀어. 마침 과일가게가 있어서."

"고마워. 복숭아까지…."

잠이 쏟아져 거의 기어 들어가는 목소리로 고마움을 표시했다. 성당과 루이 14세 동상을 묘사하는 동생 음성이 먼 나라 소리처럼 아득했다. 이어서 놀라운 이야기를 하나 들었는데 잠의 나락으로 빠지느라 도저히 응답할 수가 없었다.

새벽에 잠이 깼을 때 꿈속인지 현실인지 아스라하게 한 문장이 메아리쳤다. 어제 저녁 마지막으로 들은 이야기 같았다.

'생텍쥐페리와 어린 왕자 동상도 봤어!'

아니! 그 동상이 웬 리옹에? 아쉬움에 가슴이 살짝 저려 왔다. 중요한 것을 놓쳤다는, 푹 쉰 대가가 꽤 크다는 생각이 들었다.

'어쩐지 혼자만의 시간이 꿀처럼 달콤하더라니.'

'그런데 왜 아무도 그 동상이 리옹에 있다는 얘기를 안 해 줬을까?'

핸드폰 사진 속에 남긴 청동상은 어두워서 잘 보이지 않았다.

"어린 왕자가 뒤에서 생텍쥐페리 어깨에 손을 얹고 있어."

동생이 친절하게 설명해 주었지만 마치 실제 나타난 어린 왕자를 놓친 것처럼 마음이 쓰라렸다. 인터넷 검색으로 크게 나온 사진을 찾아 조각의 얼굴을 찬찬히 들여다보았다. 진지하게 하늘을 쳐다보고 있는 생텍쥐페리 뒤에서 어린 왕자가 천진스레 무슨 이야기를 건네는 것 같았다. 어린왕자가 생텍쥐페리를 다독거리는 장면이라고 생각하니 작가의 마지막 말이 떠올랐다.

그가 웃고 있고 머리칼이 금빛이면, 그리고 묻는 말에 대답을 하지 않으면 여러분은 그가 누구인지 알아챌 수 있으리라. 그러면 내게 친절을 베풀어 주길! 내가 이처럼 마냥 슬퍼하도록 내버려 두지 말고 그 애가 돌아왔다고 빨리 편지를 보내 주길. (……)

조각가는 그 아이가 돌아왔다는 편지를 받지 못한 생텍쥐페리를 위로하고 싶었던 것 같다. 어린 왕자의 토닥이는 손을 빌려서.

다음 날 그르노블로 가는 버스에서 교수님은 생텍쥐페리 동상 이야기를 했다. 그러면서 우리 중에서 『어린 왕자』를 가장 읽음직한 대학생, 수지 양과 동행했노라고 덧붙였다. 그러자 나도 모르게 반발하는 마음이 들었다.

'아니! 나이 지긋한 중년 가운데 팬이 있으면 어떡하시려고?'

결국 그 마음을 감출 수 없어서 점심 먹으며 교수님 앞에서 생텍쥐페리 이야기를 꺼냈다. 문학에도 조예가 깊은 교수님 앞에서 나의 얕은 지식이 금방 드러날 수도 있는 아슬아슬한 대화였다. 다행히 교수님은 그의 책을 모두 읽지는 못했다고 했다.

"선생님! 『인간의 대지』 읽으셨어요?"

"그건 못 읽었어요."

"거기에 '오아시스'라는 장이 있는데 대단해요. 짧은 단편 같아요."

"오, 그래요? 한번 읽어 봐야겠네요."

나는 마음이 흡족해졌다. 교수님은 내가 '오아시스' 이야기를 꺼냈을 때 꼭 읽겠다고 대답한 몇 안 되는 사람들 중 한 분이었다.

열성 팬들이 그렇듯 나도 가끔 로맨틱한 상상을 한다. 내가 만일 이십 대에 생텍쥐페리에 빠졌더라면 삶의 방향이 달라졌을지도 모른다고…. 그리고 사람들을 늘 두 가지로 분류했을 것이다. 그를 아는 사람과 모르는 사람으로. 소개팅을 하다 어느 청년과 책에 대한 이야기를 나누게 되면 다짜고짜 물었을 것이다.

"『인간의 대지』 읽으셨어요?"

그가 대답한다.

"『바람과 모래와 별들』이라는 제목으로도 나온 거 말이죠? 이 제목이 훨씬 나아요. 그래서 미국에서 잘 팔린 것 같기도 하고."

내가 다시 묻는다.

"'오아시스' 생각나세요?"

여기서 그가 사막의 샘을 언급하면 우리 관계는 끝나는 것이다.

"그 부분은 좀 감성적이죠. 황량한 사막에서 구조되는 다른 이야기에 비하면…. 그런데 그 소녀들 이야기도 어린 왕자와 비슷한 것 같아요."

이렇게 나온다면 나는 이 사람과 사랑에 빠질 수 있을 것이다.

에즈를 맨 먼저 그려 줘!

지난봄 프랑스 인문학 기행을 떠났을 때 모나코와 에즈를 방문할 수 있었다. 니스의 미술관에 가면서 가까이 있는 소도시를 먼저 들러 보는 여정이었다. 여배우 그레이스 켈리가 왕비가 되었던 지중해의 공국 모나코는 오래전부터 가 보고 싶었던 나라였다.

이른 아침 버스로 이동하려고 호텔 로비에 모였을 때 일행 중 한 명이 레이스 달린 분홍색 원피스를 입고 나타났다.

"아니, 왕실 무도회에 초대라도 받은 거예요?"

"공주님 같네요."

"핑크 요정 같으세요!"

친구와 후배들이 저마다 한마디씩 했다. 나는 모나코에 마음이 설렜어도 옷차림까지 신경 쓸 여력은 없었는데 그분의 센스와 패션 감각이 놀랍게 느껴졌다. 우리는 종일 그녀를 핑크 요정으로 불렀다.

니스에서 모나코로 가는 도로는 경사가 가파른 산등성이 길이었다. 지중해가 바라보이는 언덕에 흰 집들이 옹기종기 모여 있었다.

구름이 많아서 바다색이 그리 푸르지 않았지만 반짝이는 물결을 보며 작은 공국에 대한 기대감이 부풀어 갔다.

삼십 분 정도 갔을 때 요새처럼 생긴 고풍스러운 마을이 나타났다. 에즈였다. 바깥으로는 바다를 끼고 안쪽으로는 성당을 시작으로 옛집들이 다닥다닥 붙어 있었다. 상아색과 연한 갈색으로 얼룩진 돌담을 따라 좁은 비탈길을 올라갔다. 몇백 년 세월의 흔적을 지닌 집들은 갈라진 벽 틈새로 줄기식물들이 자라기도 하고 작은 발코니에 화분이 놓여 있기도 했다. 드문드문 기념품을 팔거나 미술작품을 전시하는 갤러리가 보였다. 가게들은 입구에서 언뜻 들여다보아도 세련된 분위기라 고즈넉한 옛 마을 모습과 묘한 대비를 이루었다. 샤또 이름의 중세풍 레스토랑은 언젠가 꼭 한 번 들르고 싶었다.

아래 바다 쪽으로 '니체의 길'이라는 표지판이 세워진 울창한 숲이 있었다. 안내문에는 그가 이곳 지중해 연안의 빛과 명료한 선과 맑은 영혼의 상징을 좋아했다고 적혀 있었다. 철학자처럼 잠시 숲속의 오솔길을 걸어 보았다. 이곳의 푸른 숲길을 매일 걷노라면 나도 어떤 좋은 글감이 떠오를 것만 같았다. 오래 머물고 싶은 정감 있는 동네였으나 시간이 촉박해서 빨리 떠나야 했다.

모나코는 에즈보다 더 평범하고 현대적인 도시였다. 경사진 길 곳곳에 펜스가 쳐져 있어서 공사 중인 줄 알았는데 자동차 경주를 준비하는 것이라고 가이드가 설명해 주었다. 길도 구불구불하고, 옹색해 보이는 작은 도시에서 유명한 F1 그랑프리가 열리는 것이 신기했다.

언덕 맨 위쪽에 자리한 왕궁은 아이보리색 사각형 건물로 별 장식 없이 단아했다. 궁전 앞에 서 있는 군인들은 영화배우처럼 키가 크고 수려했는데 어느 시각이 되자 보초를 서다 말고 행진을 시작했다. 빨간 줄이 그어진 감청색 제복의 병정이 긴 총을 차고 씩씩하게 걸으니 마치 재미있는 디즈니 나라에라도 온 것 같았다. 광장 구석에는 한 번도 사용한 적이 없다는 커다란 대포와 포탄이 예술 작품처럼 전시돼 있었다.

아래쪽으로 걸어 내려가니 그레이스 켈리 부부가 결혼식을 올렸던 모나코 대성당이 나타났다. 파이프 오르간 선율로 바흐의 토카타가 흘러나왔다. 미사를 보려는 현지인만 입장시키는 바람에 입구에서 서성이는데 오르간 연주에 이어 성가대의 아카펠라가 들려왔다. 예배를 시작할 때 부르는 낯익은 성가로 알토와 소프라노 화음이 무척이나 고왔다.

신선한 휴식은 맞은편 공원에서 다시 이어졌다. 지중해가 내려다보이는 곳에 울창한 나무들과 봄꽃이 어우러져 있었다. 나는 바다 냄새 섞인 맑은 공기를 한껏 들이마셨다. 잔디 사이로 벌개미취와 비슷해 보이는 연보라색 들꽃이 무리지어 피어 있었다.

노랑 꽃을 가득 피운 돈나무 앞에 이마를 맞대고 서 있는 연인의 동상이 보였다. 발치에는 보라색과 흰색 피튜니아가 만발했는데 여자는 남자의 어깨에 두 팔을 얹고, 남자는 한 손을 여자의 귓불에 다른 한 손은 허리를 감싸며 함께 상념에 잠긴 모습이었다. 늘씬한 육체의 곡선을 드러내는 진회색 조각상은 돈나무의 굵은 나무줄기와 어울려 보였다.

제각각 운치 좋은 나무나 바다를 배경으로 포즈를 취했다. 미국에서 건너와 우리 일행에 합류한 동생은 '핑크 요정' 별명을 얻은 분과 단짝이 되었다. 중년에 늦깎이 화가로 새로운 여정을 시작한 동생은 무늬 있는 내 옷은 못마땅해하더니, 그녀의 단색 원피스는 몹시 칭찬했다. 내가 보기에도 핑크 요정이 그 시각에 공원에서 가장 돋보이는 것 같았다. 진분홍이 초록 가운데서 환하게 빛나니 그야말로 숲의 정령들에 둘러싸인 요정 같았다.

모나코까지 와서 카지노에 들르지 않을 수 없으므로 버스를 타고 몬테카를로로 이동했다.

카지노 실내는 으리으리해서 마치 궁전 안으로 들어온 기분이었다. 와 본 적이 있는 것처럼 왠지 낯이 익었는데 영화 속 장면들이 연상되어 그랬을 것이다. 금방이라도 금빛 기둥 사이로 007 제임스 본드가 나타날 것만 같았다. 입구에 세워진 팔등신 동상도 흥미로웠는데 신화 속 재물의 여신을 조각해 놓은 것이라고 했다. 술래처럼 두 눈을 질끈 가리고 소뿔지갑을 두 손으로 움켜쥐며 활보하는 모습으로, 지갑 속에는 동전이 가득 들어서 막 쏟아지려 하고 있었다.

점심시간이 되니 슬롯머신에 대한 호기심보다 몹시 배가 고파 다들 예약된 레스토랑 앞으로 부지런히 모였다. 테라스에는 유럽 여러 나라에서 온 것 같은 사람들이 음료를 마시거나 식사를 하며 자리를 가득 메우고 있었다. 햇빛 비치는 바깥이 좋은지, 파라솔 그늘이 엉성해도 편안하게 점심을 즐기는 모습이었다.

나는 우리 일행의 인원이 많아 은근히 자리 걱정을 했는데 막상 안으로 들어가니 아무도 없었다. 스테인드글라스 미술작품이 곳곳에 설치된 널찍하고 우아한 공간에 우리만 있으니 기분이 좋아졌다. 서울서는 결코 누려 볼 수 없는 호사였다. 구석진 벽면에는 그레이스 켈리와 레니에 3세 부부의 흑백사진이 걸려 있었다. 동화가 실현된 것 같은 그들의 결혼이 그 당시 사람들에게 새로운 로망을 안겨주었다는데, 이제는 할리우드 혼혈 여배우가 대영제국의 왕자와 결혼하는 시절이 되었다.

우리가 지배인에게 와인의 종류를 묻고 있을 때 은발의 노부인과 흑갈색 개를 동반한 소년이 실내로 들어왔다. 고급 레스토랑에 커다란 개가 들어온 것이 의아했지만 우리는 곧 그 녀석에게 매료되고 말았다. 기다란 체구에 곱슬곱슬한 검은 털이 귀티가 나서 혈통이 좋아 보였다. 견공은 우리의 관심을 알아챘는지 가장자리에 앉은 우리 일행 중 한 명에게 다가가 얼굴을 핥으려고 했다.

"어머나!"

그녀는 황급히 두 손으로 얼굴을 가렸다. 그런데 개 줄을 끌고 있는 소년과 노부인은 미안하다는 사과 한마디 없이 유유히 지나갔다.

"죄송합니다. 무척 당황하셨지요?"

지배인이 깜짝 놀라며 다가와 불어로 가이드에게 열심히 사과를 했다. 자신이 이 상황을 무마하려는 마음이 역력했다.

"아니에요. 괜찮습니다. 이분 강아지 좋아하세요."

가이드가 얼른 응수했다. 두 사람이 주고받은 이 대화가 이번 여행에서 내가 유일하게 이해한 프랑스어였다. 여행을 위해 회화 책을 열심히 들여다보았건만 현지인들 이야기는 거의 알아들을 수 없었다.

나는 대화를 알아들어 뿌듯하기도 하고, 개의 위협을 받은 그녀가 분명 황당해했는데 그냥 얼버무린 가이드가 의아하기도 했다. 스무 명 가까운 일행이 이곳에서 잘 대접받아야 한다는 책임감에 분위기를 경직시키고 싶지 않았을 것이다.

그 장면을 보면서 잠시 공상에 잠겼다.

'우리에게 조금도 미안한 마음이 없는 그 노부인은 아마도 이곳의 단골손님일 것이다. 저 아래 부두에 정박해 있는 요트를 몇 개 소유한 부호일지 모르고 혹은 모나코 공국의 귀족일 수도…. 그래도 그렇지!'

혼자 상상하며 호기심에 그쪽 자리를 가끔 쳐다보는데 조금 지나자 훤칠한 꽃미남이 그 자리에 합류했다. 티셔츠를 입은 개 담당 소년이 노부인의 맞은편에 앉은 반면, 말끔한 청년은 그녀 바로 곁에 자리했다. 흰 셔츠에 검은 정장 차림인 것이 그녀의 비서일 성싶었다. 혈통 있는 강아지와 두 미소년美少年을 거느리고 고급 레스토랑에서 점심을 하는 노부인의 일상은 어떻게 이어질까, 그들의 메뉴는 무엇일까 궁금했다.

우리의 앙트레는 미색의 부드러운 소스로 버무린 새우와 아보카도였다. 파스텔 톤으로 모양도 맛도 기품이 있었다. 메인 요리인 등심구이도 좋았지만 마지막 순서는 더욱 우리 마음을 사로잡았다. 처음 보는 6종 세트 디저트였다.

지배인은 카트를 끌고 와 우리가 보는 데서 생크림 케이크와 초코와 딸기, 블루베리, 붉은색 시럽으로 한껏 멋을 낸 여섯 종류의

접시를 만들었다. 흰색과 연노랑, 새빨간 색, 초콜릿색의 화려한 대비에 우리는 탄성을 지르며 군침을 삼켰다. 모두 그 앞에서 어린아이가 되어 다른 사람 것도 부러워하다가 결국 서로서로 조금씩 떼어 맛을 보았다. 케이크는 적당히 달콤해서 은은했고, 블루베리와 딸기는 색깔 못지않게 신선했다.

자동차 경주 대회가 준비된 모나코의 도로를 보니 젊은 시절의 프랑스 영화 〈남과 여〉가 떠올랐다. 그때는 낯설었던 남자 주인공의 카 레이싱 장면이 새삼 멋지게 회상되었다. 경기를 끝내고 여주인공 아누크 에메의 기별을 받는 장면. 옛 남편과의 추억을 회상하며 머뭇거리는 시간들. 그러나 결국 다가서게 되는 두 번째 사랑.

니스로 돌아오는 길에 차창 밖으로 에즈가 다시 나타났다. 바닷가에 아담하게 솟은 흰 돌벽 마을은 옛 이야기를 간직한 작은 성城처럼 보였다. 옆자리의 동생은 열심히 셔터를 누르며 여러 각도의 에즈를 사진에 담고 있었다. 동생은 이번 여행 후에 프랑스 풍경을 여러 장 그릴 참이었다.

"에즈를 맨 먼저 그려, 에즈를!"

에즈에 대한 아쉬움에 나는 괜스레 동생을 다그쳤다.

"알았어, 알았다니까! 아까도 그 이야기 했잖아."

동생은 건성으로 대답했다.

버스가 경사진 산등성이 길을 오르내리니 여러 모습의 에즈가 가까워지고 멀어지곤 했다. 정겨운 에즈 풍경을 그려 낼 수 있는 동생을 부러워하다가 문득 나도 어떤 생각이 들었다.

'에즈에서 사랑에 빠진 남녀 이야기를 쓴다면…'

훗날 에즈 마을을 배경으로 단편을 쓰고 싶다는 갈망이 마음속 깊은 곳에서 움트며 올라왔다.

아를, 고흐가 떠나 버린 자리에서

지난 오월 프랑스 여행에 어렵사리 따라나선 이유 중 하나는 아를이 포함돼 있어서였다. 원형 경기장과 비제의 모음곡 〈아를의 여인〉으로도 유명하지만 고흐가 머물며 작품 활동을 했던 곳이어서 무척 가 보고 싶었다. 님에서 아를로 가는 버스에서는 돈 맥클레인의 노래 〈빈센트〉를 흥얼거렸다. 대학 때부터 즐겨 듣던 노래지만 여전히 가사들이 마음에 와닿는다.

> 그러나 이제 나는 당신에게 말해 줄 수 있을 것 같아요.
> 이 세상은 당신처럼 아름다운 사람에겐
> 전혀 어울리지 않았다는 것을

우리가 머무를 아를의 호텔 주변은 관광객으로 북적거렸다. 가이드는 근처의 칸영화제가 다가오기 때문에 사방이 붐비지만 저녁 식사 후 몇 군데 명소를 걸어서 가 보자고 했다. 맨 먼저 포럼 광장의 고흐가 즐겨 갔던 카페로 향했다. 우리도 거기서 커피나 술 한잔을 할 참이었다.

광장에 도착하니 '카페 라 뉘'는 문이 닫혀 있고 테라스 주변과 옆 카페에 사람들이 북적거렸다. 이제는 인기 있는 장소가 되어 고흐가 고독하게 술잔을 기울이던 때와는 전혀 다른 분위기가 된 것 같았다. 옆 카페는 내키지 않아서 주변을 서성거리는데 골목길 건물 사이로 청색 하늘이 선명히 들어왔다. 원근법을 잘 표현했다는 고흐의 그림 구도와 똑같았다. 해가 지지 않아서 별은 없었지만 그 광경을 보니 마음이 흡족했다.

포럼 광장을 떠나니 바람이 점점 거세졌다. 골목들을 지나서 광장과 성당에 다다를 때까지 바람이 미친 듯이 우리를 따라다녔다. 모자와 외투가 날아갈 기세여서 단단히 부여잡아야 했다. 고풍스러운 돌담길 중간중간 현대적인 인테리어를 한 가게들이 영업을 하기도 하고, 불만 켜 놓고 닫혀 있기도 했다. 멋진 프랑스풍 의상에 혹해서 쇼핑을 하고 싶은 충동도 있었지만 고흐의 자취를 따라가는 중이라 왠지 자제해야 할 것 같았다.

그날 밤 우리의 최종 목적지는 론강이었다. 바람 때문에 정신이 빠진 채로 론강 주변의 둑방 길을 걸었다. 몇 개의 노란빛 가로등이 나란히 물결에 비치니 고흐의 그림 「론강의 별이 빛나는 밤」과 비슷한 분위기가 되었다. 걸어가는 부부의 뒷모습도 그림 속의 희미한 두 사람을 떠올리게 했다. 그런데 구름 덮인 감청색 하늘엔 별이 나올 기미라곤 없었다.

특히 이 밤하늘에 별을 찍어 넣는 순간이 정말 즐거웠어.

빈센트가 여동생에게 편지로 이야기했던 대목이 떠올랐다. 나도 밤하늘의 검푸른 자락 위에다 마음속으로 많은 별들을 찍어 넣었다. 문득 론강의 별이 없는 밤인데도 고흐의 숨결과 자취가 느껴진다는 생각을 했다. 백여 년 전, 밤마다 그가 이곳에 와서 화폭에 정열을 쏟아부었기 때문인지 몰랐다.

다음 날 아침 다시 방문한 '카페 라 뉘'는 영업을 하고 있었는데, 고흐의 그림 「포룸 광장의 카페테라스」에 있는 카페와는 많이 달라 보였다. 골목들도 전날 밤과 다르게 밋밋하고 평범했다. 사람들이 테라스의 노란색 벽을 배경으로 사진을 찍느라 부산한 동안 일행 두 명과 함께 안으로 들어가 보았다.

실내에는 하얀 점박이 장식을 한 초콜릿색 융단 의자가 길게 놓여 있고, 그 위로 엉성하게 만들어진 고흐의 작품 포스터들이 걸려 있었다.

"여기는 우리 대학 때 경양식집 분위기네."

"맞아. 고흐 그림 속 분위기가 아니야."

"세월이 얼마나 흘렀는데…. 그대로일 수 없겠지."

우리 세 사람은 커피를 마시며 고흐가 드나들었던 장소에 앉아 있다는 것만으로도 감개무량해했다.

일행은 론강 기슭으로 다시 가 보았다. 고흐가 캔버스를 세워 두고 별밤을 그렸던 바로 그 위치에서 정경을 보기 위해서였다. 그런데 그곳에서 아무리 바라보아도 「론강의 별이 빛나는 밤」의 구도가 잘 잡히지 않았다. 대낮의 햇빛 아래 다리와 가로등과 강물은 다 함께 단조로운 빛을 띠었다. 밤과 낮이 이렇게 다를 수 있구나, 하는 생각을 했다.

고흐가 입원했던 시립 병원을 방문했다. 아치형 입구의 오래된 돌벽에 적힌 병원HÔTEL DIEU이라는 글자를 보고 마음이 짠했는데 안마당에 들어서니 분위기가 사뭇 달랐다. 한편에 커다란 올리브 나무가 있고 마당에서 인부들이 부지런히 꽃모종을 심고 있었다. 봄날의 생기를 드러내며 갓 심겨진 노랑 보라 꽃들로 화단이 점점 채워져 갔다. 아래층에는 큰 기념품 가게도 보였다. 사람들은 뿌듯한 표정으로 고흐 그림이 박힌 기념품을 한두 개씩 들고 계산대 앞에 줄 서 있었다.

고흐 작품 속 도개교가 있는 하천도 들렀다. 낡은 다리를 없애지 않은 것은 순전히 그림 속에 등장하기 때문이지 싶었다. 시냇물 색깔은 우중충하고 둑방의 덤불도 두드러지지 않았는데 표지판의 고흐 그림에서는 푸른 강물과 함께 주변이 모두 밝고 환했다.

'하잘것없어 보이는 개울과 다리를 이렇게 빛나는 풍경으로 바꾸어 놓다니!'

떠나오는 버스에서 교수님은 고흐에 대해 잠깐 언급했다.

"고흐 하면 떠오르는 나무는?"

나는 당연히 사이프러스 나무라고 생각했는데 교수님은 올리브 나무 이야기를 꺼냈다. 고흐가 그린 올리브 나무가 가물가물 잘 떠오르지 않았다.

"후대 사람들이 고흐에게 열광하는 이유가 무엇일까요?"

"강렬한 색채요!"

누군가가 대답했다.

"물론 그의 훌륭한 작품 때문이기도 하지만 저는 이렇게 생각합니다. 당대에 그것을 알아주지 못한 미안함과 죄책감 때문이 아닐까?"

'미안함과 죄책감! 맞아 맞아.'

우리 모두가 가지고 있는 감정일 것이다. 그런데 그것만으로는 뭔가 미흡하다는 느낌이 들었다. 그것만으로 다 설명할 수 없다는….

그러다가 '타이밍 안 맞은 짝사랑이 아닐까?' 하는 생각을 했다. 대학교 때 내 부전공은 짝사랑이었다. 중학교 때부터 시작한 이 전공은 대학교 때 꽃을 피워서 함께 늘 논의하는 동지도 생겼다. 우리는 이 과목을 연구하다가 체계적인 분류까지 하게 되었는데 그중에 타이밍 문제인 것이 있다.

한쪽에서 애절하게 사랑을 구하는데 다른 쪽에서는 전혀 느낌이 없다. 그는 온 정열을 다해 사랑을 표현하다가 지쳐 버린다. 포기하는 마음에 결국 삶을 지탱할 힘까지 잃게 된다. 그때 문득 다른 쪽에서 정신을 차리고 보석 같은 사랑을 깨닫는다. 그래서 이루 말할 수 없는 열정으로 응답하지만 이미 때가 늦었다. 타이밍이 어긋나서 이루어지지 못한 슬픈 짝사랑!

고흐가 생전에 자신이 그림으로 사람들을 어루만지고 있음을, 그래서 사람들이 '마음이 깊은 사람이구나, 따뜻한 사람이구나' 하고 알아주기를 얼마나 바랐던가?

고흐가 떠나 버린 자리에서 나도 그 모든 것을 깨닫고 그에게 열광하며 애달파하고 있다.

노틀담 드 오

낮에 놀다 두고 온 나뭇잎 배는
엄마 곁에 누워도 생각이 나요
푸른 달과 흰 구름 둥실 떠가는
연못에서 사알살 떠다니겠지.

동요 〈나뭇잎 배〉의 가사처럼 그날 낮에 보고 온 하얀 성당은 잠
자리에 누워도 생각이 났다.

흰 벽 위에 배처럼 살짝 놓인 노틀담 드 오의 지붕을 생각하며
나도 엄마 곁에서 나뭇잎 배를 못 잊어 하는 아이처럼 중얼거렸다.

"푸른 들판을 바라보며 흰 구름 둥실 떠가는 창공에 사뿐히 놓
여 있겠지."

르코르뷔지에가 설계한 '롱샹 순례자 성당'을 지난봄 프랑스 인문
학 기행 때 처음 방문했다. 여행 안내서를 제대로 읽지도 않고, 아
침 일찍 출발한 버스 안에서 교수님 설명을 잠이 덜 깬 상태로 들

었다. 버스는 작은 시가지를 지나 한적한 동네에 이르자 높은 언덕을 한참 올라갔다. 이름이 '높은 곳에 있는 성당'이니 위로 자꾸 올라가나 보다 하는 생각만 했지 예사롭지 않은 건축물과 맞닥뜨릴 거라고는 상상도 못했다. 나무들 사이로 가끔 삐죽 보이는 것도 어느 때는 고동색의 둥그런 물체였다가 어느 때는 흰색 벽이었다가 당최 어떤 성당다운 모습이 나타나지 않았다.

우리는 너무 일찍 도착해서 오피스가 문을 열기까지 기다려야 했다. 단체로 표를 구입한 후 언덕을 오르는데 갑자기 맑고 우렁찬 종소리가 들렸다. 아침 공기를 가르며 퍼지는 종소리는 한 가지가 아니면서 새소리와 더불어 경쾌한 앙상블을 만들었다. 언덕을 다 오르니 정원에 세워진 종탑 기둥 사이에서 세 개의 종이 서로 춤추듯 움직이고 있었다. 우연히 종치는 시각에 도착한 모양인데, 노틀담 드 오에서 큰 환영을 받는 기분이었다.

성당은 새로운 개념의 현대식 건물이었다. 교수님은 녹색 대지 위의 흰 몸체와 갈색 지붕은 넘실대는 파도 위의 방주를 상징한다고 설명했다. 나무색깔 지붕은 얼룩과 결을 드러내며 몇 걸음 옮길 때마다 다른 형태를 띠었는데, 이 단순한 디자인은 롱아일랜드 해변에서 주운 게 껍질 모양을 따온 것이라고 했다.

'순례자의 쉼터'라는 작은 부속 건물은 지붕이 온통 풀밭이었는데 군데군데 노란색 야생화들도 피어 있었다. 커다란 네모 화분 위에 심긴 것처럼 구름을 보며 하늘거리는 연녹색 풀들은 한가롭고 평화로운 느낌을 주었다. 문득 내 발치에서도 보라색 할미꽃을 보았다.

성당 위쪽으로는 붉은 벽돌을 피라미드 형태로 쌓은 조형물이 있었다. '평화의 피라미드'라는 이름을 가진 1944년 전쟁 전사자들의 기념비였다. 피라미드의 맨 위 계단에 올라가니 멀리 옹기종기 모여 있는 시골 마을과 들판이 잘 보였다.

성당 둘레를 한 바퀴 빙 둘러 걸었는데 흰 바깥 외벽은 곳곳이 다르고 생소했다. 한 면은 야외 미사를 위함인지 움푹 들어가 있고, 그늘진 쪽에는 물받이 통인 것처럼 보이는 세모와 사다리꼴 조형물이 있었다. 해가 드는 쪽으로 추상화가 그려진 출입문을 보았다. 문은 잠겨 있었는데 흰색 바탕에 빨강과 파란색을 주로 사용해서 별, 새, 사람, 구름, 뱀 등의 모양을 그려 놓은 것 같았다.

북쪽의 작은 문을 통해 조심조심 성전 안에 들어서자 큰 어두움과 청량함이 엄습해 왔다. 깜깜함에 익숙해져서 성당 내부가 조금씩 눈에 들어오니 웬일인지 가슴이 두근거렸다. 성당 내부는 의외로 평범했다. 조그만 바스락거림도 커다랗게 울려서 마치 내 마음의 작은 부분도 들킬 것만 같았다.

나무 의자에 앉으니 오랜만에 나도 가난한 마음이 되는 듯했다. 단 위에는 작은 십자가가 있고 허름한 사제들 의자가 몇 개 놓여 있었다. 낮고 수수한 모습이었다. 옛적에 구세주를 맞이하던 베들레헴의 마구간과 말구유가 떠올랐다.

촛불을 켜고 연보를 하는 자매님을 바라보며 나도 따라서 옷깃을 여미었다.

유럽의 고풍스러운 성당에 들어가면 잠시 앉아 기도를 하곤 했었는데, 아무것도 할 수 없어서 그저 멍하니 한참 앉아 있었다. 내가 무엇을 해도 이렇게 소박한 공간에서는 가식적인 것이 될 것만 같아서였다. 거기서는 그냥 그곳에 앉아 있는 것 자체로 예배가 될 듯싶었다.

물이 담긴 두 개의 돌기둥을 보았다. 물이 담긴 의미를 알 수 없었는데 가끔 세례식이 열리지 않나 싶었다. 자그마한 고해성사실도 있었다.

앞 벽에는 군데군데 불규칙한 모양의 작은 창들이 박혀 있었다. 어둠 속에서 그것들은 무수한 별처럼 반짝였다. 맨 위쪽으로 좀 큰 창이 하나 있고 옆에 하얀 조각상이 놓여 있었다. 해처럼 빛나는 모습을 멀리서 보고, 나는 예수상으로 생각했는데 나중에 알고 보니 성모 마리아상이라고 했다.

옆쪽 스테인드글라스엔 여러 가지 문양들이 그려져 있었다. 빨강, 초록의 꽃과 잎사귀 무늬가 있고 고뇌에 찬 얼굴 스케치가 있었다. 여성의 얼굴 같았다. 초등생이 그린 것 같은 해님이 있고 그 옆에 '태양처럼 빛나다Brillante comme le soleil'라는 문장이 적혀 있었다. 낙서처럼 '마리아'라고 적힌 글자도 있었다.

구석진 데로 가 보니 세워 놓은 단 위에 커다란 촛불 한 개와 책이 놓여 있었다. 널따랗게 펼쳐진 책은 활자가 큰 독일어 성경이었다. 이곳은 원통형으로 회색 돌벽이 둥그렇게 높이 에워싸고 있었는데 천장이 드높아서 한참을 올려다보아야 했다. 그 천장이 열린다면 구약 성경의 야곱이 꿈속에서 보았던 사다리가 놓이며 하늘까지 이어질 것만 같았다. 이런 신비스러운 장소가 각각 다른 방향으로 세 개 있었다.

여운을 안고 입구의 기념품 가게로 돌아왔다. 옆방의 흰 벽에는 르코르뷔지에의 고백이 빨간 글씨로 적혀 있었다.

"이 성당을 지으면서 평화, 침묵, 기도와 내적 기쁨의 공간을 창조하고 싶었습니다."

이처럼 아름다운 성당을 여태껏 몰랐다니, 생각하며 인터넷 검색을 해 보았다.

이 성당은 근대 건축의 이름으로 지어진 건물 중 가장 조형적인 건물이면서, 진중하고 극적인 내부 공간을 지녀 감동적인 빛과 함께 방문자를 사로잡는다. 특히 세 개의 원통형 집광기는 (……)

성당 내부에서 내가 가장 영감을 얻었던 공간은 지식백과에 '세 개의 원통형 집광기'로 표현되어 있었다. 신비함과는 거리가 먼 단어였다

나중에 우리 일행이 모두 모였을 때 그중 소프라노인 분이 성당에서 풀랑크의 아베마리아를 불렀다는 사실을 알았다. 경건한 선율이 어떻게 울려 퍼졌을까, 상상하며 그곳에서 직접 소리를 듣지 못한 아쉬움에 가슴을 쓸어내렸다.

그날 밤은 노틀담 드 오를 생각하며 내내 뒤척였다. 마음은 그때까지도 성당 안의 원통형 공간을 서성거리고 있었다. 다윗이 '내 영

혼이 여호와의 궁정을 사모하여 쇠약함이여'라고 했던 시편도 생각
났다. 성당을 구경한 후 신심信心이 깊어진 것인지, 진기한 예술적 공
간의 감동이 커서 그런 것인지, 둘 다여서 그랬는지 모르겠다.

아오테아로아, 낮고 긴 흰 구름의 나라

깊고 긴 잠에 빠져 있다가 정신없이 깨 보니 벌써 딴 세상, 아오테아로아에 도착해 있었다. 맑고 따뜻한 공기가 얼굴을 감싸고, 2월의 나무들은 신록의 잎사귀가 무성했다. 남극과 가장 가깝다는 남반구의 처음 가 보는 나라였다.

"와우 여름이다!"

옆 친구가 팔짝팔짝 뛰며 좋아했다. 정경이 변한 것뿐 아니라 우리도 18세 소녀로 바뀐 것 같았다. 드라마에서 보는 시간여행이 펼쳐진 것 같아서 여덟 명의 고교 친구들과 함께 내 마음은 한껏 부풀었다.

"키아오라."[1]

우리를 맡은 한국인 가이드는 마오리족 언어로 안녕하세요, 하는 말을 알려 주었다. 버스로 넓고 넓은 들판을 지나 테카포 호수로 가기까지는 오랜 시간이 걸렸다. 끝없이 펼쳐지는 평원에 이상한 동물

---

1. 안녕하세요.

들이 떼를 지어 풀을 뜯고 있었는데, 멀리서 보니까 워낙 숫자가 많아 흰색 애벌레가 꾸물거리는 것 같았다.

"저거 양떼일까?"

"곱슬거리는 털이 없는데… 개 같지 않니?"

우리가 실랑이를 하고 있으니 가이드가 이곳의 양 롬니라고 일러 주었다.

"이곳 젖소와 양들은 2개월마다 이동하며 새로 돋아난 풀을 먹는답니다."

"땅이 넓으니 동물들도 호강이군요."

"옆 목초지는 풀이 자라는 동안 쉬게 하므로 총 여덟 배의 면적에서 사육되고 있어요."

고향의 동물들이 생각나며, 드넓은 데서 놀고 신선한 풀을 먹는 이 녀석들이 무척 부러웠다. 갈색 풀이 깔린 목장들을 한참 지나자 갑자기 창문 밖 정경이 달라졌다.

"야! 호수다!"

누군가 즐거운 탄성을 질렀다. 커다란 파란 물결을 보니 지루함이 사라지고 마음이 탁 트였다. 호수 빛깔은 코발트 빛보다 연하고 탁했는데 빙하에 깎인 암석 분말이 만든 색이라 했다. 푸른색 잉크에 우유 몇 방울을 떨어트린 것 같았다. 버스에서 내려 우리는 바다처럼 펼쳐진 호수와 여러 떼의 뭉게구름과 드높은 하늘에 매료되어 멍하니 서 있었다. 마운트 쿡의 타스만 빙하가 녹아서 생긴 호수라고 하는데 멀리 하얀 봉우리의 쿡산이 보였다.

흰색과 푸른색 풍광을 배경으로 돌로 지어진 고풍스러운 교회가 있었다. 이름도 '선한 양치기' 교회였다. 거기 다다르자 교회 문이 열리며 면사포를 쓰고 부케를 든 신부가 신랑과 함께 걸어 나왔다.

"와! 예쁜 신부가 나온다!"

"결혼식이 있었나 봐?"

한 친구가 흥이 나서 물었다.

"하객들이 안 보이잖아?"

우리는 닫힌 창문에 머리를 대고 교회 안을 살펴보았다.

"교회도 상자처럼 작은데 실내도 아주 소박해."

차를 타고 돌아가는 신랑 신부는 산속 빙하호 정령들의 축복을 담뿍 받는 듯했다.

"아마 사진만 찍으러 왔을 거야. 웨딩 촬영하러."

다른 친구가 현실적인 결론을 내리며 잠시 동화 장면을 상상하는 나를 깨웠다.

우리는 어둑어둑해져서 옥색 푸른빛이 보이지 않을 때까지 해안선 주변을 거닐었다. 양치는 개 동상도 가장 가까이서 우리와 함께 호수를 바라보고 있었다. 뭉게구름들이 주황색 저녁노을을 만들다가 시시각각 어두워졌다.

달이 뜨기 시작했다. 가만 보니 고국에서 보고 온 정월 대보름달이었다.

"나도 따라왔지롱!"

더 풍만해진 달이 방긋 인사를 마치고 구름 속으로 쏙 들어갔다.

달님은 구름과 숨바꼭질을 시작하더니 나올 듯하던 별들을 모두 쫓아내 버렸다.

"남십자성을 찾아야 하는데…"

별을 좋아하는 친구는 많이 아쉬워했다.

둘째 날은 구름을 뚫고 나온 산이라는 아오라키산(쿡산)으로 향하였다. 가는 길에 펼쳐진 푸카키 호수는 테카포 호수보다 좀 더 진한 옥색이었다.

"여러분이 어제 저녁에 먹었던 연어들이 여기서 자란답니다."

가이드의 설명에 광활한 호수 마을 정경을 보며 전날 맛보았던 생선이 떠올랐다.

"이렇게 청정한 곳에서 자라 그렇게 맛있었구나!"

"너 느끼해서 못 먹는다더니 어제는 엄청 먹더라."

친구의 핀잔을 받을 정도로 못 먹는 연어 회를 그 전날 맛있게 먹었었다.

쿡산이 가까워 오니 산세가 설악산과 비슷해 보였다.

"쿡산은 악산惡山이라 조난 사고도 많답니다."

그가 설명을 하다가 걱정스러운 우리 표정을 보고 덧붙였다.

"여러분의 트레킹 코스는 완만해서 산보 수준으로 갈 수 있어요."

산 입구에 도착하니 빗줄기가 제법 세게 떨어졌지만 예정대로 키아 포인트까지 올라가기로 했다. 멀리 쿡산 봉우리는 900미터 빙하가 덮여 있었다. 흰색 지붕 아래 빼곡한 청록의 나무 둘레로 희끄무레한 안개구름들이 피어올랐다. 걷는 산길 주변에는 키가 낮은 나무들 사이로 연분홍, 짙은 분홍, 연보라, 보통 보랏빛 루핀이 다양한 채색으로 피어 있었다.

"지기 전에는 가장 짙은 보랏빛이 되어서 인생살이 꽃이라고도 부른답니다."

가이드는 꽃에 대한 설명도 친절히 해 주었다. 개울이 간밤의 비로 불어서 콸콸 흐르는 개천이 되었다. 디딤돌이 잠겨서 건널 곳이 없어져 버렸다. 되돌아가야 하나 망설이며 어찌할 바 모르고 있는데 한 친구가 작은 바위에 앉아 신발을 벗기 시작했다. 다른 친구들도 군소리 없이 따라 했다. 운동화와 양말을 벗고 무릎 위로 바지를 걸어 올린 채 시냇물에 발을 담갔다.

"앗 차거! 빙하수는 빙하수다."

"아앗! 넘어질 것 같아. 이쪽 깊어! 저쪽 얕은 곳으로 건너와."

우산을 펴지 않고 건너는데도 물살은 세고 조약돌은 미끄러워 중심 잡기가 어려웠다.

"내 손 잡아. 어서~."

먼저 도하渡河에 성공한 친구가 쩔쩔매는 다른 친구를 붙잡아 주었다. 그 와중에 단편「소나기」에 나오는 장면 같다며 사진을 찍는 친구도 있었다. 작은 모험을 마친 우리는 어떤 험한 산세도 정복할 듯 기세등등했지만 다음 산길은 평탄했다.

"야! 산딸기 덤불이다."

"맞아! 우리나라 거랑 똑같네."

작은 잎새들 사이로 주황색으로 박힌 딸기를 따서 맛을 보는데 갑자기 우르르 꽝 하는 소리가 났다.

"천둥소린가? 번개는 안 쳤는데?"

내가 놀라 중얼거리자 누군가 대답했다.

"빙하 덩어리가 녹아 깨지는 소리래!"

돌아오는 버스에서 마우리 원주민의 조상 이야기를 들었다. 마오리족은 몽고점을 가지고 있고 한글 같은 어휘들이 많아서 한국인과 뿌리가 같을지도 모른다고 했다. 고구마는 쿠마로, 도끼는 도끼로 발음하고 돼지머리를 눌러서 잔치 음식을 만든단다.

마오리 종족이 이 나라에 정착하게 된 것은 천 년 전쯤 타이티 섬에서 식량을 찾아 남쪽으로, 남쪽으로 뗏목을 저어 간 쿠페 선장 때문이었다. 그가 처음 호키앙가 항구에 다다랐을 때 그의 아내는 "와이와이아 아오테아로아!(참 아름답구나. 낮고 긴 흰 구름의 나라!)" 하며 이 나라 이름을 지었다고 한다.

"뉴질랜드는 6·25 전쟁 참전국 중의 하나랍니다."

"아!"

이 먼 나라도 한국전쟁에 참가했었다니 우리는 모두 감격했다.

"그때 이곳 출신 군인들이 마오리족 노래 〈연가〉를 한국에 퍼트렸습니다."

'비바람이 부는 바다 잔잔해져 오면'으로 시작하는 포크송이 이 나라 노래인 것을 모두들 처음 알았다.

그날 저녁 고풍의 영국식 건물이 아담하게 모여 있는 퀸즈 타운에 도착했다. 마을을 감싸고 있는 몇 개의 산봉우리는 족장의 눈, 코, 얼굴 모양을 한 남자 거인의 모습이고 그 아래 흐르고 있는 와카티포 호수는 요염하게 다리를 꼬고 있는 여족장의 모습이라 했다. 이 산에 이름 모를 산불이 종종 일어나는데 그 이유는 호수를 바라보고 있는 이 거인이 욕정을 참지 못하여서 그렇다고 했다.

셋째 날은 피오르드 랜드에 가기 위해 아침 일찍 일어났다. 덕분에 아침노을과 떠오르는 해가 비추는 붉은 산들을 볼 수 있었다. 아침빛을 반사하는 만년설의 세모꼴 봉우리들은 금으로 만든 피라미드처럼 보였다. 서던 알프스라고 불리는 많은 산들을 지났는데 나무가 거의 없는 연갈색 야산에는 여성의 굵은 머리채같이 옹골찬 풀줄기들이 바람에 흩날리고 있었다.

"저 갈색 풀은 무엇인가요?"

"레드 투석이라고 해요. 이 지역에서 군락을 이루고 있지요."

가끔 바이올렛 색의 루핀이 나타나 지루함을 달래 주었다.

피오르드 지대가 다가오자 비가 오기 시작했다. 키 큰 고사리나무와 마로니에들이 나타났다. 갈색 고원지대에 이르자 산들이 끊기며 광활한 황금벌판이 펼쳐졌다. 어디서 많이 본 풍광이다 싶었는데 영화 속 호빗족이 살았던 바로 그 장소 같았다. 하늘과 구름과 청록색 산을 그대로 비추고 있는 거울 호수도 〈반지의 제왕〉에서 프로도와 그의 친구들이 뗏목을 저으며 건너갔던 호수와 닮아 보였다. 갑자기 친구들의 외침이 들렸다.

"야! 무지개다!"

"야호!"

그렇게 커다란 색동 빛깔의 반원을 본 것은 몇 년 만에 처음이었다.

우리는 중간에 물살이 큰 개울에 멈춰서 손으로 빙하수를 떠 마셨다. 어디서도 맛보지 못했던 신선한 맛이었다. 물이라는 존재가 마음속에 새롭게 다가왔다. 생텍쥐페리의 물 예찬도 떠올랐다.

물, 너는 맛도 색도 향기도 없다. 그러니 너는 정의될 수 없다. 그런데도 우리는 너를 알지도 못한 채 너를 맛본다. 너는 생명에 필수적인 정도가 아니라 바로 생명 그 자체이다. 너는 이 세상에서 가장 위대한 보물, 가장 섬세한 것이며, 대지의 요람에 있는 순수하디순수한 이다.

"여러분도 10년쯤 젊어지실지 몰라요"
가이드가 빙그레 웃으며 말했다.
산등성이를 처음에 곡괭이로 뚫었다는 호머터널을 지나니 웅장한 산세가 시작되었다. 비 때문에 여기저기서 실 폭포들이 생겨났다. 아래에는 청록색 나무들을 두르고 빙하지붕과 암석과 폭포들을 거느린 산들에 넋을 잃다 보니 어느덧 밀포드 피오르드에 도착해 있었다. 빙하로 만들어진 좁고 깊은 협만을 따라서 배를 타고 바다 쪽까지 빠져나갔다가 다시 돌아왔다. 바다 색깔을 띤 호수의 바위 등에는 회색 물개들이 조개처럼 박혀 있었다. 비가 많이 쏟아지기도 하고 갑자기 구름이 걷히며 청명한 하늘 아래 호수와 산의 색조가 바뀌기도 했다. 선상에서 보웬 폭포에서 떨어지는 폭포수를 맞았다.
"와우! 푸우 푸."
"그렇게 가까이서 맞으면 머리가 젖어!"
머리뿐 아니라 화장도 걱정됐지만 이 천연의 물줄기를 언제 또 만날 것인가? 얼굴에 부딪치는 물방울은 몸과 마음을 세차게 두들기며 내 안의 뭔가를 일깨웠다.

되돌아오는 길에는 계속 내린 비로 피오르드 랜드 산허리의 실폭포들이 더욱 굵은 줄기 폭포로 변해 있었다. 이만 삼천 개나 된다는 식구들이 모두 나온 것 같았다. 우리들에 대한 소문을 듣고 환영하자고 약속이나 한 것처럼 흰색 물줄기를 휘두르며 외쳐 댔다.

"키아오라!"

"키아오라!"

반지의 제왕을 제작한 피터 잭슨은 십 대 때 이곳에 와서 시나리오 작가가 되고 싶은 꿈을 꾸었다고 한다. '그도 이런 환대를 받았을까?' 하는 생각을 했다.

넷째 날은 와이테마타항으로 돌아왔다. 로토루아 호수와 랑기토토섬이 있는 곳이다. 랑기토토가 불기둥 섬, 피투성이 하늘 섬을 뜻하는 걸로 봐서 어느 날 바다에서 갑자기 시뻘건 용암이 솟구친 것을 마오리족 선조들이 목격한 것이 틀림없었다. 호숫가에서 먹이를 쫓는 흰이마제비와 큰붉은부리제비 갈매기들은 그때나 지금이나 변함이 없을 것이다. 다만 이 항구에 정박 중인 수많은 요트들은 마오리족의 슬픈 역사를 보여 주는 것 같았다. 유럽인들 덕분에 부자 나라가 됐지만 마오리족은 적은 숫자가 남아 상징적인 역할만 하고 있기 때문이다. 이 호수에 얽힌 러브 스토리가 있었다.

아레아 부족 추장의 딸 히네모네와 힌스터 부족 추장 아들

두타나카는 부족들의 축제에서 만나 서로 첫눈에 반했지만 두 부족이 앙숙이라 몰래 만나야만 했다. 두타나카가 밤마다 호숫가에서 풀피리를 불면 히네모네는 카누를 타고 호수를 건너와 그를 만났다. 그러던 어느 날 그녀는 카누를 타고 건너가다 아버지에게 발각되고 화가 난 아버지는 모든 카누를 불태워 버렸다. 다음 날 아무것도 모르는 두타나카는 그녀를 기다리며 피리를 불었고, 이 피리 소리를 듣다가 참지 못한 히네모네는 그 큰 호수를 맨몸으로 건너기로 작정한다. 그녀는 몸에 표주박 수십 개를 달고 그 멀고 먼 호수를 헤엄쳐 건너갔다. 기진맥진하여 쓰러진 그녀의 모습에 감동해서 부모들은 결국 그들의 사랑을 허락하였다.

로토루아 호수는 산속 빙하호 같지 않고 평범해 보였으나 여기 얽힌 로맨스를 듣고 나니 뭔지 모를 정취가 느껴졌다.

다섯째 날은 동물농장을 방문하기로 했다. 농장에 가는 길에 가이드가 퀴즈를 냈다.

"이 나라에서는 길 건널 때 누가 가장 우선순위가 있게요?"

"그래도 보행자 우선 아닐까요?"

"여기서는 양이 보행자보다 먼저랍니다. 양들이 건너가면 모두가 멈춰 서야 해요."

"정말로 양들이 호강하는 나라네요."

농장에서 열린 양 쇼에서는 버스 창밖으로 익숙한 롬니 말고 다양한 품종의 양들을 보았다. 메리노는 고불거리는 털이 얼마나 풍성하고 우아한지 단연 양들 중의 여왕이었다. 사람들이 메리노, 메리노 하는 이유를 알았다.

"다음엔 양털 깎기 시범이 있겠습니다."

농장 아저씨가 곱슬머리 롬니 양과 함께 등장하였다. 천진스러운 롬니를 무릎 사이에 세운 후 배를 앞쪽으로 하고 앉으니 양이 꼼짝하지 못했다. 롬니 양은 털깎기 기계에 의해 5분여 만에 사사삭 맨몸이 되었다.

"아휴 추워서 어떡하나?"

"염려 마세요. 4개월이면 다시 털이 납니다."

아저씨는 태연히 민둥이가 된 그녀를 데리고 나갔다.

"너희들 덕분에 우리가 따뜻한 양모피를 입는구나…."

우리는 민망하고 안쓰러운 마음이 되었다.

작은 오픈 버스를 타고 커다란 농장 막사를 둘러보았다. 울타리에서 친구가 먹이를 달라는 롬니에게 반해 어쩔 줄 몰라 했다.

"쟤 눈빛 좀 봐!"

양들의 눈빛은 소와 사슴 눈만큼이나 크고 맑고 순진해 보였다. 새끼들은 어느 종이나 철이 없는지 먹이도 마다하고 중구난방 뛰어다녔다. 산속 넓은 막사에서 청정한 먹이를 먹고 사는 돼지들도 부러웠다. 양몰이를 하는 두 종류 개들을 만났다.

"왕왕! 왕!"

크게 짖어 대며 몰아가는 보더콜리는 외모가 멋지고 소리가 호탕했다. 셰퍼드와 비슷한 목소리에 몸집이 좀 더 작은 털보로 흰색 몸

통에 커다란 검은 점이 박혀 있었다. 반면 매서운 눈빛으로 위협하는 검은 헌트웨이는 카리스마가 대단했다.

"……."

몸집은 작지만 째려보는 눈매는 그 많은 양들을 꼼짝없이 제압했다. 한국의 뜸북새과에 속한다는 키요우라새도 가까이서 볼 수 있었다. 깃 색깔은 꿩처럼 다채로웠으나 더 고상한 빛이었고 날씬한 타원형의 자태가 무척 예뻤다.

저녁 식사에 어린 양고기구이가 나왔다. 부드럽게 혀에서 사르르 녹는 맛이 일품이었다. 한국에서처럼 노린내가 나지 않는 것은 어려서 그렇기도 하지만 냉동 상태가 아니고 갓 잡은 생고기이기 때문이라 했다.

"너희들 이렇게 맛있게 먹을 수 있는 거니?"

양고기를 못 먹는 친구가 못마땅해했다.

"쇠고기 등심보다 나은걸?"

"낮에는 그렇게 애틋이 귀여워했으면서."

어린 양이 눈에 아른거려 뭔가 기분이 이상했지만 맛이 있다는 것은 부인할 수 없었다.

숙소에서 우리들은 밤이 깊도록 이야기를 나눴다. 십 대 시절 나를 좋아했던 남자애, 내가 좋아했던 소년들 이야기였다. 함께 사랑에 빠진 이야기는 별로 나오지 않았다.

그날 밤은 달이 지고 구름이 없어서 별들이 쏟아질 듯 나와 있었다. 북극성 없는 밤하늘은 처음이었는데 은하수는 변함이 없었다. 젖빛 줄기를 타고 남십자성과 카노푸스가 보스인 양 뽐내고 있었다.

여섯째 날은 와이토모 반딧불 동굴에 가는 날이었다. 마오리 사람들이 오랫동안 비밀히 지키고 있었던 이곳을 백여 년 전, 추장 타네 티노라우가 영국인과 함께 탐사했다고 한다.

"그래서 이곳 직원들은 모두 티노라우의 직계 후손들이랍니다."

가이드는 신비스러운 곳으로 안내할 채비를 하고 있는데 기다리는 장소의 천장과 벽들이 군데군데 비닐로 싸여 있는 것이 눈에 뜨였다. 인기 있는 관광지에 어울리지 않는 모습이었다.

"웬 비닐 천막이에요?"

"최근에 원인 모를 불이 났어요. 멋진 안내소 건물이 많이 타서 임시로 설치한 거예요."

이 동굴의 이권을 둘러싼 마오리 부족 간의 갈등이 크다는 설명이 이어졌다. 이 동굴의 비밀을 끝까지 지키고 싶었던 다른 부족들은 화가 났을 것이다.

우리는 티노라우의 후예가 노 젓는 작은 배를 타고 어둠 속 동굴로 들어갔다. 이야기하는 것이 금지돼 있어서 침묵 속에 깜깜한 공간 속으로 미끄러지듯 나아갔다. 천장에 수도 없이 반짝이는 반딧불이들이 밤하늘의 별처럼 빛나고 있었다. 작은 남십자성, 오리온, 카시오페이아 등 모든 별자리가 다 모여 있는 듯했다. 어둠에 좀 익숙해지자 이 벌레들이 먹잇감을 위해 거미줄처럼 내려뜨린 수많은 줄들이 어렴풋이 보였다. 오랜 세월 비밀에 부쳐진 이곳을 뗏목을 타고 촛불을 길잡이 삼아 처음으로 흘러 들어왔을 때, 천장을 본 사람들의 감격이 어떠했을까, 생각해 보았다.

문득 앤드루 로이드 웨버경이 이곳에 와서 뮤지컬 〈오페라의 유령)을 구상하지 않았을까 하는 상상을 했다. 영국인 프레드가 추장 티노라우와 함께 촛불을 밝히며 노를 저어 갔을 장면은 크리스틴과 팬텀이 작은 배를 타고 신비한 지하로 건너가는 모습과 흡사했을 것 같아서였다.

마지막 날 오전 여정은 레드우드 숲속 삼림욕이었다. 향긋한 나무 향을 맡으며 키 큰 고사리나무와 하늘로 치솟은 레드우드 사이에 들어섰다. 레드우드는 우리나라 말로 아름드리 붉은 나무인데, 이 외에도 라디아타 소나무와 카오리 나무로 이루어진 숲이었다.

"레드우드는 날씨가 화창하면 매년 1.8미터씩 자란답니다. 3세기를 거치면 100미터 이상의 거목으로 자라지요."

가이드가 식물학자처럼 이 거인 나무에 대해서 얘기해 주었다.

레드우드가 빙하시대 이전부터 북반구를 지배했다고 하니 이 원시적인 숲속에선 어디선가 티라노사우루스나 크로노사우루스가 걸어 나올 것만 같았다. 한없이 숲을 걷고 싶었는데 머무를 수 있는 시간이 너무 짧았다.

오후에는 마오리족 마을을 방문했다. 유황 간헐천이 있는 테푸이아 마을에서는 다 함께 유황 온천수 목욕을 했다. 구전에 의하면 이곳 마오리 부족은 쿠룽가이투쿠(선녀)에 의해 오래전 이 계곡으로 들어왔다고 한다. 쾨쾨한 유황 냄새와 함께 군데군데서 연기가 피어오르며 온천수가 갑자기 분수처럼 솟구치기도 하니 그야말로 신비한 선녀 나라 풍경이었다.

가이드는 그곳 사람들을 만나면 코를 두 번 비비며 인사하라며 또 다른 마우리어語도 알려 주었다.

"테나 코에."[2]

여자들은 '항이' 음식을 준비하거나 조개와 녹석綠石으로 목걸이 만드는 일을 하는 것 같았다. '항이'란 땅에 구멍을 파서 불에 달군 돌을 놓고 그 위에 채소와 고기를 넣은 뒤, 거적을 덮고 물을 뿌려 올라오는 증기로 음식을 만드는 방식이었다.

우리는 만찬을 들며 마오리족 민속춤을 관람했다. 그중에서 남성들로만 구성된 하카춤이 단연 인기였는데, 조상으로부터 구전되어 온 출전出戰 의식이라고 했다.

건장한 사내들의 그을린 팔뚝에는 감청색과 벽돌색 문양의 신비한 문신들이 새겨져 있었다. 근육질 상반신을 그대로 드러내고 목에는 옥색 장신구와 상아 목걸이를 걸쳤는데, 그중에는 꽁지머리를 한 서구적인 얼굴도 보였다. 사나이들은 아마亞麻 식물 줄기로 만든 치마 비슷한 것을 두르고 박자에 맞춰 세차게 손으로 허벅지를 때렸다.

"쿰바타 쿰바타!"

커다란 외침과 함께 반복되는 음절을 노래하면서 혀를 아주 쑤욱 내밀며 눈을 부릅떴다. 흰자위가 많이 보이는 위협적인 눈매는 살기등등해서 적에게 겁을 잔뜩 주려는 것이 분명했다. 이렇게 호탕하고 씩씩한 사람들이 결국 12년 전쟁 후 항복을 하게 되었다니…. 유럽인들의 총에는 대항할 수 없었을 것이다. 마오리 45부족이 영국에게

---

2. 환영합니다.

주권을 양도한 와이탕이 조약으로 이어지면서.

남녀 마오리 합창인 카파하카 공연은 선율이 우리나라 민요인 것처럼 친숙하고 감미로웠다. 로토루아섬의 러브 스토리를 담고 있는 연가는 우리도 함께 불렀다.

포 카레 카레 아-나- 나와 이오로토 루아
위 티아 투코 헤 히네 마리오 아나에
에히네이 호키 마이라
카 마테아 아우이 테 아로아에

(로토루아 호수엔 폭풍이 불고 있지만
그대가 건너가면 그 바다는 잔잔해질 거예요.
그대여 내게로 다시 돌아오세요.
너무나 그대를 사랑하고 있어요.)

8

월하정인

10월의 신부

　그날은 코발트 빛 하늘도 신부처럼 청아하게 단장을 했다. 여고 동창 친구가 처음으로 딸을 시집보내는 날이었다. 이날을 축하하는 듯 공기는 따사롭고 햇살은 눈부셨다. 신촌 도로변의 가로수를 따라 보라색, 노랑, 연분홍 꽃들도 한 다발 가득 꽂혀 있었다.

　30분 정도 미리 도착하려고 전철역에서 예식이 열리는 동문회관까지 부지런히 걸었다. 배고픈 것을 못 참기 때문에 미리 식사를 하고 예식을 차분히 보려는 참이었다. 제일 먼저 도착했을 거라고 생각했는데 벌써 하객들이 줄 서 있었다. 친구는 멀리서도 금세 알아볼 수 있었다. 진분홍 치마저고리를 차려입은 우아한 모습이 오늘의 주인공인 듯싶었다. 친구 남편과 처음으로 인사를 나누었다. 진짜 주인공을 찾아서 신부 대기실로 가 보았다.

　신부는 처음 만났으나 무척 익숙한 얼굴이었다. 처음 만난 신부를 스마트폰에 담으려 구도를 잡는데 순백의 드레스를 입은 아가씨가 영락없이 고교 때 친구 모습이었다. 오래전부터 알고 지낸 사이처럼 친근감이 생겨서 나란히 앉아서도 한 컷 찍었다.

웨딩마치 출발선에 서 있는 신부와 아버지는 언제 보아도 감동이다. 신부의 설렘을 감지하며 바라보던 때가 많았는데, 그날은 유독 신부의 연분홍 부케 너머로 친구 남편의 떨림이 느껴졌다.

"다음엔 신부 입장이 있겠습니다. 하객 여러분들은 모두 자리에서 일어나 주시기 바랍니다."

한 테이블에 모여 앉은 여고 동창들이 모두 일어섰다. 조명 속에서 쏟아지는 갈채에 긴장한 두 사람의 스텝이 잘 맞지 않았다.

"신부 입장 때 기립박수는 처음이네. 보통 끝날 때 하는 것 아니니?"

한 친구가 다시 자리에 앉으며 얘기했다.

"예식에 따라 조금씩 다른 거겠지!"

또 한 친구가 응답했다.

오늘 모여 찬송함은 형제자매 즐거움 거룩하신 주 뜻대로 혼인 예식 합니다.

베토벤의 환희의 송가 선율이 울려 퍼졌다. 〈기뻐하며 경배하세 영광의 주 하나님〉 찬송가처럼 그 가락에 결혼 예식 가사를 붙인 것이었다.

오 벗들이여, 더욱 기분 좋은, 좀 더 기쁨에 넘친 것을 노래하자꾸나.

베토벤의 원래 가사도 오늘 분위기와 어울릴 것 같았다.

성경 봉독이 이어졌다. 단란한 가정의 모습을 담은 구절이었다.

네 집 안방에 있는 네 아내는 결실한 포도나무 같으며 네 식탁에 둘러앉은 자식들은 어린 감람나무 같으리로다. 너는 평생에 (…) 네 자식의 자식을 볼지어다.

"아름다울 때뿐 아니라 아름답지 않을 때에도…."

신랑은 진지하게 혼인 서약을 읽어 나간 후 그 약속을 확증하는 자필 서명과 키스를 했다. 힘차게 사인을 하는 신랑의 펜 끝에서 울창한 포도나무가 그려지는 것 같았다. 신랑의 뽀뽀를 받는 신부의 볼에서는 금방이라도 감람열매가 열릴 것 같았다.

"존경스러울 때뿐 아니라 존경스럽지 않을 때에도…"

친구 목소리가 들려 순간 깜짝 놀랐다. 알고 보니 친구가 아니라 천진스러운 신부 목소리였다.

'목소리까지 빼닮다니!'

"나에게 사랑할 능력이 없을 때에는… 하나님의 사랑을 의지하여…"

나도 잠시 진지하게 사랑의 정의를 생각해 보았다.

부모에게 넙죽 큰절을 하는 신랑에게서 깊은 감사를 표현하고자 하는 마음이 느껴졌다. 신부와 어머니가 서로 껴안으며 인사를 나눌 때 신부가 어머니 등을 오래오래 토닥이는 것을 보았다. 친구가 딸 같고 신부가 어머니처럼 느껴졌다. 친구의 눈가가 젖어 있을 것 같았다.

사회자가 무병장수의 복과 함께 새 가정을 선포하자 10월의 신랑 신부는 팔짱을 끼고 첫걸음을 내디뎠다. 우리도 그 발걸음에 한껏 박수갈채를 보내며 자녀의 자녀를 보는 복을 기원했다.

나는 점심을 미리 먹었지만 늦게 온 다른 친구들을 따라 다시 연회장에 들어갔다. 친구들이 푸짐히 식사하는 동안 나는 느긋하게 디저트를 먹었다. 다섯 명의 여고 동창들은 그냥 헤어질 수 없었다. 2차를 위해 근처에서 찻집을 찾아보기로 했다.

밖으로 나오니 햇살은 더욱 밝고, 파란 바탕에 흰 구름이 두둥실 떠 있었다. 축복이 쏟아지는 것 같은 드높은 하늘은 왠지 낯이 익었다. 30년 전의 그 하늘, 그 구름과 흡사했다. 나도 10월의 신부였던 것이 생각났다.

우리들은 커피숍에 둘러앉았다. 피로연에서 맥주를 한잔 마신 데다가, 허물없는 동기끼리 모여서인지 마음이 부풀어서 하염없이 이야기꽃을 피웠다. 아들, 딸 근황에 이어서 연로한 친정어머니 보살피는 이야기로 넘어갔다. 지금은 여기저기 아프지만 그분들이 젊었을 때 여고생이던 우리를 얼마나 큰 열정으로 거두었는지 회상했다.

"울 엄마 무척 극성이었지? 체력장 과외를 시키질 않나."

"맞아, 맞아, 그랬어!"

　서로 맞장구를 치다가 그분들 처녀 적 혼담에까지 거슬러 올라갔다. 창밖에는 대학 캠퍼스 뒷문에서 쏟아져 나온 여대생들이 조잘대며 걸어가고 있었다. 신부 어머니들의 어머니가 10월의 신부였던 때 이야기는 좀처럼 끝이 나지 않았다.

쨍하고 볕 든 날

친구들과 약속을 잡은 날은 공기가 청명하고 볕이 좋았다. 예전 같으면 4월에 이런 날이 드물지 않았는데 올해는 3월 중순부터 희끄무레한 날이 계속되어서 그날은 특별한 날이었다. 약속 장소인 여의도로 가면서 자꾸 '쨍하고 해 뜰 날 돌아온단다'라는 노래가 떠올랐다. 노력하면 안 되는 일 없고, 힘겨운 인생 구름 걷히며 산뜻한 날 돌아온다는 가사였다. 인생살이에 소망을 주려는 내용과는 상관없이 노래 제목처럼 오랜만에 쨍하고 해가 떴기 때문이었다.

잔뜩 욕구불만 속에 있는 나를 달래려고 이렇게 눈부신 날이 찾아왔나, 싶었다.

'봄꽃은 화사한데 배경이 이렇게 희끄무레하다니….'

'따사로운 햇볕 아래 어디 맘껏 숨을 쉴 수가 있어야지?'

아침마다 투덜대며 출근했었다. 미세먼지 나쁨과 구름 낀 나날 내내 침울해서, 「파리의 우울」이라는 산문시를 썼던 보들레르도 이런 4월에 그 시를 쓰지 않았을까 생각했다.

약속 장소에 이르니 여기저기서 벚꽃들이 환하게 피어 있었다. 갓 피어난 꽃은 아직 상춘객들에게 시달리지 않은 듯 산뜻한 분홍빛이었다. 미리 도착해서 전경련회관의 레스토랑으로 올라가기 전에 빌딩 둘레를 한 바퀴 걸었다. 점심시간에 나온 회사원들의 표정이 유난히 밝게 느껴졌다. 청아한 공기가 모든 사물을 더욱 빛나게 하는 것 같았다.

브런치로 유명한 그 레스토랑은 조망 좋은 50층에 있었다. 점심을 먹으려고 많은 사람들이 줄까지 서 있어서 이곳의 인기를 실감했다. 마침 두 친구를 입구에서 만나 함께 들어가니 저만치 창가에서 먼저 도착한 친구가 흰 블라우스에 파랑 스카프를 휘날리며 우리에게 손을 흔들었다.

전망 좋은 창 바로 옆 자리는 미리 예약하지 않으면 차지할 수 없다고 했다. 태양광을 이용한 유리 천장 아래 테이블마다 꽂혀 있는 생화를 보니 남프랑스 어디에라도 온 기분이었다. 맨드라미와 비슷하게 도톰한 노란 꽃을 보며 네 사람 모두 이름을 궁금해했다.

파란 하늘을 바탕으로 두둥실 떠 있는 구름도 참으로 오랜만이었다. 초등학교 시절 사생대회에서는 당연한 것처럼 이렇게 그렸었는데, 요즈음 아이들은 하늘을 어떻게 그릴까, 하는 생각을 했다. 창 아래로는 사방의 서울이 내려다보였다. 저 멀리 북한산의 능선도 선명하게 눈에 들어왔다.

"이쪽에 국회의사당이 있으니 저기가 목동이네."

"그럼 저쪽이 강남이고."

우리는 집을 멀리 벗어난 것처럼 창가에서 자신들 동네 방향을 가늠해 보았다. 파스타를 날라 오는 앳된 여성의 차림새도 머리 수

건과 앞치마를 두른 것이 유럽풍이었다.

"그런데 너희 이 레스토랑과 이름이 같은 〈세상의 모든 아침〉이라는 영화 있었던 것 알아?"

"그런 영화가 있었어?"

"응, 뚜 레 마땅 드 몽드!"

친구는 천천히 프랑스어 발음까지 했다.

"그럼 그 영화에서 상호를 따왔을까?"

"그건 모르겠는데, 애 아빠랑 데이트 시절 그 영화 봤었어."

"브런치 먹는 풍경이 있어?"

"아니. 바로크 시대 악기 비올에 대한 음악 영화야. 나는 감동하며 보았는데 남편은 옆자리에서 코를 골았어."

"그렇게 매너 있는 너희 남편이? 그날 일을 많이 했었나 보다."

화창한 날 근사한 레스토랑에 앉아 있으니 우리도 현대판 어떤 영화 속 주인공이 되는 느낌이었다.

"오늘 날씨와 너 스카프 어울려. 딱 지금 하늘 색깔이네!"

한 친구가 푸른색 패션의 친구를 칭찬해 주었다.

"이거 캄보디아에서 산 거야. 딸이랑 봉사활동 가서."

나는 그 멋진 스카프가 서울의 어느 백화점 상품이 아닌 것이 의외였는데 수험생이 있는 옆 친구는 다른 것을 더 궁금해했다.

"무슨 봉사 갔었어? 여름방학도 아닌데."

"봄방학 때 짧게 갔어. 혜진이가 요리를 잘하잖아. 무료급식 프로젝트!"

자녀들 대학 준비에 바쁜 두 친구는 진학을 위한 자기소개서 이야기로 넘어갔다. 아이들 입시 경쟁이 점점 치열해진다며 내게 몇 가지 조언을 구하다가 화제가 다시 쇼핑으로 돌아왔다.

"캄보디아에서 이렇게 세련된 것을 팔아?"

"거기 없는 것 없어!"

푸른 스카프를 두른 친구는 가방에서 주섬주섬 스카프 몇 개를 꺼내더니 짠 하고 테이블에 펼쳐 보였다. 파랑, 초록, 흰색, 보라 등 원색 스카프들이 창에서 들어오는 빛을 받아 찬란했다.

"골라 봐! 실크야."

"뭐야? 보따리장수도 아니고. 우리 선물하는 거야?"

"응! 너희 주려고 많이 샀어."

"와! 정말 골라도 돼? 색깔 죽인다."

"그렇게 비싸지 않았어. 걱정 마."

"이거! 난 초록이 좋아."

나는 누가 고를세라 화려하면서도 차분한 녹색 실크 스카프를 집어 들었다.

"비행기 시간에 쫓겨 빛의 속도로 샀지!"

친구가 이국의 가게에서 여러 스카프를 재빨리 고르는 모습을 상상해 보았다. 친구가 갑자기 멋있어 보였다. 다른 친구들도 '역시 혜진 맘, 후하고 센스 있어!' 하는 표정이었다. 공짜 선물에 약한 건지, 스카프에 약한 건지 우리 모두는 기분이 좋아졌다. 그 친구는 단숨에 우리 셋의 인기를 독차지했다.

갑자기 옆자리의 친구가 목이 탄다며 웨이트리스를 불렀다.

"얼음물 좀 주세요."

"저도요."

다들 따라서 얼음을 주문했다. 볕이 좋아서 그랬는지, 실크 스카프를 고르느라 열기가 올라왔는지 우리 모두는 얼음물을 계속 들이켰다.

집에 오는 길에 마음이 들떠서 여러 번 초록색 스카프를 만져 보았다. 노획물을 얻어 승전하고 돌아오는 기분이었다. 도착하자마자 어울릴 만한 코트를 찾아 여러 모양으로 휘감으며 패션쇼를 했다. 아침에 집을 나설 때는 쾌청한 날씨만으로 충분히 기쁜 날이라고, 이런 날을 한껏 누려야겠다고 생각했다. 그런데 아무래도 쨍한 햇볕보다는 뜻밖에 얻은 스카프 한 장으로 행복한 봄날 오후였다.

월하정인

    1970년도에 만들어진 서울역 부근 고가도로가 올봄에 사람 길로 탈바꿈했다는 보도가 한창이었다. 한 달에 한 번 만나는 고3 반 동기 모임에서 6월에 이곳 이야기가 우연찮게 나왔다. 우리들도 그 고가도로가 전성기의 위용을 뽐내던 1970년대에 만나 꿈 많은 십 대를 함께했었다. 다음 달에는 7017 서울로를 탐방하기로 했다.

    우리가 모였던 7월의 토요일엔 종일 비가 내릴 거라고 했는데 새벽에 흠씬 와 버린 까닭인지 가랑비만 오락가락했다. 서울로가 시작하는 곳에 있는 만리동 서울화반에서 우선 모이기로 했다. 유명한 셰프가 계절에 따라 별미 비빔밥을 선보이는 곳이었다. 취향에 따라 멍게 비빔밥과 산채 비빔밥을 주문했다. 막걸리가 반주로 딸려 나왔는데 바나나 막걸리, 치즈 막걸리로 처음 보는 종류였다. 바나나 막걸리는 조금은 주스 맛이 가미된 듯 술맛이 엷었다. 다 함께 잔을 기울이며 인증 샷을 찍었다. 신선한 야채 위에 얹어진 노르스름한 멍게는 무척이나 구미가 당겼고, 맛도 산지 직송인 듯 싱싱했다.

오랫동안 미국에서 살다가 최근에 귀국한 친구까지 합류했다. 몇 십 년 만이냐며 서로 인사를 나누고, 너 옛날 그대로다, 하나도 안 변했다는 말이 왁자지껄 오갔다. 서울화반을 못 찾아 이쪽과 카톡을 주고받으며 헤매고 있던 친구 셋은 나중에야 나타났다.

서울화반 찾는 이야기에서부터 시작해 1차 수다를 떨고 식사를 마치자, 열 명이 넘는 친구들이 산보 길에 나섰다. 비가 더 오는 것 같아서 모두들 비옷을 챙겨 입었다. 등산을 하는 친구가 여러 색깔의 비옷을 네 개나 더 준비해 왔다. 우리가 노랑, 빨강, 초록, 흰색의 알록달록한 비옷을 덧입고 우르르 밖으로 나가니 카운터에 있던 젊은이의 눈이 휘둥그레졌다. 중년 여성들이 색깔이 요란한 비옷을 걸치고 떠들썩하게 나가서 관심을 끈 것 같았다.

옛 차도를 걸어서 올라가니 재미있기도 하고 낯설기도 했다. 여기저기 커다란 원형의 콘크리트 화단 안에 나무며 식물들이 심겨 있었다. 갓 심긴 나무들 이파리가 축 처져 있어서 안쓰럽게 바라보는데 뒤에서 굵직한 목소리가 들렸다.

"단단히 준비들 해 오셨네요."

뒤돌아보니 제복을 입고 서부 영화 스타일의 모자를 쓴 중년 남자가 우리를 보고 있었다.

"비가 많이 온다고 해서요."

한 친구가 설명해 주었다.

"저희들 비옷 좀 요란하죠? 여기서 뭘 하고 계세요?"

활달한 친구가 대화를 이어 갔다.

"안내와 안전 관리를 하고 있습니다."

그는 안내하는 어조로 친절하게 말했다.

"말하자면 보안관이시네요?"

"그런데 여기서 무슨 안전을 신경 쓸 게 있나요? 차도 안 다니는데."

이번엔 내가 궁금해서 물었다.

"그게 사실은요…."

그 사람이 잠깐 머뭇거리자 다른 친구가 소곤거리며 말했다.

"전에 여기서 뛰어내린 사람이 있었대."

"진짜? 언제?"

우리들 몇이서 놀라 웅성거리니 그 사람이 차분히 설명해 주었다.

"개장 초기에 그런 일이 있었어요. 여기서 멀지 않은 바로 저쪽에서요."

그는 만리동 쪽 난간을 가리키며 카자흐스탄에서 온 젊은이였다고도 알려 주었다.

"실연했었을까?"

"아니, 생활고 때문이었대. 서울서 살아 보려고 애쓰다가."

한 친구가 신문에서 읽은 것을 이야기해 주었다. 코리안 드림이 좌절된 이국인의 애환을 느끼며 우리는 잠시 말없이 걸었다.

가며가며 못 보던 나무들이 나타났다. 나무들과 그 밑에 적힌 이름들을 대조해 보았다. 서울로의 나무들이 너무 작은 화단에 심겨져서 식물 학대가 아닌가 하고 누군가가 쓴 칼럼이 생각났다. 그런데 말라 가는 나무들만 있는 것은 아니고, 제법 뿌리를 내린 싱싱한 나무들도 있었다. 키 큰 나무들을 볼 때면 밑동의 콘크리트 화단 깊이를 가늠하며 뿌리가 마음껏 못 뻗겠구나 하는 걱정도 하고, 수국이나 작약처럼 키 작은 식물을 보면 잘 살겠구나 하며 안심도 했다.

장미 구역에는 여러 종의 장미 화단이 있었다. 겹 많은 분홍 덩굴장미가 높게 원통형으로 심겨 있었는데 우아한 모습이 처음 보는 품종이었다. 키 작은 붉은 장미도 싱싱하고 화려해서 어느 정도 서울로의 위신을 세워 주는 듯했다. 다리 위에 자리 잡은 스낵 집은 상호도 예쁘게 장미김밥이었다. 다음번엔 그 집에 들어가 어떤 김밥들이 있나 맛을 봐야겠다고 생각했다.

조금 지나니 연꽃과 수련 푯말이 나타났다. 원형 콘크리트 안에 앙증맞게 작은 연못을 만들고 그곳에 각각의 수중식물을 심어 놓았다. 연꽃과 수련의 다른 점을 예전엔 알았었는데 명확히 떠오르지 않았다. 연꽃은 잎사귀만 볼 수 있었고, 수련은 아주 작은 꽃봉오리가 올라오고 있었다. 피지 않은 봉오리를 둘러싼 넓은 잎들은 선명하게 연노랑, 연두색, 주황색을 띠며 수면에 떠 있었다. 호수 가운데 있는 것은 아니지만 청아함과 고고함이 느껴졌다. 수련을 즐겨 그렸던 클로드 모네가 생각났다.

희귀한 나무들을 심어 놔서 도심의 수목원이 되겠다는 생각도 하고, 좀 빈약한 화단에 실망도 하며 걷는데 저쪽에서 명쾌한 목소리가 들려왔다. 피켓은 없지만 지방 사투리로 열심히 설명하는 것이 투어 가이드인 것 같았다. 그를 따라다니는 사람들은 호기심이 가득해 보여 마치 프랑스 파리의 유명 장소에라도 와 있는 듯했다. 서울로가 뭐 볼 게 있담, 하고 생각하던 나는 주춤했다.

먹걸리 장터가 있다고 하는데 이른 저녁을 먹은 친구들은 그곳을 찾을 의향이 전혀 없어 보였다. 어디선가 차를 마시자고 의견이 모아졌다. 퇴계로 쪽으로 걷다 보니 고층 호텔의 3층 커피숍이 이곳 고가도로와 구름다리로 연결돼 있었다.

우리가 비옷을 개켜 가며 우르르 들어서니 그렇지 않아도 한적한 커피숍에서 사람들의 시선을 끌었다. 인원이 많아서 손님들에게 눈치 보일까 봐 직원의 도움을 청했다. 함께 의자들을 모아 타원형의 큰 원탁을 두개 만들고 빙수와 커피를 주문했다. 아까 못다 한 2차 수다가 이어졌다.

나는 최근에 재건축이 완성되어 이사한 친지의 옆 동네 사는 동기에게 말을 걸었다.

"너희 단지는 재건축 안 하니? 새로 입주한 옆 단지는 무척 올랐다더라."

"우리는 기약이 없어. 그곳 재건축하면서 그 많던 고목들이 모두 잘렸대."

"와우 아깝다. 그늘을 주는 큰 나무들을 살릴 수 없었을까?"

"문제는 새들이 둥지를 잃어서 자꾸 우리 동네 베란다를 기웃거려."

"어머 너무 가엾다!"

"가엾은 녀석들이 둥지 틀려고 실외기 옆에다 매일 뭘 물어 왔어."

"둥지 틀 나무가 얼마나 없었으면."

"가슴 아프지만 열심히 쫓아냈지. '어이 딴 데 찾아봐' 하면서. 에어컨 켜면 둥지가 부서지니까."

나무 속 터전을 잃은 새들, 길고양이 이야기 등 자연보호 쪽으로 가다가 누군가 유명 연예인 얘기를 꺼냈다. 여배우의 은밀한 연애담은 스릴 만점이었다. 모두들 넋을 잃고 듣는데 한 친구가 미국에서 온 동기에게 눈을 찡긋하며 말했다.

"우리 모이면 이런 이야기 나눠. 별로 고상하지 않지?"

화제는 자연스럽게 연속극으로 넘어가서, 미국 드라마와 한국 드라마를 오갔다.

"우리 딸은 미드 보면서 꼭 나를 불러. 같이 보자고. 한국 드라마는 재미없대."

외동딸을 둔 친구가 이야기를 꺼내자 미국에서 온 친구가 눈이 둥그레졌다.

"미드가 뭐야?"

"미국에서 온 애가 미드를 모르네!"

"유행어니까 당근 어렵지. 미국 드라마의 준말이야."

한 친구가 재미있다는 듯 놀리자 다른 친구가 친절히 알려 주었다.

"그렇구나. 나 못 알아듣는 한국말 많아."

그 친구는 우리들에게 양해를 구했다.

"그동안 한국에 미드 폐인이 많아져서 문제란다."

"미드 팬이 불어나는 것은 당연하지 않니? 워낙 이야기 속도가 빠르고 재미있으니까."

미국에서 온 친구는 단어를 조금 잘 못 알아듣고 말했다.

"미드 팬이 아니고 미드 폐인! 미드 보느라 폐인 된 사람들. 미드가 중독성이 강해서.”

한 친구가 정정해 주었다.

“아이고 창피해. 나 못 알아듣는 말 너무 많네.”

“괜찮아. 괜찮아. 미드 폐인이나 미드 팬이나 매한가지지. 미드를 좋아하는 사람들!”

미국에서 온 친구가 난감해하자 다른 친구가 다독거려 주었다.

“나 요새 주말드라마 〈비밀의 숲〉 본다.”

교수인 친구가 한국 연속극으로 넘어갔다. 드라마를 잘 안 보던 친구가 본다 하니 다들 호기심이 생겼다.

“볼만해?”

“응 괜찮아. 검사들 이야긴데 조승우 연기 끝내주니깐.”

“나는 〈아빠가 수상해〉 보는데.”

“그런데 〈아빠가 수상해〉는 막장 아닌가?”

“제목은 그래도 전혀 막장 아니야. 볼만해.”

제일 바쁜 친구 한 명이 또 〈비밀의 숲〉을 본다 하니 다들 앞으로 그것을 보려는 쪽으로 기울었다.

“8회나 지나가서 이해하기 쉽지 않은데… 아! 지금 집에 가야 한다. 그거 9시에 시작해.”

친구는 우리가 스토리를 이해 못 할까 봐 긱정하다가 갑자기 자리에서 일어섰다. 그러자 모두들 덩달아 〈비밀의 숲〉을 볼 기세로 부랴부랴 자리를 떴다. 서둘러 카페 밖으로 나온 우리는 한참을 입구에 서서 지하철 어느 노선을 탈지 생각해야 했다. 회현역과 서울역 두 갈래 방향으로 헤어진 후 고가 위에서 새롭게 펼쳐진 밤 풍경을 바라보며 두 무리의 수다가 이어졌다. 나는 두 군데 역이 모두 가능해서 어느 쪽으로 갈까 망설이다가 친구들을 놓쳤다. 혼자 회현역 쪽으로 걸어가는데 고가도로가 왠지 낯이 익었다. 몇 해 전 뭘 배우려고 학원에 갈 때 택시 타고 내려가던 차도였다. 늘 차 타고 지나던 거리를 직접 걸어가니 감회가 새로웠다.

카톡을 열어 보니 서울역 쪽으로 걸어간 친구가 분수대 야경 사진을 보내왔다. 화려한 분수를 보려면 서울역 쪽으로 가야 했나 보다. 다른 친구가 연꽃과 수련의 차이점도 보내왔다. 연은 꽃이 수면보다 높이 솟아올라 피는 정수식물이고, 수련은 잎과 꽃이 모두 수면에 펼쳐진 부수식물이란다.

비가 좀 더 오기 시작했다. 내리막길의 고가에는 감나뭇과에 속하는 감나무와 고욤나무가 심겨 있었다. 희뿌연 비안개와 조명등 때문에 나무들이 신비한 분위기를 풍겼다. 연인처럼 보이는 커플이 우산을 함께 쓰고 지나갔다. 처음 들어 보는 나무 이름들을 건성으로 읽으며 걷는데 도로의 마지막쯤에 계수나무 푯말이 나타났다.

'어머, 계수桂樹나무네!'

동요 속에서 은하수와 반달과 나란히 등장하는 그 나무가 반가워 가까이 가 보았다. 찬찬히 들여다보니 잎사귀도 하트 모양이었다.

맑게 갠 날 검푸른 밤하늘에 상현달이 떴을 때 이곳 계수나무는 어떤 모습일까, 생각해 보았다. 서울의 연인들이 달빛을 받으며 이 나무들 사이에서 이야기를 나눈다면….

문득 조선시대 화가 신윤복의 「월하정인月下情人」이 떠올랐다. 그림에서는 초승달 아래 희미한 담장에서 삿갓과 장옷차림의 커플이 애틋하게 만나고 있다. 이곳 계수나무 아래서도 달밤에 서성거리는 서울로의 월하정인이 많으리라는 생각을 했다.

소마 미술관의 프시케

소마 미술관은 유명 전시회가 늘 열려서 언젠가는 꼭 가 보고 싶은 곳이었다. 소마라는 이름도 예쁜 우리말인 것 같아 마음에 들었다. 마침 이번에 테이트 누드전이 그곳에서 열린다 해서 시간을 내기로 했다. 영국 국립 테이트 미술관의 누드화와 사진을 전시하는 행사였다. 신문에서 대중의 뜨거운 관심을 소개하는 기사를 여러 번 보았다. 스타 발레리노가 로댕의 「키스」 조각상에 대하여, 중견 작가가 「프시케의 목욕」에 대하여 적은 글을 읽으면서 기대감이 커졌다.

미술관이 위치한 올림픽공원은 지하철 8호선 몽촌토성역에서 가까웠다. 웅장한 날개를 펼치고 있는 평화의 문으로 들어서니 전혀 다른 모습이 시야에 들어왔다. 갈색의 널따란 토성과 그 아래로 빙 둘러 있는 연못이었다. 뜻밖의 늦가을 정경에 마음이 시원해졌다.

그런데 미술관 입구에 다다랐을 때 내가 기대했던 프시케 조각상이 보이지 않았다. 신문에서 미술관 앞에 서 있는 그녀의 동상을 본 기억이 분명한데 의아했다.

평일이고 전시회 후반이라 그런지 사람들은 많지 않았다.

「프시케의 목욕」은 들어가자마자 고풍스러운 액자 속에서 나를 맞이했다. 머릿속에 그녀의 서 있는 조각상 이미지가 강해서인지 그림으로 봐서는 감동이 약했다.

'조각상을 보려면 초기에 왔어야 했을까? 미리 철수한 걸까?'

머릿속에서 여러 가지 추측을 하다가 「테우케르」라는 남자 청동상이 나타나 멈추었다. 그리스 최고의 궁사가 활을 쏘고 있는 전신의 모습이었다. 나도 여러 여성 관람객 틈에서 무심한 척 생동감 있는 근육질 몸매를 한동안 바라보았다.

존 밀레이의 「의협기사」 앞에서는 한참을 서 있었다. 초승달만 비추는 어두운 숲속에 젊은 여성이 커다란 나무 뒤로 두 손을 묶인 채 서 있는 그림이었다.

발가벗은 그녀의 몸을 곱슬곱슬한 긴 머리채가 감싸고 있다. 한 젊은 남성이 나무 뒤로 접근해서 긴 창으로 포승줄을 자른다. 여성은 고통 속에 너무도 지쳐 있는 듯 그 사람이 온 것을 아는지 모르는지 다른 쪽 땅만 내려다보고 있다. 땅에는 그녀의 스카프가 나뒹굴고, 기사의 철갑에 감싸인 단단한 몸매와 그녀의 드러난 부드러운 육체가 신비한 대비를 이룬다.

그 시대에 정말로 고아와 과부를 보호하고 어려움에 처한 처녀들을 돕기 위한 '의협기사단'이 있었나 보다. 화가가 이들의 활동을 묘사한 것이라는데, 이 장면 이후로 로맨틱한 다음 이야기가 펼쳐질 것 같은 분위기였다.

문득 인문학 강의 때 들었던 교수님 이야기가 떠올랐다. 그 시대

화가들은 신화와 이야기 속 인물을 빌려서 여성의 누드를 그렸다고 했다. 교수님의 부연 설명은 재미있었다.

"그래야 여성의 아름다운 몸을 어떤 비난 없이 마음 편히 그릴 수 있었죠."

"아하, 그랬군요."

"그래서 마네가 「풀밭 위의 점심 식사」를 그렸을 때 사람들은 당혹스러워했어요. 일상 풍경 속에 누드가 당돌히 표현되어 있어서…"

네빈슨의 「몽페르나스 스튜디오」는 파리 도심 속 화실의 모습이었다. 이젤 옆 탁자에 놓인 귤과 바나나가 창가의 고양이와 함께 친밀감을 주었다. 여성 모델이 바라보는 파리의 빌딩들은 스튜디오의 까만 커튼 사이에서 하늘색 지붕을 밝게 드러내고 있었다.

전시실 내부에서는 사진 촬영이 금지되었지만 다른 전시실로 이동하는 복도에 포토 존이 마련돼 있었다. 전시 중인 윌리엄 스트랭의 「유혹」을 본떠서 에덴동산의 이야기를 이브가 빠진 채로 크게 그려 놓았다. 사람들이 이브가 되어 아담에게 사과 하나를 건네는 포즈를 취하며 재미있어했다.

만 레이의 「물고기자리」는 큰 참치 같은 물고기와 여성이 나란히 유영하는 듯한 그림이었다. 참치는 사실적으로, 기다랗게 야윈 여성의 몸매는 만화 스타일로 묘사되어 있었다. 초현실주의라는데 뭔가 흥미로운 느낌을 주었다.

그뤼베의 「욥」은 나치 점령하의 프랑스인에게 희망을 주려는 의도로 그려졌다고 했다. 한 손으로 머리를 괴고 있는 남성의 모습에서

로댕의 「생각하는 사람」이 떠올랐다.

「너에게 마지막으로 했던 말은 날 버리고 떠나지 마였다」라는 참으로 긴 타이틀이 붙은 사진도 있었다. 이 작품 속에는 오두막집의 구석진 곳에서 등을 돌린 채로 고개를 숙인 알몸의 소녀가 있었다.

로댕의 「키스」는 마지막 방에 배치되어 있었다. 커다란 흰색의 남녀 조각상이 조명 아래 열렬히 포옹하고 있는 모습이었다. 대리석이지만 두 사람이 실제로 사랑의 열기를 내뿜는 것처럼 어떤 에너지가 느껴졌다. 로댕의 예술혼일 거라는 생각이 들었다. 사람의 육체보다 조각해 놓은 몸이 더욱 아름다울 수도 있구나 하는 생각을 했다.

이 조각상도 1900년 초기에는 미국의 공공장소에서 전시되지 못했다고 하는데, 우리나라도 요사이에 와서야 다채로운 누드전이 열리는 것 같다.

프시케 동상을 못 본 것이 못내 아쉬워서 출구에 있는 스태프에게 물어 보았다. 원래부터 그녀의 조각상은 없었고 그림만 있었다는 대답을 들었다. 어떻게 프시케 상像이 서 있을 것이라는 엉뚱한 추측을 했을까 생각하며 미술관을 나왔다.

곧장 지하철 타러 갈 엄두가 나지 않아서 인접한 찻집에 들어가 한숨을 돌렸다. 몽촌 호수가 바라보이는 전망 좋은 곳이었다.

도록을 읽어 보니 「프시케의 목욕」은 그녀가 궁전에서 큐피드를 기다리며 막 목욕하려는 찰나를 그린 것이라고 했다. 책 속의 그림을 찬찬히 살펴보다가 배경이 되는 궁전 기둥과 계단이 유럽의 미술관 앞 풍경과 비슷한 것을 발견했다. 구도構圖도 보는 사람이 삼차원인 것 같은 착각을 갖도록 잡혀 있었다. 소마 미술관을 한 번도 가 보지 않은 내가 신문 속 사진만 보고 계단 앞에 프시케 상이 서 있 을 것이라고 생각한 것이 무리가 아니었다.

프시케가 조각상이 아니라 그림인 것이 다행이라는 생각도 들었 다. 그녀의 풍만한 동상이 미술관 앞에 세워져 있었다면 그 앞에 너 무 많은 사람들이 모여 떠날 생각을 하지 않았을 것이다.

흑돈구이 앞에서

의과대학 졸업 동기회 연례 모임 공지가 떴다. 장소가 강남의 어느 흑돈구이 집이라 좀 망설여졌다. 그런데 친한 대학 친구들이 따로 시간 내기 어렵다고 이 모임에서 내 등단 축하 모임을 해 주겠다고 했다. 빠지면 미안할 것 같아서 몹시 추운 날 단단히 채비를 하고 9호선을 탔다.

역시 돼지구이 집은 부산해서 아늑하게 이야기를 나눌 분위기는 아니었다. 구석에 마련된 작은 방에서 이미 연기가 피어오르며 흑돈이 구어지고 있었다. 얼른 여학생 동기 테이블로 가려 하니 남자 동기들이 일일이 악수를 한 후에 앉으라고 했다. 반가이 손을 내미는 낯익은 중년 남성들을 보며 순간 내가 이렇게 나이 든 그룹에 속한다는 것이 믿겨지지 않았다. 이들보다 조금은 더 젊거나 젊어 보이고 싶다는 갈망이 스쳐 지나갔다.

"와우! 박 작가 되셨네. 축하해요!"

"박 작가님! 호는 지으셨우?"

"호는 무슨? 벌써…"

"그럼 내가 지어 줄게."

남학생 급우들의 치켜세움을 들으니 정말 호를 지어야 하나, 하는 생각과 함께 마음이 우쭐해졌다. 여학생은 다섯 명, 남학생은 열세 명 정도 모였다. 120명의 졸업 동기들 중에서 연례 모임에는 늘 십 프로 전후로 모이는 것 같았다. 몇몇이 집에서 와인을 가져와 화이트와 레드 중에서 고르라고 했다. 화이트 와인이 담긴 잔을 부딪치며 축하 인사를 또 받으니 등단이 새삼스레 대단한 일로 느껴졌다.

대학에서 주요 역할을 하고 있는 급우가 저쪽 테이블에서 최근에 병원에 불났던 과정을 세세히 이야기하는 것 같았다. 호기심이 생겼지만 그걸 들으러 자리를 이동할 수는 없었다.

옆에 앉은 친한 남학생 급우에게 재작년 미국으로 시집간 딸의 근황을 물었다.

"아기 소식 있어요?"

엉거주춤 대답하기 전 친구의 입가에 가벼운 미소가 피어올랐다.

"흐응. 8월 즈음…. 근데 입덧이 너무 심했어."

"어휴, 미국에서 고생 많았겠네."

"그래서 지난달 아내가 건너가서 밥을 해 줬지. 내가 혼자서 해 먹느라 혼났고."

투덜대는 예비 할아버지의 눈빛엔 오히려 첫 손주를 고대하는 꿈이 서려 있었다.

여학생 급우들은 끝 테이블에 앉아 남학생들이 너무 나이 들어 보인다고 속삭이며 한숨지었다.

"머리가 희끗하니 꼭 옛적 울 아버지 같은 모습이야."

"그런데 남자애들도 우리 보며 할머니 다 됐다고 하겠지."

"맞아. 요새 여자들은 많이들 젊게 가꾸는데 우린 그렇지를 못하니."

이런 이야기를 주고받고 있는데 옆 테이블의 피부과 하는 남자 동기가 고기가 익고 있는 불판을 가리키며 끼어들었다.

"돼지껍질을 하나도 안 먹었네! 이게 피부에 얼마나 좋은데?"

"어머 정말요? 느끼해서 못 먹는데."

"이게 콜라겐 덩어리예요!"

우리들은 삼겹살 사이에서 투명한 색깔로 구워지고 있는 껍질로 일제히 손을 뻗쳤다. 그렇지만 역시 느글거리는 맛이라 한 조각만 겨우 먹고 포기했다.

"피부 관리할 짬이 없는데 어떡하죠?"

피부 이야기가 나온 김에 대전에서 개업하고 있는 그 동기에게 여자들은 사정을 토로했다.

"시간을 내야죠. 관리하는 것과 안 하는 게 딱 10년 차이 나요."

"아이고 큰일 났네. 서울에도 분점 하나 내세요. 우리 좀 다니게."

한 친구는 마치 동기가 서울에 없어서 피부에 신경을 못 쓰는 양 급우를 졸랐다. 그러자 갑자기 피부과 동기는 본격적인 피부 강의를 시작했다.

"우선 비타민 씨가 함유된 크림을 발라요. 먹는 비타민 씨는 피부엔 별로고."

내가 부지런히 메모하자 친구가 여 동기 단톡방에 꼭 띄워 달라고 했다.

"난 매일 수영해야 하는데 레이저 토닝 같은 거 가능해요?"

"당일로 일상이 가능케 하는 시술도 있어요."

피부에 대한 알찬 조언을 듣고 나니 그날 모임에 참석한 보람이 더욱 느껴졌다.

식사가 거의 끝나 가자 총무의 회계 보고가 있었다. 자녀 혼인과 부모님 장례 조문 등의 경조사비가 가장 많이 지출되었다. 지난 회기 회장이 작년에 떠나보낸 두 동기들을 추모하며 새 회장을 소개했다. 여학생으로서는 처음 뽑힌 동기회장은 동문들의 많은 참석을 도모하는 것을 포함한 몇 가지 포부를 이야기했다.

음식점을 나와 호프집으로 2차를 가려는 중에 몇 동기들의 개인적인 축하를 또 받았다. 학교 때 문예반이었던 교수 동기와 그 시절 신춘문예에 열심히 원고를 보냈던 친구였다. 요즈음도 글을 쓰는지 내가 물어보았다.

"그때 글에 대한 열정을 다 소진했나 봐. 지금은 엄두가 안 나."

나는 대학 시절엔 글쓰기에 대해서 생각해 본 적이 없어서 각 사람마다 글 쓰는 타이밍이 있구나, 하는 생각을 했다. 글을 써 본 적이 없는 다른 동기들도 인생 후반에 작가라는 또 다른 색깔의 삶을 시작하는 나를 부러워하는 눈치였다.

돌아오는 지하철 내내 친구들이 불러 준 '박 작가'라는 기분 좋은 호칭을 되새겨 보았다. 어느 소설가의 조언처럼 매일 김매듯이 글을 써야겠다는 다짐도 했다. 그간 이 핑계 저 핑계로 열심히 참석하지 않았던 동기회 모임이 그날은 무척이나 소중하게 느껴졌다. 동창 친구들의 격려 몇 마디가 이렇게 힘이 될 줄은 몰랐다.

달과 선생님

　35년 만의 특별한 개기월식이 있었던 날 40여 년 만에 고교 때 미술 선생님을 뵙게 되었다. 며칠 전부터 매스컴에서는 월식에 대해서 야단법석이었고, 고교 단톡방은 선생님 개인전에 맞춰 번개모임 준비로 부산했다.

　그날은 같은 달 두 번째로 뜨는 보름달이 지구와 가까워져서 평소보다 큰 슈퍼 문으로 뜬다고 했다. 이 커다란 달이 개기월식을 맞으면 붉은빛을 띠어 35년 만의 슈퍼 블루 블러드 문super blue blood moon이 된다는 방송이 매일 이어졌다.

　선생님의 유화전에 맞추어 한 친구가 대추차를 사겠다고 해서 여덟 명의 고교 3학년 때 동기가 모이게 되었다. 인사동 작은 골목의 찻집은 옛 고관 저택이었을 듯싶었다. 대문을 들어서니 몇 채의 기와집과 기품 있는 소나무 정원이 나타났다. 한식 고가구로 꾸며진 방에서 양반댁 사랑채에 앉아 있는 기분으로 차를 마셨다. 진하게 달인 대추차는 맛과 향이 예사롭지 않아 몸보신도 되는 느낌이었다. 담소를 나누며 몸을 녹인 후에 근처 화랑으로 이동했다.

미수를 넘긴 나이에도 선생님은 누드화를 주로 그리신 것 같았다. 그 주변에는 꽃과 산 풍경 그림들이 걸려 있었다.

'아! 이 연세에 누드를 그리시다니…'

우리의 마음을 읽으신 듯 도록 첫 페이지에 선생님의 고백이 적혀 있었다.

꽃이 좋아서 꽃을 그렸고
산이 좋아서 산을 그렸고
나부가 좋아서 나부를 그렸습니다.

소박한 청록색 때문인지 동양 여성을 그려서 그런지 누드화 앞에서 마음이 뭉클해졌다. 팔십 대 여류 화가가 그린 육체는 얼마 전 테이트 누드전에서 보았던 르누아르의 여인보다 더 부드럽고 따뜻하게 느껴졌다. 빨강 바탕의 해바라기꽃도 고흐의 노란색보다 더한 열정을 내뿜는 것 같았다.

휠체어에 앉아 미소 짓는 선생님을 둘러싸고 사진을 몇 장 찍었다. 선생님은 별말씀 없이 눈빛과 표정으로만 응대하였다. 서로 얼굴을 찬찬히 뜯어보면서 우리는 고1 때의 자유분방하던 미술 선생님을, 선생님은 까만 교복의 십 대 소녀들을 찾고 있는 것 같았다. 화랑을 가득 메운 제자들을 바라보며 작고 주름진 얼굴이 점점 환해졌다.

선생님이 마련한 '계절 밥상' 음식점에서 다른 반 동기들까지 한데 모여 이야기꽃이 이어졌다. 모두들 기분이 좋아 보였다. 우리 모두에게도 앞으로 30년의 보배로운 시간이 남아 있을 것만 같았다. 선생님처럼 누드화는 못 그리더라도 나도 지금부터 뭔가 해 볼 수 있지 않을까, 하는 생각을 했다. 이미 많은 시간이 지나가 버렸다고 한탄할 때는 언제고, 또 철없이 십 대 때 마음으로 돌아간 것이다.

지하철을 타고 집에 도착하자 벌써 단톡방에 한두 시간 전의 사진들이 올라와 있었다. 찻집과 선생님과 화랑에 대한 메시지가 한참 오가다가 난데없는 내용이 떴다.

"지금 하늘 보면 월식 볼 수 있어! 벌써 많이 가려졌네!"

그날 모임에 오지 않은 꼼꼼한 교수 친구의 한마디에 아차 싶었다. 전날까지 이번 월식은 꼭 보리라고 마음먹고 있었기 때문이다. 그러고 보니 친구들 이야기를 곱씹느라 돌아오는 길에 아파트 건물 사이에 뜬 큰 보름달을 그냥 지나쳤다. 부리나케 나가 보니 달은 아까보다 더 높이 작게 떠서 거무스레하게 그을린 모습이었다. 달이 가려지는 과정은 생각보다 천천히 진행되는 것 같았다. 다행이다 싶어 얼른 다시 집으로 들어가 옷을 두툼히 차려 입고 나왔다. 아파트 단지 정원에 다른 가족들도 삼삼오오 서성거리며, 삼십여 년 만의 개기월식을 놓칠세라 핸드폰 촬영에 여념이 없었다.

월식이 모두 완성된 시각에도 지구 그림자는 거뭇거뭇한 구름처럼 달을 덮어서 속에 숨은 달이 훤히 비쳐 보였다. 메스컴에서는 몇십 년 만에 볼 수 있는 우주 쇼라면서 호들갑을 떨었지만 정작 주인공은 차분한 모습이었다. 엉거주춤 가려진 달은 핏빛에 가까운 주황색이 아니라 진한 노란색을 띠어 아침에 만드는 핫케이크가 떠올랐다. 모처럼 맞는 진기한 달님에게 미안하지만 암튼 가운데가 갈색으로 얼룩얼룩 탄 핫케이크 같았다.

검푸른 창공을 오래 쳐다보니 희미한 별들도 꽤 눈에 띄었다. 이렇게 많이 보이는데 평소에 서울 밤하늘에 별이 없다고 투덜댔구나 하는 생각을 했다.

방에 돌아와 내가 찍은 사진 속의 달을 찬찬히 보니 육안으로 보았던 것과는 다르게 달 색깔이 불그스레했다. 뭔가 음울한 분위기를 풍겨서 고대인들이 월식을 달이 아프다거나 재규어에게 뜯기어 피 흘리는 모습으로 생각했다는 것이 이해되었다.

다음번 슈퍼 블루 블러드 문은 19년 후에나 돌아온다고 했다.

'그때쯤이면 나도 선생님처럼 어떤 창작품이 모이게 될까?'

'그때 달을 바라보는 나는 어떤 모습일까?'

붉은 달을 바라보며 한참 나의 꿈과 나이 듦에 대해서 생각했다.

꿈, 현실, 문학으로 살다

지은희(문학평론가)

소설가는 소설을 쓰고 시인은 시를 쓰고 수필가는 수필을 쓴다. 이번에는 이 말을 뒤집어 보자. 소설은 소설가가 쓰고, 시는 시인이 쓰고 수필은 수필가가 쓴다. 그런가? 전문 작가가 아니더라도 글은 쓸 수 있다. 더군다나 수필은 수필가의 글보다 그렇지 않은 사람들이 쓴 글이 아마 더 많을 것이다. 그러면 수필은 누가 쓰는가? 이 물음은 수필의 정체성을 묻는 것이기도 하다.

수필을 쓰는 다양한 분야의 사람들은 각자 나름대로의 목적을 가지고 글을 쓴다. 자신의 직업과 관련된 경험을 쓰기도 하고 사색이나 특별한 경험을 쓰기도 하며 여행을 다녀온 감상을 남기기도 한다. 그런데 그들은 대체 왜 쓰는 것일까? 자신의 경험이나 사색을 언어화하는 일은 '나'의 이야기를 다른 사람들과 공유하겠다는 소통 의지이며 글쓰기의 '향유'이다. 향유란 '누리어 가지다'라는 의미이다. 롤랑 바르트는 "글쓰기는 언어 즐김의 학문이며, 그것이 카마수트라(사랑의 기술에 관한 책)이다"라 하였다. 프로이트식으로 말하면 글쓰기는 욕망을 승화시키는 과정이다. 결국 수필은 언어를 즐기며 욕망의 승화를 이루는 자들의 몫이다. 이러한 맥락에서 박정옥이 수필을 쓰는 행위는 문학을 통한 소통이며 문학의 향유이다. 그리고 바로 이것이 박정옥 수필의 정체성이다.

『나도 빌리처럼』은 향유하는 삶을 통해 디오니소스적 지혜를 실현하는 작가의 언어로 채색되어 있다. 박정옥은 등단한 지 일 년도 채 되지 않은 신인 작가이다. 이처럼 단시일에 수필집을 펴내는 일은 흔하지 않다. 등단 후 때로는 10년, 혹은 그 이상 긴 시간이 흘러도 온전히 책 한 권을 엮는다는 게 쉬운 일은 아니다. 그런데 그는 해냈다. 준비된 신인이기 때문이다. 수필 문예 잡지 『에세이스트』에 그의 등단작 심사평을 쓰며 말미에 "아주 오랫동안 준비된 신인 아닌 신인을 만난 느낌이다. 앞으로의 행보가 기대되는 작가"라 적었다. 작가는 아마도 필자의 이런 마무리를 보며 회심의 미소를 지었을 듯싶다. 그는 당시 책으로 엮어 낼 만큼의 원고를 이미 손에 쥐고 있었다. 등단은 책을 출간하기 위한 준비 과정에 불과했다. 신인의 풋풋함과 문학의 열정으로 가득한 에너지는 더 이상 주체하지 못하고 세상 밖으로 솟구쳐 나왔다. 그의 삶은 언어로 환생하여 문학이 되었다.

이 책은 박정옥의 문학적 감수성이 숨 쉬는 공간이다. 이 공간은 '꿈', '현실', '문학'으로 집결된다. 꿈을 실현해 나가고, 현실을 충실히 살아가는 한 인간의 이야기이며, 작가가 바라본 세상이다. 그는 오랜 기간 내면에서 숙성시켜 왔던 시간을 만회하듯 힘찬 날갯짓으로 글을 쓰고 엮었다.

꿈

박정옥의 직업은 의사이다. 문학을 선망했으나 출중한 그의 능력은 부모님의 기대를 충족시키며 의대를 진학하는 쪽으로 이끌렸고 현재 의사의 길을 걷고 있다. 그러나 그의 꿈은 여전히 문학을 향한 열정으로 가득하다.

꿈을 꾸다

어쩌면 많은 사람들이 더 이상 꿈을 꾸지 않는 시점에 그는 새로운 꿈을 꾸기 시작하였다. 그의 갈망은 뮤지컬 〈빌리 엘리어트〉를 통해 발현된다.

> "빌리가 날아오를 때 너는 무슨 생각 했어?"
> 내가 친구에게 물어보았다.
> "나는 아들이 겹쳐졌어. 애틋하게…"
> 아마 친구는 아들의 꿈이 떠올랐나 보다.
> (중략)
> 날아오르는 순간 나도 나이를 잊은 채 십 대 청소년처럼 마음이 부풀었다. 공중에서 원을 그리며 힘차게 날갯짓하는 두 팔을 보며 나도 빌리처럼 마음껏 비상飛上하고 싶었다.
>
> ─「나도 빌리처럼」

친구가 주인공 빌리를 보며 아들의 모습을 떠올릴 때 그는 자신의 꿈을 떠올린다. 그의 꿈은 빌리의 비상을 타고 시작되었다. 이 모든 일이 50대에 시작된 일이다. 그는 끊임없는 도전과 열정으로 프랑스어를 배우고 첼로를 배운다. 그리고 작가의 꿈을 실현한다. 어쩌면 그는 신념처럼 고수해 왔던 외까풀에서 쌍꺼풀로 외모의 변신을 꾀하면서 더 적극적으로 자신의 꿈을 향해 '변신'을 시도했는지 모른다.

그의 수필 쓰기는 아주 오래전부터 품어 왔던 문학을 향한 열망에서 비롯되었다고 할 수 있는데 그런 자신을 다시 마주하게 된 계기는 프랑스어 수업 시간이었다.

"마음껏 상상을 했네. 소설가écrivain예요?"
어느 날 선생님이 우리 반에서 불어 실력이 제일 좋은 남학생에게 농담처럼 던진 말이다. 선생님 질문에 그가 정답과 별 상관없는 불어 문장을 오래 구사하자, 요사이 한국말 농담 '소설 쓰시네'와 비슷하게 이야기한 것이다. 이때 선생님이 급우에게 말한 작가écrivain라는 프랑스어 단어가 몹시 새롭게 다가왔다. 오랫동안 꿈꾸었던 단어로 여겨지며 무엇인가가 내 속에서 꿈틀했다.

-「프랑스어 반에서 생긴 일」

프랑스어 시간에 우연히 선생님께 듣게 된 '에크리방'은 그의 먼 꿈을 깨운다. 앞뒤 맥락과 상관없이 '에크리방écrivain'이라는 프랑스어가 그를 흔들었다. 고3 시절 불문과에 가겠다는 의지가 의대에 진학하면서 좌절되자 그는 결심한다. 의사가 된 다음에 반드시 문학을 공부하겠다는 다짐이었다. 문학을 공부하고 작가가 되고 싶었던 꿈이 깊은 잠에서 깨어났다. 기억 저편의 꿈이다. 프랑스어 시간에 우연히 듣게 된 '에크리방'은 갈망의 불씨를 당겨 수필을 쓰게 된 계기가 되었다.

꿈을 이루다

꿈으로 향한 도전은 첼로 연주까지 닿는다. 그는 문득 첼로를 연주하고 싶다는 생각을 하게 되고 둘째 아들의 대학 입시가 끝나자 첼로를 배우기로 결심한다.

> 나는 6개월간 준비 기간을 갖기로 하고 그동안 뜸했던 헬스장에 나갔다. 오십견이 재발하지 않게끔 어깨 근육을 기르기 위해서였다. 첼로를 배우다 어깨가 다시 나빠지는 불상사가 생기면 남편에게 낯이 서지 않기 때문이었다.
>
> –「나의 첼로 이야기」

첼로를 배우기 위한 준비로 먼저 체력을 기르기 위해 헬스장을 찾는 사람이 얼마나 있을까? 그의 삶에서 감탄하게 되는 점은 성실함과 철저함이다. 운동을 시작하고 얼마 후 첼로 레슨을 시작하지만 고난의 연속이다. 왼손을 짚지 않은 개방 현을 켜는 연습만 5개월이 걸리고 동요 한 곡을 연주하는 데도 몇 달이 걸린다. 욕심을 내서 연습한 다음 날은 제대로 걷지도 못한다. 이 지점에서 그는 알아차린다. 실천력이 약하다고 스스로를 너무 닦달하지 않기이다. 만약 자기 절제력이 강해 더 많은 시간을 연습했다면 몸이 배겨 내지 못했을 것이고, 결국 첼로를 그만두었을 거라는 결론을 내린다. 천천히 때로는 모자란 듯 하는 일이 오히려 오래 즐길 수 있다는 지혜를 얻는다.

이 글은 중반 이후까지 긴장감을 놓칠 수가 없다. 과연 첼로 연주를 끝까지 해낼 수 있을까? 좀 하다가 그만두면 어떡하지? 걱정스러운 마음을 담아 성공을 응원하게 된다. 그런데 다행히도 첼로를 잡은 지 7년 만에 그는 꿈을 이룬다. 앙상블을 조직하여 연습하고 음악회까지 열었고, 영화음악과 클래식 몇 곡을 연주할 수 있게 되었다. 그는 현재 첼로에 대한 기대감을 현실에 맞추었다. 명곡 하나를 연주한다는 것이 결코 쉽지 않음을 깨달았기 때문이다.

첼로를 배우기 전과 배운 후 결과적으로 드러나는 그의 모습은 몇 곡을 연주할 수 있다는 변화일 것이다. 하지만 내면은 외적인 결과와 비길 수 없을 만큼 크게 변화하였다. 그는 자신을 담금질하며 성장해 나가는 데 적극적이다. 도전하고 꿈을 이루어 가는 7년간의 노정으로 그는 새로운 향기를 품게 되었다. 한 장을 할애할 정도로 긴 호흡의 이야기는 그의 열정에 더해 용기와 끈기, 의지와 성실성이 빚어낸 성숙한 인간미로 가득하다.

현실

꿈을 위한 도전을 멈추지 않는 박정옥은 다양한 역할 속에서 감내해야 할 일과 사람들과의 관계 속에서 늘 갈등하고 미끄러지고 부딪힌다. 그는 정열적으로 꿈을 실현하면서도 현실의 삶을 충실히 이행하는 의사이자 같은 병원에서 일하는 남편의 아내이며, 두 아들의 어머니이다. 또한 시어머니를 모시고 살았던 며느리였고, 늘 친정 엄마를 그리워하는 딸이기도 하다. 그의 글에서는 현실에 굳건히 발을 딛고 살아가는 한 여인을 만나 볼 수 있다.

의사로 살다

그는 한 동네에서 20년간 의사 생활을 하고 있다. 동네에서 공인인 셈이다. 그러다 보니 불편한 점도 있다. 좋아하는 길거리 음식을 먹는 즐거움을 누리기가 힘들다. 친구는 의사의 품위를 지켜야 하니 길에서 먹고 다니지 말라 충고한다. 스포츠 센터에서는 제대로 옷도 걸치지 못한 채로 내원했던 환자들을 맞닥뜨리는 일이 다반사다.

집에서 붕어빵 봉지를 열면 바삭했던 붕어들이 축 늘어져 있다. 남의 시선을 의식하며 살다가 힘이 빠진 내 모습 같기도 하다. 나는 바삭바삭한 붕어빵이 되고 싶은데.

－「동네 공인」

바삭함은 사라지고 축 늘어진 붕어빵에 자신이 투영된다. 붕어빵은 남의 시선을 의식하느라 힘 빠진 자신의 모습으로 치환되며 알레고리를 형성한다. 하지만 동네 공인의 삶이 불편함만 있는 것은 아니다. 진료실에서 벌어지는 일들을 통해 인간 군상의 모습을 스케치하고 통찰을 얻기도 한다.

두 달에 한 번 어김없이 혈압 약을 타러 오는 9학년이 있다. 지팡이를 짚고 아파트 단지를 혼자 걸어오느라 도착하자마자 숨이 차서 한참을 대기실에 앉아 숨 고르기를 해야 한다. 그분은 진료실 문을 열고 들어올 때나 혈압계에 팔을 내밀 때 얼굴에 송구스럽다는 표정이 가득하다.

－「브라보 9학년」

구순의 환자들은 너무 오래 살아 병원에 오는 일을 송구스러워하면서도 한편으로는 열심히 병원 출입을 한다. 그는 연로한 이들에 대한 새로운 면모를 발견한다. 구순의 나이에 병원을 왕래하며 눈치를 보면서도 생명에 대해 강한 의지를 지닌 인간 본연의 모습을 마주한다.

그는 현장 스케치에 강하다. 진료실에서 벌어지는 장면을 묘사한 「주사실 풍경」과 「진시황의 꿈」에서 보면 공간 배경과 상황을 크로키처럼 재빠르게 담아내고 문장은 막힘이 없다. 현장감을 한껏 살린 묘사는 이미지가 찰나로 그려지고 속도감 있게 읽혀 지루할 틈이 없다. 보고 듣고 느낀 것을 고스란히 담아낼 수 있는 능력은 섬세한 관찰로 얻은 이미지를 언어화할 수 있는 뛰어난 능력이다. 그런데 이보다 더 중요한 것은 세상을 바라보는 따뜻한 시선이다. 의사로서의 삶은 동네 공인으로 제약을 받는 면도 있지만 다양한 인간의 면모를 바라볼 수 있는 기회를 갖게 한다. 그리고 그들을 향한 시선은 늘 따스하다.

어머니로 살다

두 아들을 둔 그는 시어머니와 아들 사이에서 아들로 향한 엄마의 마음이 간절하다. 일을 하다 보니 둘째 아들은 할머니와 늘 함께였고, 언제나 할머니가 먼저다. 그는 아들을 바라보며 아쉬워하고 자신에게 향해야 하는 사랑이 시어머니에게 닿는 것이 서운하다. 하지만 이런 마음을 한탄하거나 넋두리를 늘어놓지는 않는다.

막내가 돌아오는 방학이 다가오면 시어머니는 귀국 날짜를 손꼽아 세었다. 먼 바다를 항해하고 돌아오는 신랑을 기다리는 듯, 마음 설레는 새색시가 되어 이것저것을 물어보고 또 물어보았다. 막내를 위해 내가 미처 생각하지 못한 맛있는 것들도 준비하였다.

–「맘 잡으세요, 엄마!」

자신의 감정에 빠지지 않고 글에서 빠져나와 적절히 거리 조절을 하며 있는 그대로 보여 주는 데 충실하다. 감정의 절제는 독자에게 감정이입의 자리를 내어주며 독자의 지지를 얻어 낸다.

"엄마 좀 챙겨라, 엄마도 힘들어."

"예? 엄마~. 맘 잡으세요!"

"어떻게 이 집에선 엄마 보살피는 사람이 없냐?"

"엄마! 엄마는 매우 행복하신 거예요. 엄마껜 아빠가 계시잖
아요? 미국 제 친구들은 대부분 엄마들이 혼자 사세요. 이혼율
이 높아서요."

－「맘 잡으세요, 엄마!」

여기에서 아들을 둔 독자라면 아들의 말에 혼자 냉가슴을 앓는
화자를 두둔하며 동감할 듯싶다. 작가는 화자를 통해 경험한 사실
을 객관화하여 드러내는 데 공을 들였기에 독자의 공감과 몰입을
최대한으로 끌어올린다. 그의 글은 늘 거리 두기에 성공하고 있다.

호랑나비를 소재로 한 큰아들의 어린 시절 이야기 역시 의미 깊
다. 글의 구조는 두 줄기의 서사로 이루어진다. 표면적 서사는 아들
이 지켜보는 호랑나비의 성장이지만 내면적 서사는 엄마가 지켜보
는 아들의 성장이다. 아들은 호랑나비를 보러 제주도에 가고 공항의
감귤나무에서 우연히 호랑나비 애벌레를 발견하고는 가져와 키우게
된다.

애벌레를 향한 아이의 사랑은 대단했다. 호랑나비 애벌레에
대한 책을 다시 꺼내서 복습하며 공을 들였다. 매일매일 새로운
이파리를 제공하고 방의 습도도 챙기고. 식량인 귤잎이 동이
나려 하자 어디선가 탱자나무 잎이나 귤잎을 얻어 와야 한다고

채근했다. 아는 사람이 있는 시골, 공주에 탱자나무 잎을 따러 가기도 했다

–「임 호랑나비」

아들이 애벌레를 키우는 과정은 극진하다. 아들의 모습을 보며 화자는 아들이 한창 성장할 때가 떠올랐을 것이다. 애벌레가 번데기가 되고 고치에서 나와 호랑나비가 되어 날아오르는 모습은 부모가 자식을 키워 내는 모습과 교차된다.

둘이 헤어지기가 무척 어려울지 알았는데 막상 그렇지는 않았다. 진정으로 사랑해서 그런지, 탄생의 감격으로 마음이 충만해서 그런지 아이는 그 녀석을 보내 주었다. 베란다 창문에서 놓임 받아 하늘을 향해 힘차게 날아갔던, 아들의 성을 따 이름 지은 임 호랑나비….

그때 자신을 포함해서 모든 사람이 나중에 곤충박사가 될 것이라고 생각했던 아들은 전혀 다른 영역에서 일하고 있다. 금융계에 종사하고 있는데 곤충의 세계와 금융의 세계가 어떤 유사성이 있는지 모르겠다. 개미를 좋아했던 베르나르 베르베르가 위대한 작가가 되었듯이, 곤충을 관찰했던 저력이 금융계에서 어떻게 꽃피울지 기대가 되기도 한다.

–「임 호랑나비」

호랑나비가 아들의 손길을 벗어나 훨훨 날아오르듯 현재 화자의

아들 역시 학교를 졸업하고 부모의 품에서 독립하여 직장을 다니며 사회인이 되었다. 이 글은 호랑나비와 아들이 병치되어 중의적으로 다가오는 글이다.

딸과 며느리로 살다

작가는 두 아들의 어머니기 이전에 딸이다. 마음속에 그리움으로 자리 잡은 어머니에 대한 추억은 깻잎조림을 가지고 온 환자를 통해 회상된다.

> 어머니 밭의 깻잎 줄기들은 가장자리에서 쉴 새 없이 잎이 돋아났다. 작은 병에 담아 연도별 스티커를 붙인 깻잎조림은 주위 한국 사람들과 열심히 나눠 먹어도 남아돌았다. 내가 방문을 마치고 한국에 돌아가는 길이면 많이 싸 가기를 바라는 어머니와 짐을 줄이고 싶은 내가 늘 실랑이를 했다. 그런데 막상 비행기로 실어 오니, 어머니 깻잎이 무척 싱싱하다며 친구들 사이에서 인기가 많았다. 그때 나는 그 맛을 칭찬했다가는 다음에 더 많이 싸 주실까 봐 어머니께 제대로 표현도 못 했다.
>
> ―「어머니의 텃밭」

그는 어머니에 대해 애틋한 마음이 일면서도 자신의 마음 씀씀이가 어머니의 마음에 못 미쳐 미안하다. 어머니는 자식이 멀리 떨어져 있으니 텃밭에서 기르는 채소를 제대로 맛보게 하지 못해 아쉽고 의사인 딸은 비타민제와 영양제 한번 놔 드리지 못해 아쉽다.

친정어머니는 동생들 교육을 위해 미국으로 이민을 가서 늘 그리움으로 남은 대신 시어머니는 평생을 모시고 살았다. 그는 시어머니께 안방을 내드렸는데 시어머니와 같은 노인정에 다니는 분들이 사실을 확인하러 집에 들르는 일이 벌어진다. 그런데 시어머니가 안방을 쓰게 된 계기는 사람들이 생각하는 것과는 다르다. 안방은 옆집 베란다와 너무 가까워서 부부가 쓰기에는 불편해 보였기 때문이다.

어느 날 퇴근하니 도우미 아주머니가 어머니 몰래 낮에 있던 일을 말해 주었다.

"오늘 노인정 친구분들이 다녀가셨어요."

"아니, 왜요?"

"안방 구경하러요."

"구조가 비슷한데 뭐 구경할 게 있다고? 가구도 특별한 것이 없는데…."

"할머니가 진짜 안방 쓰시는지 보고 싶어서 오신 거 같아요."

"어머, 그랬어요?"

"그런데 두 번 왔어요."

아주머니는 이야기를 덧붙였다.

"차 마시다가 뭐 두고 가셔서요?"

"그런 게 아니고. 다시 와서는 장롱을 모두 열어 보시더니, 정말 옷이 맞게 걸려 있네, 하시며 가셨어요. 믿기지 않았나 봐요."

-「애틋한 급우들」

이로 인해 그는 요즘 보기 드문 며느리가 되었고 시어머니는 노인 정 어르신들의 부러움을 샀다. 삶의 아이러니함이 재미를 더하지만 이 글을 읽는 즐거움은 또 하나 있다. 대화체가 자주 등장하여 글의 흐름이 빠르고 현실감 있게 다가온다.

아내로 살다

그의 남편은 연하이다. 이 같은 사실이 젊은 시절에는 쑥스러운 일이었으나 요즘 아내의 연상은 왠지 능력 있는 여성으로 인식된다. 그가 말하고 싶은 건 자신이 남편보다 연상인 사실이 기분 좋은 일이 되었다는 점이다. 어제의 단점이 오늘의 장점이 된 역설적 상황을 재치 있게 풀어 간다.

"아니, 그 시절에 어떻게 연하남과 결혼할 생각을 했어요?"
그러자 그만 엉뚱한 대답이 튀어나왔다.
"시대를 앞서갔던 거죠, 뭐."

-「아내의 나이」

자신의 평소 마음이 들키듯 튀어나오는 대화는 글의 주제를 함축한다. 그는 남편보다 한 살 연상인 자신의 이야기는 처음에는 뒷전이다. 프랑스 마크롱과 아내 트로뉴에 관한 이야기로 시작된다. 프랑스 대통령의 아내는 스무 살 이상 연상이지만 모델 출신인 미국 영부인에 뒤지지 않는 외모에 지혜까지 갖추고 있다고. 마크롱 대통령의 아내를 한껏 치켜세운 다음 슬며시 자신이 연상의 여인임을 밝힌다. 마크롱의 아내에 대한 예찬론을 펼치며 스스로를 연상의 아내 대열에 올려놓는 화자의 은근한 호기가 유쾌하다.

시대가 변해 연상의 아내가 능력 있는 여성을 대변하듯 그의 삶도 많은 시간이 지났다. 시어머니는 세상을 달리하고, 어린 시절 산을 단숨에 달음질치던 아들은 추억 속에서만 선명하다. 두 아들은 성인이 되어 어머니와 함께할 시간이 나질 않는다. 이제는 부부가 함께하여야 할 때이다.

막내가 대학생이 된 후로는 함께 여행할 수 있는 기회가 별로 찾아오지 않는다. 또래들과 어울리느라 시간 내기가 쉽지 않은 것 같다. 이제 오로지 남편과 짝이 되어 어디서 무엇을 할지 궁리해야 하리라. 따뜻한 공기로 나무들이 점점 물이 오르니 내 마음도 들뜨기 시작한다. 빈 둥지에서 부부 단둘이 맞는 봄도 여전히 화사했으면 좋겠다.

–「빈 둥지의 봄」

그는 남편과 단둘이 맞이하는 공간도 봄처럼 따스하기를 바란다. 자녀가 다 자라고 둘만 남은 공간에 대한 염려와 기대감은 그 즈음 어느 부부나 한 번쯤은 떠올릴 수 있는 일이다. 평범한 그의 일상은 모두의 일상이다.

문학

박정옥의 수필이 갖는 정체성은 소통과 문학의 향유라 하였다. 현실의 삶을 성실히 살아 내면서도 꿈에 대한 갈망과 예술에 대한 탐닉을 멈추지 않는다. 그는 내면의 속삭임과 세상으로 향한 시선을 언어로 형상화한다. 그의 감수성은 문학적 상상력으로 형상화되고, 그는 누리고 획득하며 즐긴다. 그가 예술을 즐기는 방식은 보고 느끼는 것에 그치지 않고 참여하는 것이다. 문학 역시 그러하다.

언어로 그리다

그의 시선은 남다르다. 그의 눈에 포착된 대상은 낱낱이 파헤쳐진다. 복숭아 하나를 그려 내는 것도 색, 향, 감촉, 맛 등 공감각으로 묘사하여 정서적 오감을 자극하는 놀이 같다.

천중도는 농장에서 직접 한 상자를 선물받기 전까지 모르던 품종이었다. 둥실한 모양이 까무잡잡한 시골 아낙네처럼 푸근하고 정겨웠다. 색깔은 백도와 황도의 중간쯤으로 약간 푸르스름한 빛도 섞여 있고 무르기는 약간 물컹한 딱딱이였다. 산지 직송이라 그런지 향기도 살아 있어서 처음으로 복숭아 향을 진하게 느꼈다. 내가 좋아하는 장미향이 조금 섞인 것도 같아서 한참은 천중도만 찾았다.

-「복숭아 예찬」

길가에 핀 꽃 한 송이도 그의 솜씨에 새 생명을 얻는다. 언어로 그리는 그림이다.

줄기에 넙죽 매달린 진주홍 접시꽃 앞에서는 피식 웃음이 나왔다. 널따란 꽃잎이 겹도 많으면서 그토록 화려한 색깔이라니… 어렸을 적 시골에서 화장을 너무 진하게 한 동네 언니와 마주친 느낌이었다. 반대로 옆에 있는 나리꽃은 고고해서, 들에 핀 백합화를 보는 듯했다.

-「재즈와 산들바람」

힘들이지 않고 쓱쓱 그려 내는 화공의 숙련된 손놀림에서 탄생되는 그림처럼 그의 언어는 탄생된다. 언어는 이미지로 빠르게 치환되고, 박진감 넘치는 현장은 독자의 머릿속에 고스란히 표상된다.

바이크 출발점 아치 아래서 자전거에 올라탄 후 몸을 움츠리고 날선 스타트를 하는 철인의 모습은 잽싸게 움직이는 표범과 흡사했다. 선글라스 속에는 야심 가득한 눈매가 숨어 있을 것만 같았다. 해가 떠오르며 안개가 걷혀 호수가 더 선명하고 푸르렀다. 몇 초도 안 되어 호반 길을 훨훨 날아가듯 질주하는 앞선 주자들은 가을 공기를 가르는 독수리처럼 보였다.

-「철인을 보러 구례에 가다」

그의 표현은 장면과 언어의 박자가 꼭 들어맞는다. 자전거 위에서 몸을 움츠리며 스타트를 하는 선수들의 빠른 몸놀임은 '잽싸게 움직이는 표범과 흡사'하고, 자전거를 타고 달리는 철인의 뒷모습은 '훨훨 날아가듯 질주'하는 '가을 공기를 가르는 독수리'이다. 그의 언어는 꿈틀대고 살아 있어 긴장감마저 느끼면서 현장에서 지켜본 듯 생생하다.

섬세한 묘사는 용왕산을 소재로 한 글에서는 더욱 실감 나게 느낄 수 있는데 도심의 야트막한 산을 그의 친절한 안내를 받으며 둘러볼 수 있기 때문이다. 2인칭 시점의 서사는 독자에게 말을 걸고, 다정한 안내자를 자처하며 용왕산으로 초대한다. 그와 함께 걷는 용왕산은 아기자기하고 정겹다. 긴 호흡의 글이지만 용왕산을 둘러보노라면 시간이 훌쩍 지나고 만다.

여름밤이 되면 많은 사람들이 더위를 피해 선선한 바람을 가르며 트랙을 걷습니다. 어둠 속에서 흑백의 실루엣을 그리며 묵묵히 걷는 사람들은 갑자기 한 공동체인 느낌이 듭니다. 순례의 길을 걸으려고 프랑스와 스페인 국경을 넘는 사람들이 있다고 하는데, 여기서 우리들도 목동의 순례자가 된 듯합니다.

–「용왕산으로의 초대」

그가 담아낸 용왕산은 시간의 축적으로 일궈 낸 새로운 공간이다. 오랫동안 용왕산을 오르내리며 보아 왔던 풍경과 계절의 변화, 그리고 마주쳤던 사람들의 이야기로 용왕산은 재탄생되었다. 늘 오르내리던 용왕산에 대한 애정이 곳곳에 서려 있다. 용왕산을 이보다 더 자세히 아름답게 한 폭에 그려 낼 수는 없을 것이다. 그는 새소리, 빗소리 하나까지 놓치지 않는다.

욕망으로 유혹하다

그의 삶은 문학 자체이다. 제인 오스틴의 문학에 심취한 그는 『오만과 편견』을 여러 번 읽었고, 영화와 텔레비전 드라마까지 섭렵했다. 그가 소설을 보면서 애착을 가진 인물은 다르시이다. 그는 영화나 드라마의 다르시 배역에 대한 애착이 남다르다. 소설 속 다르시에 대한 환상을 영화 주인공의 모습으로 대응시키기도 하고 드라마 배역과 견주기도 하면서 짝사랑을 키운다.

막내가 미스터 다르시의 나이가 되어 가는데도 나는 아직 문학소녀 같은 마음으로 그에 대한 로맨틱한 환상 속에 빠져 있다. 『오만과 편견』도 지난 십 년간 새로운 영화가 나오지 않고 있으니 조만간 유명 배우가 등장하는 최신판이 나올 것도 같다. 기대가 되다가도 막상 보기가 망설여지는 건 누가 연기하든 나의 상상 속 남자 주인공에 못 미칠 것이기 때문이다.

－「제인의 남자」

여기서 다르시는 그가 창조해 낸 인물이다. 다르시는 '제인의 남자'가 아니라 '박정옥의 남자'이다. 그는 제인 오스틴이 창조한 다르시보다 훨씬 더 멋지고 고상한 인물을 창조해 낸 것이 틀림없다.

수필 쓰기에서 상상력이 동원되지 않으면 서사적인 글은 밋밋한

스토리나 사건의 전개만 있을 것이고, 서정적인 표현 또한 기대할 수 없을 것이다. 롤랑 바르트는 자신을 지루하게 하는 텍스트는 옹 알거림이며 언어의 거품일 뿐이라 하였다. 그는 텍스트는 "나를 욕 망하고 있다는 증거를 보여 주어야 한다." 하였다. 나를 욕망한다는 말은 독자를 욕망하는 것으로 작가는 독자를 유혹해야 한다. 그는 독자를 유혹하고 있는가? 롤랑 바르트의 말을 빌리자면 박정옥은 '언어 즐김의 학문'으로 '카마수트라'를 행하고 있으니 그는 분명 독 자의 욕망을 충족시켜 주며 유혹하고 있다.

구조의 미학

박정옥의 수필은 특유의 감수성으로 문학적 상상력을 발휘하고 이미지를 탁월하게 언어화한다. 그리고 또 하나 견고한 짜임을 지닌 다. 그의 글은 '반전의 미' 내지는 '이중 구조의 서사'로 구조의 미를 이루고 있다.

그는 때로는 '체로금풍' 한 단어를 위해 많은 공원의 나무들 하나 하나에 말을 걸고, 단풍을 이야기한다. 그토록 화려한 나뭇잎을 묘 사한 이유는 정작 나뭇잎을 다 떨어뜨리고 난 앙상한 나무에 대한 이야기이다.

비에 젖어 줄기만 앙상해지면 이 은행나무들이야말로 체로 금풍體露金風이 되는 것이다. 가을바람이 불면 부수적인 것들은 떨어져 나가고 앙상하게 본체가 드러난다는….
'찬란했던 단풍이 부수적인 것이고 앙상한 줄기가 본체라니!'

잎이 하나도 없는 겨울나무가 본래의 모습이라면 그렇게 아쉬워할 일만은 아니구나, 하는 생각이 들었다. 원래로 돌아가는 것이 더 편안하고 조화로울 수도 있을 테니까.

-「파리공원의 가을」

화려한 단풍과 풍광에 취할 때쯤 그는 태연하게 화려한 단풍이 아니라 앙상한 나뭇가지 이야기였다고 말한다. 아이러니한 분위기로 이끌어 나가면서 마지막에 반전의 미를 이루고 있다. 이야기에 취했다가 기운이 빠졌다가 울림을 갖는 식이다.

반전의 미는 「내 다리가 어때서」와 「아내의 나이」에서도 엿볼 수 있다. 물론 여기에서의 반전은 인위적 구조라기보다는 세월이 만들어 낸 자연스러운 반전이다. 시간이 흐르다 보니 단점으로 속앓이를 하던 상황이 오히려 강점이 되었다. 튼실한 다리는 젊은 시절 미의 기준에서는 밀려났지만 중년 이후로는 건강미로 부각된다. 남편보다 한 살 위인 연상의 여인은 쑥스러움에서 능력 있는 여성으로 탈바꿈되었다. 역설을 굳이 플롯으로 구성하지 않아도 우리의 삶 자체가 아이러니하다는 사실을 이 글을 통해 느낄 수 있다. 작가는 그 점을 포획하여 글의 구조로 삼았다. "내 다리가 어때서?", "시대를 앞서갔던 거죠, 뭐." 같은 적절한 대화글은 주제를 견고히 하면서도 반전의 묘미를 느끼게 하고, 동시에 글 전체 분위기를 살리며 유쾌한 정서를 선사한다.

그런가 하면 두 줄기의 서사가 씨실과 날실이 짜이듯 견고하게 짜여 구조의 미가 돋보이는 글이 있다. 친구와 함께한 봉평 나들이에서 그는 이효석의 「메밀꽃 필 무렵」을 자연스럽게 얹어 낸다. 탄탄하게 짜인 입체적 구조는 묘사를 돋보이게 하고, 글을 한층 수준 높게 이끈다. 그는 심리 묘사에 집중하면서 이효석의 감성과 박정옥의 감성, '메밀꽃 필 무렵'과 '봉평의 봄'을 동시에 직조하여 새로운 무늬를 선사한다.

> '동' 카페에서 찻잔을 앞에 두고 사색에 잠긴 선생의 모습이 저절로 그려졌다. 소설 속 동이의 이름도 이 차점 '동'에서 탄생했을지 모른다. 선생은 차점의 낭만을 사모하여 일요일마다 십리 길을 걸어왔나 보다.
>
> (중략)
>
> 밤에는 우리가 머무는 펜션의 산자락 위로 상현달이 떠올랐다. 시골에서 맞는 달빛은 더욱 은은하게 느껴졌다. 봉평의 달빛이라 그런지 몰랐다. 허 생원도 5월에는 흰 메밀밭 대신 연초록색 봄 숲을 적시는 달빛에 숨이 막혔을 것이다.
>
> —「봉평의 봄」

메밀꽃 필 무렵과 현실의 찻집 상황은 오버랩되고, 그가 불러들인 달빛 아래 허 생원은 독자를 심취하게 만든다. 게다가 작가는 친구와 밤새 나눈 이야기를 허 생원이 친구를 붙들고 성 서방네 처녀와 지새웠던 물방앗간의 밤 이야기를 하염없이 들려주는 것에 견주고 있지 않은가. 기막히게도 소설과 현재 상황을 하나로 묶어 같은 공간에 배치시켜 놓았다.

무라카미 하루키는 어디에도 새로운 말은 없으며 지극히 예사로운 평범한 말에 새로운 의미나 특별한 울림을 부여하는 것이 작가가 할 일이라 하였다. 재즈 피아니스트 텔로니어스 멍크는 "새로운 음은 어디에도 없고 모든 음은 이미 그 안에 늘어서 있다. 그렇지만 어떤 음에 확실하게 의미를 담으면 그것이 다르게 울려 퍼진다." 하였다. 이들의 말을 증명이라도 하듯 박정옥은 자신의 경험과 소설을 조화롭게 변주하여 자신만의 음으로 연주하고 있다.

「메밀꽃 필 무렵」과 「봉평의 봄」이 두 서사가 병치되는 구조라면 개기월식을 소재로 하는 「달과 선생님」은 개기월식이라는 자연의 신비로움을 배경으로 한다. 35년 만의 개기월식이 있는 날은 마침 고교 은사의 전시회가 열려 40여 년 만에 선생님을 뵙게 된다. 개기월식의 배경은 은사의 미술 전시 공간을 가상의 공간이나 꿈속 상황처럼 몽환적으로 이끈다. 미수를 맞이한 선생님의 그림에서 정열을 느끼며 작가는 30년 후의 모습을 상상한다. 당장이라도 지금 시작하면 그때쯤 창작물이 탄생될 것을 꿈꾼다. 미래를 향한 그의 의지가 여운으로 남는다.

다음번 슈퍼 블루 블러드 문은 19년 후에나 돌아온다고 했다.
'그때쯤이면 나도 선생님처럼 어떤 창작품이 모이게 될까?'
'그때 달을 바라보는 나는 어떤 모습일까?'
붉은 달을 바라보며 한참 나의 꿈과 나이 듦에 대해서 생각했다.

―「달과 선생님」

그는 19년 후의 개기월식을 기대하면서 미래의 모습을 상상한다. 자신의 소망과 개기월식, 그리고 40년 만의 선생님과의 재회를 견고하게 구성하여 서사를 이끌고 있다.

인간은 각자 개성 있는 삶을 살고 있다. 수필은 사실을 기반으로 하는 진실성의 문학이다. 진실성을 담보로 한 박정옥의 삶과 그의 사유를 통해 생활인으로서의 모습과 이상을 향해 끊임없이 정진하며 성장하는 모습에 공감하기도 하고 감탄하기도 한다. 삶에 대한 열정과 성실함은 그에 대한 존경의 마음이 절로 일게 한다.

사고는 비언어적이며, 언어는 비사고적이다. 여기에서 언어는 좀 더 명확히 하면 '문자화된 언어'라 하겠다. 사고에서 비롯되는 비언어적인 문학적 상상력은 언어로 형상화된다. 아이러니하지만 비언어적인 문학적 상상력을 언어로 형상화하는 것이 문학이 추구하는 예술의 지점이고 바로 그 경계에서 작가와 독자가 만나게 된다. 박정옥이 형상화한 것은 그가 염원하는 꿈이고, 그 꿈을 이루는 과정이다. 거울을 비추듯 마음으로 바라본 세상과 세심한 눈길이 닿은 곳이며, 아낌없이 사랑하는 자기 자신이다. 그의 일상은 세심하며, 대상을 바라보는 시각은 세밀하고, 그의 느낌은 아이와 같은 순수함이다. 그의 삶이 꿈과 현실, 그리고 문학으로 점철되어 있듯이 그의 글도 다르지 않다. 그의 삶은 문학이다.

마지막으로 롤랑 바르트의 말을 빌려 그의 수필을 말하고 싶다. "즐거움의 텍스트는 만족시켜 주고, 채워 주고, 행복감을 주고, 문화로부터 와 문화와 단절되지 않으며, 편안한 독서의 실천과 연결된다." 박정옥의 수필을 이보다 더 정확하게 말할 수는 없을 것이다. 늘 비상을 꿈꾸는 박정옥은 문학으로 소통하고 문학을 향유하는 순수한 영혼의 소유자이다.

나도 빌리처럼

1판 1쇄 찍은날 2019년 2월 15일
1판 1쇄 펴낸날 2019년 2월 20일

지은이 | 박정옥
펴낸이 | 조현주
펴낸곳 | 도서출판 하늘재

표지 | 엄유진
북디자인 | 꼬리별

등록 | 1999년 2월 5일 제20-140호
주소 | 서울시 양천구 목동동로 293 2215-1호
전화 | 02-324-2864
팩스 | 02-325-2864
이메일 | haneuljae@hanmail.net

ISBN 978-89-90229-45-8 03810
값 14,000원

이 도서의 국립중앙도서관 출판예정도서목록(CIP)은
서지정보유통지원시스템 홈페이지(http://seoji.nl.go.kr)와
국가자료공동목록시스템(http://www.nl.go.kr/kolisnet)에서 이용하실 수 있습니다.
(CIP제어번호: CIP2019004967)